Lord John

DU MÊME AUTEUR

Le Chardon et le Tartan, Libre Expression, 1997.
Le Talisman, Libre Expression, 1997.
Le Voyage, Libre Expression, 1998.
Les Tambours de l'automne, Libre Expression, 1998.
La Croix de feu, partie 1, Libre Expression, 2002.
La Croix de feu, partie 2, Libre Expression, 2002.

Diana Gabaldon

Lord John

Une affaire privée

Traduction
de Philippe Safavi

Libre Expression
QUEBECOR MEDIA

Données de catalogage avant publication (Canada)

Gabaldon, Diana

Lord John : une affaire privée

Traduction de : Lord John and the private matter.

ISBN 2-7648-0106-8

I. Safavi, Philippe. II. Titre.

PS3557.A22L6714 2004   813'.54   C2003-942044-2

Maquette de la couverture
FRANCE LAFOND

Infographie et mise en pages
COMPOSITION MONIKA, QUÉBEC

Les Éditions Libre Expression remercient le ministère du Patrimoine canadien,
la Société de développement des entreprises culturelles du Québec (SODEC)
et le Programme de crédit d'impôt du Gouvernement du Québec
du soutien accordé à son programme de publication.

Les Éditions Libre Expression
division de Éditions Quebecor Media inc.
7, chemin Bates,
Outremont (Québec) H2V 4V7

Dépôt légal :
1er trimestre 2004

ISBN : 2-7648-0106-8

À Margaret Scott Gabaldon
et Kay Fears Watkins,
les merveilleuses grand-mères
de mes enfants.

Remerciements

Les journalistes me demandent toujours combien j'emploie de documentalistes. La réponse est « Aucun ». Je fais toutes mes recherches moi-même, tout simplement parce que je ne saurais pas quoi demander à un documentaliste !

Toutefois, la réponse est également « Des centaines ! », car de nombreuses personnes répondent à mes questions sur ceci, cela et bien d'autres choses encore et, en outre, me fournissent spontanément un tas d'informations que je n'aurais jamais pensé à aller chercher moi-même.

Pour ce qui est de ce livre en particulier, j'aimerais saluer tout spécialement les efforts de...

... Karen Watson, des douanes de Sa Majesté, qui a gentiment passé beaucoup de temps à fureter dans Londres (et diverses archives historiques) pour vérifier la faisabilité des déplacements de lord John, et qui m'a été d'une aide précieuse pour localiser divers lieux malfamés appropriés. Elle m'a également suggéré des détails pittoresques et ésotériques, tels que la statue héroïquement rectifiée de Charles Ier. J'ai pris quelques libertés avec ses informations concernant les juridictions de la police de Londres. Les erreurs historiques sont donc de mon fait, elle n'y est pour rien...

... John L. Myers, qui a accidentellement donné naissance à ce livre il y a longtemps en m'envoyant des ouvrages sur de gais Hollandais et des Anglais qui n'étaient pas tristes non plus...

... Laura Bailey (et sa petite bande), pour ses descriptions très détaillées de costumes du XVIIIᵉ siècle...

... Elaine Wilkinson, qui, en plus d'avoir répondu à mes questions sur les « rouges allemands », a découvert l'existence du château de Georgen et de la famille Egkh zu Hungerbach (Josef, son château et son vin Schilcher sont réels ; son triste neveu est de mon invention ; « Schilcher », par ailleurs, signifie « brillant » ou « pétillant »)...

... Barbara Schnell, ma merveilleuse traductrice allemande, pour ses commentaires utiles sur la conversation et le comportement de Stephen von Namtzen, pour le patronyme Mayrhofer, ainsi que pour l'expression allemande signifiant « très soigné »...

... Mes deux agents littéraires, Russell Galen et Danny Baror, qui, lorsque je leur ai annoncé que j'avais terminé ma seconde nouvelle avec lord John, m'ont demandé combien de pages elle faisait. Quand je leur ai répondu, ils se sont regardés puis ont déclaré d'une seule voix : « Tu sais que c'est la longueur de la plupart des romans normaux ? » Voilà pourquoi ma nouvelle est devenue un roman, même si je ne peux pas vraiment garantir qu'il soit normal. Sans doute pas trop.

Chapitre 1
L'apprentissage de la duperie

Londres, juin 1757,
dans un cercle de gentlemen
amateurs de beefsteak anglais

C'était une de ces choses qu'on souhaiterait n'avoir jamais vues. La vie aurait été tellement plus simple !

Ça n'était pas si terrible en soi, en fait, et lord John Grey avait vu pire et en verrait bien d'autres. Il suffisait pour cela de sortir du Beefsteak et de regarder autour de soi dans la rue. La marchande de fleurs qui lui avait vendu un bouquet de violettes, sur le perron du club, avait une entaille mal soignée sur le dos de la main. Le portier, un ancien des colonies d'Amérique, avait reçu un coup de tomahawk qui lui avait laissé une cicatrice blafarde courant du cuir chevelu à la mâchoire, fendant en deux l'orbite d'un œil crevé. Comparativement, le chancre sur le membre de l'honorable Joseph Trevelyan était mesquin. Discret, presque.

— Moins profond qu'un puits, moins large qu'une porte, marmonna Grey pour lui-même. Mais déjà bien trop gros, sacrebleu !

Il sortit de derrière le paravent chinois, pressant les violettes contre son nez. Leur parfum sucré ne suffisait pas à étouffer l'odeur âcre des pissoirs. C'était la mi-juin et le Beefsteak, comme tous les établissements de Londres, empestait l'urine, relents de bière et d'asperge mêlés.

Trevelyan était sorti de derrière le paravent chinois avant lord John, sans se rendre compte que son intimité avait été surprise. L'honorable Joseph se tenait à présent de l'autre côté de la salle à manger, en pleine conversation avec lord Hanley et le jeune M. Pitt, l'image même du bon goût et de l'élégance sobre. Les épaules un peu trop étroites, estima Grey d'un œil critique, même si la coupe impeccable de sa veste taillée dans un drap surfin puce mettait en valeur la sveltesse de sa taille. Ses jambes maigrelettes, aussi. Trevelyan changea de position et une ombre courut sur sa jambe gauche, un petit mollet de coq remontant sous le bas de soie.

Lord John retourna le petit bouquet dans sa main, faisant mine de chercher des pétales fanés tout en surveillant Trevelyan du coin de l'œil. Il était passé maître dans l'art d'observer sans en avoir l'air. Cela dit, s'il n'avait pas eu cette manie d'étudier toujours son monde en douce, il ne se serait pas trouvé dans une position aussi fâcheuse.

En temps normal, découvrir qu'une connaissance souffrait du mal français ne devrait susciter au pire qu'un vague dégoût, au mieux une compassion désintéressée, et naturellement une profonde gratitude et encore plus de soulagement à la pensée que l'on n'est pas soi-même atteint. Malheureusement, l'honorable Joseph Trevelyan n'était pas une simple relation de club ; il était aussi le promis de la cousine de lord John.

Un valet murmura quelque chose à l'oreille de Grey et celui-ci lui tendit machinalement ses violettes avant de le congédier d'un geste.

– Non, je ne déjeune pas tout de suite. J'attends le colonel Quarry.

– Très bien, milord.

À l'autre bout de la pièce, Trevelyan venait de s'attabler avec ses compagnons, son visage étroit hilare sous l'effet d'une plaisanterie de Pitt.

Grey ne pouvait rester là, à le regarder par en dessous. Il hésita, se demandant s'il valait mieux attendre Quarry au fumoir ou faire un tour à la bibliothèque. En l'occurrence, alpagué dans l'instant par Malcolm Stubbs, lieutenant dans son régiment, il ne fit ni l'un ni l'autre.

– Major Grey ! s'exclama ledit Stubbs, ravi. Qu'est-ce qui vous amène ici ? Je croyais que vous faisiez partie des meubles du White's... Vous vous êtes lassé des politicards ?

Stubbs avait plus ou moins la même taille que Grey, mais en deux fois plus large, avec un visage de chérubin, de grands yeux bleus et une pétulance qui lui valait l'affection de ses troupes, mais pas toujours celle de ses supérieurs.

En dépit de ses préoccupations, Grey sourit. Il avait toujours apprécié Stubbs, avec qui il entretenait une relation amicale, même si leurs chemins se croisaient rarement en dehors des affaires du régiment.

– Salut, Stubbs. Non, vous me confondez avec mon frère aîné, Hal. C'est à lui que revient le devoir d'asticoter la grande whiguerie.

– « Asticoter la grande whiguerie » ! Ah ah ah ! Elle est bien bonne. Il faudra que je me souvienne de la ressortir au vieux...

Le « vieux » était le père de Stubbs, un petit baron avec des sympathies affichées pour le parti libéral des whigs et probablement un habitué du White's, club que fréquentait assidûment le frère de lord John.

13

– Vous êtes membre du Beefsteak, Grey ? Ou un simple visiteur comme moi ?

Stubbs agita une main vers la spacieuse salle à manger drapée de nappes blanches tout en lançant un regard admiratif à l'impressionnante collection de carafes qu'un valet disposait sur l'une des dessertes.

– Membre.

De l'autre côté de la salle, Trevelyan saluait cordialement le duc de Gloucester, qui lui retourna son salut. Fichtre ! Il connaissait décidément tout le monde. Grey dut faire un effort pour se concentrer de nouveau sur Stubbs.

– Mon parrain m'a inscrit au Beefsteak à ma naissance. Dès l'âge de sept ans, ce qu'il considérait comme le début de l'âge de raison, il m'a amené déjeuner ici tous les mercredis. J'ai cessé d'y venir pendant des années, étant en poste à l'étranger, mais dès que je suis en ville, je reprends mes vieilles habitudes.

Le sommelier venait de se pencher vers Trevelyan pour lui proposer sa carafe de porto. Grey reconnut le blason doré incrusté sur le goulot, du San Isidro, une petite centaine de guinées le fût. Riche, le bras long et... vérolé. Sacredieu ! Quelle attitude adopter dans un tel cas de figure ?

Il se tourna vers Stubbs et, le prenant par le coude, l'orienta vers la porte.

– Votre hôte n'est pas encore arrivé ? Venez, cela nous laisse le temps de boire un petit verre dans la bibliothèque.

Ils s'éloignèrent dans le hall, marchant sur le vieux tapis agréablement élimé, parlant de choses et d'autres.

– Pourquoi le grand tralala ? demanda nonchalamment Grey.

Il donna une chiquenaude dans les galons dorés des épaulettes de Stubbs. Le Beefsteak n'était pas un antre de militaires. Il y avait bien quelques officiers du régiment parmi ses membres, mais ils étaient rarement en tenue, à moins d'être en route vers quelque cérémonie officielle. Grey lui-même n'était en uniforme que parce qu'il passait la soirée avec Quarry, celui-ci ne portant jamais autre chose en public.

Stubbs poussa un soupir résigné.

– Une virée chez la veuve, un peu plus tard. Je n'aurai pas le temps de repasser chez moi me changer.

– Ah oui ? Et qui est mort ?

Une « virée chez la veuve » était une visite officielle à la famille d'un membre du régiment récemment décédé, afin de lui présenter des condoléances et de s'enquérir des conditions de vie de la veuve. Dans le cas d'un simple soldat, la visite incluait parfois la remise d'une petite somme collectée auprès des camarades et des supérieurs directs du défunt. Avec un peu de chance, cela représentait de quoi l'enterrer décemment.

– Timothy O'Connell.

– Sans blague ! Que lui est-il arrivé ?

O'Connell était un Irlandais d'âge mûr, taciturne mais compétent, un soldat de carrière qui s'était hissé au rang de sergent à force de terroriser ses subalternes, un talent que Grey lui avait envié à l'époque où, alors âgé de dix-sept ans, il s'était trouvé sous ses ordres, et qu'il respectait encore, dix ans plus tard.

– Il a été tué dans une rixe, il y a de cela deux nuits.

Grey haussa ses sourcils, surpris.

– Compte tenu de la trempe d'O'Connell, il a dû être pris à partie par toute une clique, ou alors on l'aura attaqué par surprise. Même dans un combat déséquilibré, j'aurais misé sur lui.

– Je ne connais pas les détails. Je comptais justement les demander à sa femme.

Tout en prenant place dans une des vieilles bergères confortables de la bibliothèque, Grey fit signe à un valet.

– Un cognac, s'il vous plaît. Et vous, Stubbs ?... Alors, deux cognacs. Ah, et soyez assez aimable de me faire prévenir quand le colonel Quarry arrivera. Merci.

– Merci, mon vieux, dit Stubbs. La prochaine fois, on ira dans mon club pour que je vous rende la pareille.

Il décrocha son épée d'apparat et la tendit à un des laquais qui tournaient autour d'eux avant de déposer confortablement son arrière-train considérable dans le fauteuil.

– Au fait, j'ai rencontré votre cousine, l'autre jour, observa-t-il. Elle se promenait à cheval sur le Row. Joli brin de fille.

Il marqua une pause avant d'ajouter malicieusement :

– Beau siège.

Grey sentit l'angoisse le reprendre.

– En effet, répondit-il. Mais de quelle cousine s'agit-il ?

Il en avait plusieurs, mais seules deux lui paraissaient susceptibles de provoquer l'admiration de Stubbs. Or, vu la manière dont cette journée était en train de tourner... Son pressentiment fut rapidement confirmé :

– La petite Pearsall, répondit joyeusement Stubbs. Elle s'appelle bien Olivia, n'est-ce pas ? D'ailleurs, n'est-elle pas fiancée à ce Trevelyan ? Il m'a semblé l'apercevoir tout à l'heure, dans la salle à manger...

– Oui, en effet, répondit brièvement Grey.

Il n'était pas d'humeur à discuter de l'honorable Joseph pour le moment. Malheureusement, une fois lancé dans une conversation, il était aussi difficile de faire dévier Stubbs de sa course qu'une pièce de canon de vingt roulant sur un plan incliné, et Grey eut droit à un long exposé sur les activités de Trevelyan et son importance dans le grand monde, ce dont il n'était déjà que trop conscient.

Finalement, en désespoir de cause, il demanda :

– Des nouvelles des Indes ?

La diversion opéra. Tout Londres savait déjà que Robert Clive était en train de prendre le dessus sur le nawab du Bengale, mais Stubbs avait un frère dans le 46e régiment d'infanterie, qui assiégeait Calcutta avec les forces de Clive. Il était donc bien placé pour partager quelques détails macabres qui n'étaient pas encore parvenus jusque dans les pages des quotidiens.

– ... tant de prisonniers britanniques entassés les uns sur les autres, me dit mon frère. Ils ont commencé à tomber comme des mouches à cause de la chaleur, mais comme il n'y avait plus de place pour enterrer les morts, les survivants étaient obligés de piétiner les cadavres. Il m'a raconté aussi...

Stubbs baissa la voix et lança un regard autour de lui avant de reprendre :

– ... que la soif avait rendu fous certains de ces malheureux. Ils se sont mis à boire du sang humain. Dès que l'un d'eux mourait, ils lui tranchaient la gorge et les poignets, le vidaient de son sang puis le laissaient tomber et pourrir sur place. D'après Bryce, quand ils les ont sortis de là, la moitié des cadavres n'étaient plus identifiables et...

– Vous pensez qu'ils vont nous envoyer là-bas, nous aussi ? l'interrompit Grey.

Il vida son verre et fit signe qu'on le remplisse de nouveau, espérant vaguement retrouver un semblant d'appétit pour le déjeuner.

– Je l'ignore. Peut-être. Quoique, selon des rumeurs que j'ai entendues la semaine dernière, il semblerait plutôt qu'ils nous destinent aux Amériques.

Il fronça les sourcils.

– Sincèrement, entre les hindous et les Iroquois, mon cœur balance. Tous des sauvages hurlants ! Toutefois, si vous voulez mon avis, nous aurons plus de chances de nous distinguer aux Indes.

– À condition de survivre à la chaleur, aux insectes, aux serpents venimeux et à la dysenterie.

Grey ferma un instant les yeux, goûtant la douce caresse du mois de juin anglais qui filtrait par la fenêtre ouverte.

Les spéculations et les rumeurs allaient bon train quant à la prochaine affectation de leur régiment. La France, les Indes, les colonies américaines... Peut-être un des États allemands, Prague, le front russe, voire les Antilles. La Grande-Bretagne disputant un bras de fer permanent avec la France pour asseoir sa suprématie sur les trois continents, les militaires avaient de beaux jours devant eux.

Ils passèrent un aimable quart d'heure à explorer ces diverses conjectures, laps de temps durant lequel l'esprit de Grey fut libre de retourner aux difficultés soulevées par sa découverte inopportune. En temps normal, il aurait incombé à Hal de prendre en main le problème Trevelyan. Mais son frère aîné étant à l'étranger pour le moment, en France pour ce qu'il en savait et parfaitement injoignable, la responsabilité de cette affaire reposait sur les épaules de lord John. Le mariage de Trevelyan et d'Olivia Pearsall devait avoir lieu six semaines plus tard. Il fallait agir, et vite.

Peut-être devrait-il consulter Paul ou Edgar... mais aucun de ses deux demi-frères ne fréquentait le grand monde. Paul vivait reclus sur ses terres dans le Sussex, se déplaçant à peine jusqu'au bourg le plus proche. Quant à Edgar... non, il valait mieux ne pas compter sur lui. Pour lui, une intervention discrète et diplomate consisterait sans doute à cravacher Trevelyan sur les marches de Westminster.

L'apparition du maître d'hôtel lui annonçant l'arrivée du colonel Quarry interrompit ses méditations.

Il se leva et posa une main sur l'épaule de Stubbs.

– Passez me prendre après dîner, voulez-vous ? Si vous le souhaitez, je vous accompagnerai dans votre virée chez la veuve. O'Connell était un bon soldat.

– Oh, vraiment ? C'est très chic de votre part, Grey, merci !

Stubbs paraissait sincèrement reconnaissant. Présenter des condoléances n'était pas son fort.

Heureusement, Trevelyan avait fini de déjeuner et était parti. Les valets nettoyaient sa table vide quand Grey entra dans la salle à manger. Tant mieux ! Être obligé de manger près de lui lui aurait retourné l'estomac.

Il salua cordialement Quarry et s'efforça de faire la conversation tout en avalant sa soupe, bien que son esprit fût encore troublé. Devait-il demander l'avis de Harry ? Il hésita, sa cuillère en suspens. Quarry était direct, souvent brutal dans ses manières, mais il était fin psychologue et plus expérimenté que lui dans les embrouilles de la comédie humaine. Il venait d'une bonne famille et connaissait les usages. Par-dessus tout, on pouvait lui faire confiance.

Grey décida de se lancer. Le seul fait de discuter de la situation lui permettrait peut-être de la clarifier dans son esprit. Il termina son bouillon et reposa sa cuillère.

– Tu connais Joseph Trevelyan ?

– L'honorable Trevelyan ? Un père baronnet, un frère au Parlement, une fortune dans l'étain de Cornouailles, des parts à n'en plus finir dans la Compagnie des Indes orientales...

Il fit une moue ironique avant de conclure :

– De vue, uniquement. Pourquoi ?

– Il projette d'épouser ma jeune cousine, Olivia Pearsall. Je... euh... je me demandais simplement si tu avais entendu des choses à son sujet, sur le genre d'homme qu'il...

– C'est un peu tard pour ce genre d'enquête, tu ne crois pas ? Ils ne sont pas déjà fiancés ?

Quarry pêcha un fragment végétal non identifiable dans son assiette, l'inspecta d'un œil critique, puis haussa les épaules et l'engloutit.

– En outre, ce ne sont pas vraiment tes affaires, non ? Puisque son père n'y a pas soulevé d'objections...

– Elle n'a pas de père. Ni de mère. Elle est orpheline et sous la tutelle de mon frère Hal depuis dix ans. Elle vit chez ma mère.

– Mmm ? Oh, je l'ignorais.

Quarry mastiqua longuement sa bouchée de pain, ses épais sourcils baissés tandis qu'il observait son ami.

– Bon. Et qu'a-t-il donc fait, ce cher Trevelyan ?

Lord John prit un air dégagé.

– Rien... à ma connaissance. Pourquoi ? Tu as entendu parler de quelque chose ?

– S'il n'y avait rien, tu ne chercherais pas à te renseigner sur lui. Allez, dis-moi ce qui te turlupine, Johnny. Qu'est-ce qu'il a fait ?

– Ce n'est pas tant ce qu'il a fait que les conséquences de ses actes...

Lord John se redressa sur sa chaise, attendant que le valet ait débarrassé son assiette et soit hors de portée d'oreille. Puis il se pencha légèrement en avant, baissant le ton bien plus que nécessaire tout en sentant le feu lui monter aux joues.

C'était absurde. N'importe quel homme pouvait accidentellement baisser les yeux vers son voisin, mais ses propres penchants le rendaient terriblement susceptible sur le sujet. Il ne supportait pas que l'on puisse le soupçonner d'avoir délibérément jaugé les attributs d'un autre. Pas même Quarry qui, dans une situation similaire, aurait probablement saisi Trevelyan par le membre en question et exigé à cor et à cri des explications.

– Je me suis... euh... absenté un moment tout à l'heure...

Il indiqua d'un signe de tête le paravent chinois, toussota, poursuivit :

– ... et je me suis retrouvé avec Trevelyan. Et... euh... j'ai accidentellement aperçu, enfin, euh...

Il rougissait comme une donzelle, pour le plus grand amusement de Quarry.

– Bon, le fait est, je crois bien qu'il a la vérole, achevat-il enfin dans un murmure.

L'air hilare de Quarry s'effaça brusquement. Il lança un regard vers le paravent chinois, de derrière lequel lord Dewhurst et un ami sortaient justement. Croisant le regard insistant de Quarry sur sa personne, Dewhurst baissa automatiquement les yeux pour s'assurer qu'il s'était bien reboutonné. Ayant vérifié que c'était le cas, il fusilla Quarry du regard et retourna vers sa table.

– La vérole ! répéta Quarry.

Il avait baissé la voix à son tour, mais c'était encore trop fort pour Grey.

– Tu veux bien dire la syphilis ? insista le colonel.

– Oui.

– Tu es sûr d'avoir bien vu ? Après tout, du coin de l'œil, ce pouvait être une ombre... c'est trompeur.

– Je ne pense pas, répondit Grey.

Néanmoins, son esprit se raccrocha, soudain plein d'espoir, à cette possibilité. Il ne l'avait effectivement entr'aperçu qu'un bref instant. S'il s'était trompé... l'idée était très tentante.

Quarry lança un autre regard vers le paravent chinois. Les fenêtres grandes ouvertes laissaient entrer un superbe soleil. L'air était limpide comme du cristal. Grey pouvait distinguer chaque particule de sel sur la nappe en lin, là où il avait renversé la salière dans son agitation.

– Ah ! fit Quarry.

Il resta silencieux un bon moment, dessinant un motif abstrait dans le sel du bout de l'index.

Il n'avait pas besoin de demander à Grey comment il savait reconnaître un chancre syphilitique. N'importe quel jeune officier devait de temps à autre accompagner un médecin pour inspecter les troupes, enregistrant les malades afin de les rendre à la vie civile. La variété des formes et des tailles (sans parler des états) exhibées en de telles occasions faisait invariablement l'objet de nombreuses plaisanteries dans le mess des officiers le lendemain de ces inspections.

Quarry releva les yeux en frottant les cristaux de sel entre le pouce et l'index.

– Chez qui court-il la gueuse ?

– Pardon ?

Quarry arqua un sourcil.

– Trevelyan. Sa vérole, il l'a bien attrapée quelque part, non ?

– Je suppose.

Quarry se cala contre le dossier de sa chaise d'un air satisfait.

– C'est bien ce que je disais.

– Il ne l'a pas nécessairement attrapée dans un bordel, objecta Grey. Même si c'est l'endroit le plus probable. Quelle différence cela fait-il ?

Quarry leva les yeux ciel.

– Avant de faire un esclandre qui ébranlera tout Londres, la moindre des choses serait de s'assurer que tes accusations sont fondées. À moins que tu ne comptes faire des avances à cet homme afin d'aller y regarder toi-même de plus près ?

Quarry lui adressa un large sourire et Grey sentit de nouveau le feu lui monter aux joues.

– Non, répondit-il sèchement.

Puis il se ressaisit, laissa ses épaules retomber et, affectant une nonchalance exagérée, reprit avec un accent traînant :

– Ce n'est pas mon genre. Beaucoup trop maigrichon à mon goût. Je dirais même chétif, tu ne trouves pas ?

Quarry s'esclaffa, son propre teint rougi par un mélange de vin rosé et d'hilarité. Il fut pris d'un hoquet, rit de nouveau puis tapa la table du plat des mains.

– Heureusement, les catins sont moins difficiles ! Une fille qui vend son corps est généralement prête à vendre tout ce qu'elle a d'autre, y compris des informations sur ses clients.

Grey le dévisagea d'un regard vide, puis comprit enfin.

– Tu suggères que j'engage une prostituée pour vérifier mon impression ?

– Tu es rapide, Johnny, sacrément rapide !

Quarry fit claquer ses doigts pour qu'on apporte plus de vin tout en poursuivant :

– À dire vrai, je pensais plutôt à chercher une fille avec laquelle il ait déjà été, mais ton idée est encore meilleure. Il te suffit d'inviter Trevelyan dans ton couvent favori, de glisser un mot au préalable à l'abbesse – et quelques pièces – et le tour est joué !

– Mais je...

Grey s'interrompit, ne voulant pas avouer qu'il n'avait pas mis les pieds dans ce genre de maison depuis des années. Il était parvenu à effacer de sa mémoire sa dernière expérience en la matière et ne se souvenait même pas dans quelle rue se trouvait l'établissement en question.

Quarry ne sembla pas remarquer son trouble.

– Ce sera un jeu d'enfant, lui assura-t-il. Cela ne te coûtera pas trop cher non plus. Deux livres devraient faire l'affaire, trois tout au plus.

– Mais une fois que je saurai si mes soupçons sont fondés ou non...

– S'il n'est pas vérolé, le problème disparaît. Dans le cas contraire...

Quarry plissa des yeux, réfléchissant.

– Hmm... Écoute ça : tu t'arranges avec la putain pour qu'elle se mette à brailler et à faire un scandale après avoir dûment examiné Trevelyan , puis tu fais irruption dans sa chambre, alerté par le vacarme. Après tout, il y a peut-être le feu à la maison, non ?

Il rit lui-même devant cette vision, puis revint à son plan :

– Une fois que tu l'auras coincé avec ses culottes autour des chevilles, ses bijoux à l'air contaminés sans l'ombre d'un doute, il sera bien obligé de chercher un bon prétexte pour rompre lui-même les fiançailles. Qu'en dis-tu ?

– Oui, je suppose que cela pourrait marcher...

Grey essaya d'imaginer la scène dépeinte par Quarry. Effectivement, avec une putain douée pour la comédie... En outre, lui-même n'aurait pas besoin d'utiliser en personne les services du bordel, après tout.

Le vin arriva et les deux hommes se turent pendant qu'on remplissait leurs verres. Dès que le maître d'hôtel se fut éloigné, Quarry reprit, les yeux brillants :

– Préviens-moi quand tu iras. Je veux en être. Crois-moi, on va s'amuser !

Chapitre 2
La virée chez la veuve

Stubbs fit une grimace de dégoût.

– La France, dit-il sur un ton dépité. Encore cette satanée France, vous imaginez? J'ai dîné avec DeVries, qui m'a dit le tenir directement du vieux Willie Howard. Probablement à garder ces foutus chantiers navals de Calais!

Ils jouaient des coudes dans la foule sur la place de Clare Market, contournant la carriole d'un poissonnier.

– Probablement, acquiesça Grey. Quand? Vous le savez déjà?

Il faisait mine de déplorer lui aussi l'éventualité d'une affectation monotone en France, mais, au fond, c'était plutôt une bonne nouvelle.

Ce n'était pas qu'il fût moins sensible qu'un autre soldat aux attraits de l'aventure et qu'il n'eût pas éprouvé du plaisir à découvrir les rivages exotiques des Indes. Toutefois, être envoyé aussi loin signifiait ne pas rentrer en Angleterre avant deux ans au moins... et donc, être tenu à l'écart de Helwater.

En revanche, s'il se retrouvait en poste à Calais, ou à Rouen, il pourrait rentrer tous les quelques mois sans trop de difficultés, satisfaisant sa promesse à son prisonnier jacobite, un homme qui serait sans doute ravi de ne jamais le revoir.

Il repoussa cette pensée. Ils ne s'étaient pas séparés en bons termes. En fait, en aucun terme. Au moins Jamie Fraser était-il en sécurité, décemment nourri et logé, dans une position lui permettant de jouir de la liberté, même conditionnelle. Grey l'imagina arpentant la campagne de Lake District, marchant de son pas allongé, le visage tourné vers le soleil et les nuages pressés, le vent soufflant dans ses cheveux auburn, plaquant sa chemise et ses culottes contre son corps svelte et ferme...

– Hé ! Par ici !

Le cri de Stubbs le rappela brutalement à l'ordre. Le lieutenant se trouvait derrière lui, lui indiquant une rue de traverse d'un geste impatient.

– Où avez-vous donc la tête aujourd'hui, major ?

– Nulle part, je pensais simplement à nos nouvelles affectations.

Grey enjamba une chienne infestée de puces couchée en travers de son chemin, à moitié endormie, aussi indifférente à son passage qu'à la portée de chiots suspendus à ses mamelles.

– Au moins, si c'est la France, on aura du bon vin, ajouta-t-il.

La veuve O'Connell logeait dans Brewster's Alley, au-dessus de la boutique d'un apothicaire. La ruelle était si étroite que la lumière du soleil entrait à grand-peine dans les pièces du rez-de-chaussée. Stubbs et Grey s'enfoncèrent dans des pénombres moites, repoussant du pied des détritus jonchant le sol.

Grey suivit Stubbs à travers la porte étroite de l'échoppe, sous une enseigne aux lettres fanées annonçant *Finbar Scanlon, apothicaire*. Il frappa le sol du pied pour se débarrasser d'un morceau de pourriture végétale accroché à sa semelle puis releva les yeux en entendant une voix s'élever des ténèbres au fond de la boutique, avec un fort accent irlandais :

– Bonjour, messieurs.

– Monsieur Scanlon ?

Grey cligna des yeux pour s'accoutumer à l'obscurité et finit par distinguer le maître des lieux, un brun aux larges épaules dressé derrière le comptoir telle une araignée, les bras tendus comme pour saisir en un clin d'œil n'importe quel article qu'on lui demanderait.

L'homme inclina courtoisement la tête.

– Lui-même. En quoi puis-je vous être utile, messieurs ?

– Mme O'Connell, déclara succinctement Stubbs, en pointant un pouce vers le plafond tout en se dirigeant vers le fond de la boutique sans attendre une réponse.

– Ah ! Mais c'est qu'elle n'est pas là, dit l'apothicaire.

Il sortit rapidement de derrière son comptoir pour barrer la route de Stubbs. Derrière lui, un rideau élimé en lin rayé se balançait dans le courant d'air de la porte, cachant sans doute un escalier menant à l'étage.

– Où est-elle ? demanda Grey. Va-t-elle revenir ?

– Oui, bien sûr. Elle est allée voir le prêtre au sujet des funérailles. Vous savez sans doute qu'elle vient de perdre son mari ?

Le regard de Scanlon allait de l'un à l'autre, essayant de deviner ce que voulaient les officiers.

Contrarié par l'absence de la veuve et ne désirant pas prolonger inutilement leur visite, Stubbs répondit :

– Oui, naturellement, c'est même pour cela que nous sommes ici. Rentrera-t-elle bientôt ?

– Je ne saurais vous le dire, monsieur. Cela risque de prendre du temps.

Il s'écarta du comptoir, s'avançant dans la lumière de la porte. Il était d'âge moyen, quelques mèches grises striant ses cheveux soigneusement attachés dans sa nuque. Il était bien bâti, avec des traits séduisants, des joues rasées de près et des yeux noirs.

– Je peux peut-être vous aider, messieurs. Si vous êtes venus lui présenter vos condoléances, je me chargerai volontiers de les lui transmettre.

L'homme regardait Stubbs d'un air franc, mais Grey crut discerner une lueur de doute dans son regard. Avant que le lieutenant ait eu le temps de réagir, il répondit :

– Non merci, nous allons l'attendre chez elle.

Il se tourna vers le rideau rayé, mais l'apothicaire le retint par le bras.

– Puis-je vous offrir un rafraîchissement, messieurs, pour vous faire patienter ? C'est la moindre des choses, par égard pour le défunt.

L'Irlandais désigna les rayonnages derrière lui, où l'on apercevait plusieurs bouteilles d'alcool parmi les nombreux bocaux et fioles de sa pratique.

Stubbs se passa le dos de la main sur les lèvres, songeur.

– Mmm... c'est vrai que la route a été longue.

Grey accepta lui aussi une boisson, non sans un certain malaise quand il vit les longs doigts de Scanlon prendre sur l'une des étagères des bocaux et une boîte en fer-blanc en guise de verres.

Scanlon leva sa boîte, dont l'étiquette montrait une femme se pâmant sur un lit de repos.

– À Tim O'Connell, le meilleur soldat à avoir jamais brandi son fusil et abattu un Français du premier coup ! Qu'il repose en paix !

Stubbs et Grey levèrent leur bocal et répétèrent à l'unisson :

– À Tim O'Connell !

En portant le récipient à ses lèvres, Grey se tourna légèrement afin de l'examiner discrètement à contre-jour. Il dégageait une forte odeur résiduelle de... d'anis ? De camphre ? Elle recouvrait les effluves d'alcool, mais au moins il n'y avait pas de particules suspectes flottant dans le liquide. Il en but une petite gorgée puis s'éclaircit la gorge. Cela semblait être du simple alcool de grain, clair et sans goût mais puissant. Il lui brûla le palais et les conduits nasaux.

– Savez-vous où le sergent O'Connell a été tué ? demanda-t-il.

Scanlon déglutit et toussa. Les larmes lui étaient montées aux yeux, sans doute plus du fait de l'alcool que de l'émotion.

– Quelque part au bord du fleuve, je n'en sais pas plus, répondit-il. L'officier de police venu annoncer la nouvelle a déclaré qu'il avait été roué de coups à un point que c'en était choquant. Il a reçu un coup sur la tête, sans doute au cours d'une bagarre de taverne, puis a été piétiné dans la mêlée. Il paraît qu'il portait une trace de semelle sur le front. Le pauvre vieux, quelle triste fin !

– Personne n'a été arrêté ?

Stubbs soufflait comme un phoque, le visage rougi par ses efforts pour ne pas tousser.

– Non, monsieur. D'après ce que j'en sais, son corps a été retrouvé à moitié dans l'eau, sur les marches de Puddle Dock. C'est probablement le tavernier qui l'a traîné jusque-là et abandonné pour ne pas avoir d'histoires avec un cadavre dans son établissement.

– Oui, c'est possible, dit Grey. Donc, personne ne sait précisément où et comment il est mort ?

L'apothicaire confirma d'un hochement de tête solennel et reprit sa bouteille.

– En effet, mais d'un autre côté, lequel d'entre nous sait-il quand et comment il mourra ? Notre seule certitude, c'est de quitter un jour ce monde. On ne peut qu'espérer être bien accueilli dans le prochain. Encore une petite goutte, messieurs ?

Stubbs accepta et s'installa confortablement sur le tabouret que Scanlon lui offrait, s'adossant au comptoir. Grey déclina l'offre et se promena nonchalamment dans l'échoppe, son bocal à la main, inspectant les étagères pendant que les deux autres hommes entamaient une conversation cordiale.

La boutique de l'apothicaire semblait tenir une grande partie de ses ressources du commerce d'aphrodisiaques, de contraceptifs et de remèdes contre la chaude-pisse et autres aléas des rencontres sexuelles. Grey en déduisit qu'il y avait une maison close à proximité, ce qui lui rappela douloureusement l'honorable Joseph Trevelyan, dont il était parvenu à oublier momentanément l'existence.

– Ces modèles sont également disponibles avec des rubans aux couleurs des régiments, monsieur.

Scanlon venait de le voir s'arrêter devant un assortiment coquet de « condoms pour gentlemen », chacun déroulé sur un moule en verre, les rubans servant à maintenir en place le préservatif délicatement replié à la base du présentoir.

– Nous les faisons en boyau de mouton ou de chèvre, selon vos préférences. Les parfumés coûtent trois farthings supplémentaires. Mais pour vous, messieurs, ce sera gratuit, naturellement.

Il inclina de nouveau la bouteille au-dessus du bocal de Stubbs.

– Merci, répondit machinalement Grey. Plus tard, peut-être.

Il avait l'esprit ailleurs, son attention ayant été retenue par une série de fioles bouchées. Plusieurs portaient des étiquettes indiquant *Sulfure de mercure*, d'autres *Guiacum*. Les contenus semblaient différer d'un flacon à l'autre, mais les indications étaient les mêmes pour les deux cas : *Pour un traitement rapide et efficace de la gonorrhée, du chancre mou, de la syphilis et autres formes de vérole vénérienne.*

L'espace d'un instant, il eut l'idée folle d'inviter Trevelyan à dîner et de glisser l'une de ces substances prometteuses dans sa nourriture. Malheureusement, il avait trop d'expérience pour avoir foi en ces remèdes. Un an plus tôt, il avait perdu un ami proche, Peter Tewkes, soigné par « salivation » mercurique pour sa syphilis à l'hôpital St. Bartholomew, après que tous les autres traitements habituels eurent échoué.

Grey n'avait pas assisté au procédé, car il était alors en Écosse, mais des amis communs, qui avaient rendu visite à Tewkes, lui avaient décrit les effets abominables du mercure, appliqué par voie externe ou interne.

Si Trevelyan était réellement contaminé, il ne pouvait laisser Olivia l'épouser. D'un autre côté, il ne tenait pas non plus à finir en prison pour tentative d'empoisonnement.

Stubbs, toujours aussi sociable, s'était lancé dans une conversation sur la campagne des Indes. Les journaux avaient rapporté l'avancée de Clive sur Calcutta et toute la ville en frémissait d'excitation.

L'apothicaire se redressa fièrement et déclara :

– Figurez-vous que j'ai un cousin dans ses rangs ! Il fait partie du 81e régiment d'infanterie légère. Il n'y a pas de meilleurs soldats au monde, mis à part vous, messieurs, pour sûr !

Il leur adressa un sourire radieux, dévoilant une belle rangée de dents saines.

– Dans le 81e, vous dites ? demanda Stubbs, perplexe. Je croyais que vous m'aviez dit qu'il appartenait au 63e ?

– Il s'agit d'un autre cousin, mon cher monsieur. J'en ai plusieurs. Je viens d'une famille de militaires.

Son attention ayant été de nouveau attirée par l'apothicaire, Grey perçut des détails légèrement discordants chez lui. Il se rapprocha, l'étudiant discrètement par-dessus le bord de son bocal. Il était nerveux... pourquoi ? Ses mains versaient l'alcool avec assurance, mais on remarquait une tension autour de ses yeux, et la crispation de sa mâchoire contrastait avec le débit facile de sa conversation. Il faisait chaud dans l'échoppe, mais pas au point de justifier le voile de transpiration sur ses tempes.

Grey regarda autour de lui dans la boutique mais ne vit rien de louche. Scanlon entretenait-il un commerce illicite ? Ils n'étaient pas loin du fleuve. Puddle Dock, où l'on avait retrouvé le corps d'O'Connell, se trouvait juste à la confluence de la Tamise et du Fleet. Tous les habitants du quartier possédant une embarcation amélioraient probablement leur ordinaire en pratiquant un peu de contrebande. Un apothicaire était particulièrement bien placé pour le recel de marchandises illégales.

Mais, dans ce cas, pourquoi se serait-il inquiété de la présence de deux officiers de l'armée ? La contrebande était l'affaire des magistrats, voire des autorités fluviales de Londres, à moins que...

Il y eut un petit bruit sourd au-dessus de leurs têtes.

– Qu'est-ce que c'était ? demanda-t-il.

– Oh, rien... sûrement le chat, répondit aussitôt l'apothicaire. Ces chats, ce sont de sales bestioles, mais les souris, c'est encore pire...

– Ce n'était pas un chat.

Grey gardait les yeux rivés sur le plafond, où des bouquets de plantes séchées étaient suspendus aux poutres. L'un d'eux trembla légèrement, puis celui d'à côté. Une fine pluie de poussière dorée tomba au sol, les particules se détachant dans le faisceau de lumière projeté par la porte.

– Quelqu'un marche là-haut.

N'écoutant pas les protestations de l'apothicaire, il se précipita vers le rideau, l'écarta d'un geste brusque et avait déjà gravi la moitié de l'escalier, la main sur la garde de son épée, avant que Stubbs ait eu le temps de réagir et de le suivre.

La pièce à l'étage était exiguë et miteuse, mais la lumière qui filtrait par les deux fenêtres permettait de distinguer une table branlante et un tabouret, devant lesquels se tenait une femme à l'air tout aussi pitoyable, ouvrant une bouche ronde de surprise, pétrifiée alors qu'elle s'apprêtait à poser une assiette de pain et de fromage sur la table.

– Madame O'Connell ?

Elle releva la tête vers Grey, qui se figea à son tour. Elle avait les lèvres fendues et enflées, un trou rouge sombre apparaissant dans la gencive là où une dent de la mâchoire inférieure avait été arrachée. Ses yeux bouffis formaient deux fentes et elle le dévisageait derrière un masque d'ecchymoses jaunissantes. Comme par miracle, son nez n'avait pas été cassé. Son arête fine et ses narines délicates paraissaient presque incongrues et pâles par contraste.

Elle leva une main devant son visage tuméfié et se détourna de la lumière, comme honteuse de son aspect.

– Je... oui, je suis Francine O'Connell, murmura-t-elle derrière ses doigts.

– Madame O'Connell !

Stubbs avança d'un pas vers elle puis s'arrêta, n'osant pas la toucher.

– Qui... qui vous a fait ça ?

– Son mari. Que son âme rôtisse à jamais en enfer !

Cette remarque, qui s'était élevée derrière eux, avait été prononcée sur un ton presque neutre. Grey se retourna et vit l'apothicaire s'avancer dans la pièce, l'air toujours aussi aimable et nonchalant en surface, mais son attention tout entière concentrée sur la veuve.

Stubbs, tout cordial qu'il soit, n'était pas né de la dernière pluie.

– Son mari, vous dites ?

Il saisit la main de l'apothicaire et la retourna à la lumière. Elle ne portait aucune trace de coup. L'homme se laissa faire sans broncher, puis ôta ses doigts de la pogne de Stubbs. Comme si cette inspection lui en avait donné le droit, il traversa la pièce et alla se poster près de la femme, les défiant avec un calme qui n'était qu'apparent.

– C'est vrai, reprit-il. Tim O'Connell était peut-être un brave homme quand il était sobre, mais c'était une sombre brute dès qu'il avait bu une pinte de trop. Il devenait alors un vrai monstre.

Il secoua la tête d'un air navré, pinçant les lèvres.

Grey et Stubbs échangèrent un regard. Effectivement, ils se souvenaient tous les deux d'avoir extirpé O'Connell d'une geôle à Richmond, après une nuit avinée et tumultueuse. L'officier de police et le geôlier portaient tous deux les séquelles de son arrestation, mais ni l'un ni l'autre n'avaient été aussi malmenés que son épouse.

– Quelle est votre relation avec Mme O'Connell, au juste ? demanda poliment Grey.

La question était purement rhétorique. Il pouvait voir le corps de la femme osciller vers celui de l'apothicaire comme une vigne vierge arrachée à son treillis. Scanlon posa une main sur le coude de la veuve, répondant sur un ton neutre :

– Je suis son logeur, assurément. Ainsi qu'un ami de la famille.

– Un ami de la famille, répéta Stubbs, songeur. Je vois.

Son regard descendit et s'attarda délibérément sur le ventre de la femme, dont le tablier était gonflé par une grossesse d'au moins cinq ou six mois. Le régiment, et donc le sergent O'Connell, n'était rentré à Londres que six semaines auparavant.

Stubbs lança un regard interrogateur à Grey. Ce dernier lui répondit par un léger haussement d'épaules, puis acquiesça presque imperceptiblement. De toute manière, Mme O'Connell n'avait pas pu se débarrasser elle-même de son mari, et ce n'était pas à eux de décider quoi faire avec l'argent.

Stubbs émit un léger grognement puis glissa une main dans sa poche et en sortit une bourse qu'il lança sur la table, déclarant sur un ton franchement hostile :

– Voici un témoignage de souvenir et d'estime. De la part des camarades d'armes de votre mari.

– De l'argent pour son linceul ? Vous pouvez le garder !

Elle s'était détachée de l'apothicaire et redressée. Son teint était pâle sous les ecchymoses mais sa voix, ferme.

– Reprenez-le. J'enterrerai mon mari sans l'aide de personne.

– Pourquoi la veuve d'un soldat refuserait-elle l'assistance des camarades de son mari ? demanda poliment Grey. Un problème de conscience, peut-être ?

Les traits de l'apothicaire se durcirent et il serra les poings.

– Qu'insinuez-vous ? Qu'elle l'a assassiné et se sent trop coupable pour accepter votre aumône ? Montre-leur tes mains, Francine !

Il lui saisit les poignets et les tendit en avant. À l'exception d'un auriculaire éclissé et bandé, ses mains ne portaient pas d'autres traces que celles du labeur quotidien : cals, cicatrices, anciennes brûlures, articulations râpeuses. En somme, les mains de n'importe quelle femme du peuple n'ayant pas les moyens de s'offrir les services d'une bonne à tout faire.

Sans se départir de son ton courtois, Grey répliqua :

– Non, je ne suggérais nullement que Mme O'Connell ait roué son mari de coups jusqu'à ce que mort s'ensuive. Néanmoins, on peut avoir mauvaise conscience pour des actes que l'on n'a pas commis soi-même directement mais qui ont été accomplis par d'autres en son nom... ou à sa demande.

– Il ne s'agit pas de ma conscience.

Elle arracha brutalement ses mains de celles de Scanlon, tremblante de colère. Les émotions se bousculaient sur son visage marbré comme des courants marins, son regard allant de l'un à l'autre.

– Je vais vous dire pourquoi je ne veux pas de votre obole, messieurs. Ce n'est pas une question de conscience mais de dignité.

Ses yeux fixèrent Grey, durs et brillants comme des diamants.

– Vous estimez peut-être qu'une femme comme moi n'a pas de dignité ?

Stubbs pointa un doigt vers son ventre.

– Quelle dignité ? Celle de l'adultère ?

Il eut la désagréable surprise de la voir s'esclaffer.

– C'est donc ça qui vous gêne tant ! Je suis peut-être adultère, mais ce n'est pas moi qui ai commencé. Tim O'Connell m'a quittée depuis belle lurette. Il s'est mis en ménage avec une traînée du quartier des docks, claquant le peu d'argent que nous avions en fanfreluches pour madame ! Quand il est revenu ici, il y a deux jours, je ne l'avais pas vu depuis deux ans. Si M. Scanlon ici présent ne m'avait pas offert un toit et du travail, j'aurais probablement été réduite à devenir la putain pour laquelle vous me prenez.

– Mieux vaut être la putain d'un seul homme que celle de tous, je suppose, marmonna Grey entre ses dents.

Il posa une main sur le bras de Stubbs avant que celui-ci se laisse entraîner à faire d'autres remarques immodérées, puis, haussant la voix, reprit :

– Cela dit, madame, je ne vois pas en quoi cela vous empêche d'accepter un présent des camarades de votre mari pour vous aider à l'enterrer.

Elle croisa les bras sur sa poitrine.

– Vous voudriez que j'accepte cette bourse pour faire dire quelques bonnes paroles devant le cadavre puant de ce porc ? Ou pire, que j'allume des cierges et offre une messe à cette âme damnée qui, s'il existe une justice au ciel, brûle pour l'éternité dans les brasiers de l'enfer ? Jamais !

Grey la dévisagea avec intérêt et non sans une pointe d'admiration. Puis il lança un regard vers l'apothicaire, pour voir ce qu'il pensait de ce petit discours. Scanlon s'était reculé d'un pas, fixant le visage tuméfié de la veuve, un léger sillon soucieux entre ses épais sourcils.

Grey resserra le gorgerin d'argent à son cou puis se pencha en avant et ramassa la bourse, la faisant tinter doucement dans le creux de sa main.

– Comme vous voudrez, madame. Souhaitez-vous également renoncer à la pension qui vous revient de droit en tant que veuve de sergent ?

La pension en question ne représentait pas grand-chose, mais compte tenu de la situation de cette femme...

Elle hésita un instant, réfléchissant, puis redressa la tête avec une étincelle dans ses yeux bouffis.

– Non, ça, je le prends. Je l'ai bien mérité.

Chapitre 3
Ô, quand les trames que l'on tisse s'entortillent !

Il n'y avait plus qu'à faire un rapport mais encore fallait-il trouver un supérieur à qui rapporter l'affaire. Avec la remise en état et le renouvellement des équipements du régiment en vue de sa prochaine affectation, toute la caserne était sens dessus dessous. La revue quotidienne avait été provisoirement suspendue et personne n'était là où on l'attendait. Ce ne fut que le lendemain soir que Grey finit par retrouver Quarry dans le fumoir du Beefsteak.

Celui-ci fronça les lèvres et expira un rond de fumée méditatif.

– Tu crois qu'ils disaient la vérité ? Scanlon et cette femme ?

Concentré sur la préparation de son petit cigare, Grey haussa les épaules. Une fois qu'il lui parut bien allumé, il inspira une longue bouffée avant de répondre :

– Elle, oui, en grande partie. Lui, non.

Quarry parut surpris.

– Tu en es certain ? Tu as dit qu'il t'avait paru nerveux. Peut-être était-ce uniquement parce qu'il craignait que vous ne découvriez Mme O'Connell et la vraie nature de leur relation...

– Certes, mais il était toujours autant sur ses gardes après que nous avons parlé avec elle... Je ne saurais pas te dire précisément à propos de quoi il a menti... Mais il savait quelque chose sur la mort d'O'Connell qu'il ne nous a pas dit, j'en donnerais ma main à couper.

Quarry s'enfonça dans son fauteuil, tétant goulûment son cigare en fixant le plafond d'un air concentré. Indolent de naissance, il n'aimait pas trop réfléchir mais en était capable quand il ne pouvait faire autrement.

Respectant son effort, Grey se tut, tirant quelques bouffées du petit cigare espagnol que Quarry, grand amateur de la plante exotique, avait absolument tenu à lui offrir. En règle générale, Grey n'inhalait de la fumée de tabac que pour des raisons médicales, lorsqu'il souffrait d'une rhinite aiguë. Toutefois, à cette heure de la journée, le fumoir du Beefsteak offrait le meilleur endroit pour une conversation tranquille, la plupart des membres étant déjà à table.

Son estomac gronda à la pensée du dîner, mais il fit la sourde oreille. Il serait toujours temps de manger plus tard.

Quarry écarta son cigare de ses lèvres juste le temps de bougonner :

– Maudit soit ton frère !

Puis il se le remit en bouche et reprit sa contemplation des batifolages pastoraux des fresques du plafond.

Grey hocha la tête, d'accord en substance avec cet argument. Hal était le colonel du régiment ainsi que le chef de la famille de lord John. Son absence temporaire faisait porter un lourd fardeau à ceux qu'il avait chargés d'assumer les responsabilités qui lui revenaient de droit. Toutefois, personne n'y pouvait rien : le devoir avant tout.

En l'absence de Hal, le commandement du régiment incombait aux deux autres colonels, Harry Quarry et Bernard Sydell. Grey n'avait pas hésité l'ombre d'un instant en choisissant à qui faire son rapport. Sydell était vieux, grincheux et strict. Il connaissait peu ses hommes et s'y intéressait encore moins.

Ayant aperçu le volcan de loin, l'un des valets toujours aux aguets s'approcha silencieusement et déposa une petite soucoupe en porcelaine sur la poitrine de Quarry pour éviter que les cendres incandescentes de son barreau de chaise ne brûlent son gilet. Quarry ne sembla même pas s'en apercevoir, des bouffées de fumée continuant de s'échapper d'entre ses dents, rythmées par quelques grognements de-ci de-là.

Le cigarillo de Grey était déjà froid quand son ami enleva enfin la soucoupe de sur sa poitrine et le vestige baveux de sa bouche. Quarry se redressa avec un profond soupir et déclara :

– Bon, il semble qu'il n'y ait pas moyen de faire autrement. Il faut que tu saches.

– Que je sache quoi ?

– Nous soupçonnions O'Connell d'être un espion.

Dans l'esprit de Grey, la stupeur et la consternation rivalisèrent un instant avec une certaine satisfaction. Il avait bien senti qu'il y avait anguille sous roche. Cette affaire de Brewster's Alley ne lui avait pas paru très nette.

– Un espion à la solde de qui ?

Grey avait baissé la voix. Ils étaient seuls, l'omniprésent valet ayant disparu, mais Quarry lança néanmoins un regard suspicieux à la ronde.

– Nous l'ignorons.

Il écrasa son mégot de cigare dans la soucoupe et déposa celle-ci sur le côté avant de poursuivre :

– C'est pour cela qu'en dépit de nos soupçons, ton frère avait décidé de le laisser courir pendant un temps. Il espérait qu'une fois le régiment rentré à Londres nous pourrions découvrir qui l'employait.

C'était logique. La fourmilière grouillante de Londres était le lieu idéal pour transmettre tous les renseignements monnayables qu'O'Connell aurait pu glaner sur le terrain. Des hommes de toutes les nations de la planète se mélangeaient quotidiennement, brassés par les courants du commerce qui agitaient la Tamise.

Grey dévisagea Quarry, comprenant peu à peu le stratagème.

– Je vois. Hal s'est servi des rumeurs autour de la prochaine affectation du régiment, n'est-ce pas ? Hier, après le déjeuner, Stubbs m'a dit que DeVries lui avait confirmé que nous repartions pour la France, sans doute pour Calais. C'était une fausse information à l'intention d'O'Connell, c'est bien cela ?

Quarry prit un air neutre :

– Cela n'a pas été annoncé officiellement, n'est-ce pas ?

– En effet. Je suppose que la coïncidence entre cette décision officieuse et le décès soudain du sergent O'Connell peut être considérée comme... intéressante ?

– Tout est une question d'appréciation personnelle, soupira Quarry. Pour ma part, je trouve ça foutrement fâcheux.

Le valet revint en silence dans la pièce, portant un coffret à cigares dans une main, un porte-pipes dans l'autre. L'heure du dîner touchait à sa fin et les membres qui aimaient fumer pour faciliter leur digestion ne tarderaient pas à arriver de la salle à manger, chacun venant chercher sa propre pipe et s'installer dans son fauteuil préféré.

44

Grey resta songeur un instant, puis demanda :

– Pourquoi notre homme était-il suspecté ?

– Je ne peux pas te le dire.

Quarry eut une moue énigmatique, si bien que Grey fut incapable de deviner si sa réticence venait de son ignorance des faits ou de son devoir de réserve.

– Je vois. Donc, mon frère est peut-être en France… mais peut-être pas ?

Un léger sourire étira la cicatrice blanche sur la joue du colonel.

– Tu es mieux placé que moi pour le savoir, John.

Le valet était de nouveau sorti chercher d'autres boîtes à cigares. Plusieurs membres conservaient leurs propres mélanges de tabac à fumer ou à priser au club. Il les entendait déjà s'agiter dans la salle à manger, repoussant leurs chaises et entamant des conversations postprandiales. Il se pencha en avant, s'apprêtant à se lever à son tour, puis déduisit à voix haute :

– Mais vous l'avez fait suivre, naturellement. Je veux parler d'O'Connell. Quelqu'un à Londres le tenait sûrement à l'œil.

– Oui, bien sûr.

Quarry remit de l'ordre dans ses vêtements, faisant tomber les cendres éparpillées sur ses genoux et tirant sur son gilet froissé avant de poursuivre :

– Hal avait trouvé un homme pour cela. Très discret, très bien placé. Un valet au service d'un ami de la famille. Je veux parler de *votre* famille.

– Quel ami ?

– L'honorable Joseph Trevelyan.

Quarry se hissa debout puis se dirigea vers la porte, laissant Grey décider s'il le suivrait ou non. Celui-ci avait la tête qui lui tournait, et ce n'était pas uniquement dû à la fumée du tabac.

Tout en suivant Quarry, Grey se rendit compte que tout s'emboîtait dans une implacable logique. La famille de Trevelyan et la sienne étaient associées depuis plusieurs siècles, et c'était en partie son amitié avec Hal qui avait conduit Joseph à demander la main d'Olivia.

De fait, cette amitié se fondait davantage sur un partage des mêmes clubs, associations et intérêts politiques que sur une véritable affection réciproque. Toutefois, si Hal cherchait un homme discret pour filer O'Connell, il lui fallait le chercher en dehors de l'armée, car qui savait quelles alliances O'Connell avait pu former à l'intérieur comme à l'extérieur du régiment ? De toute évidence, il s'en était ouvert à Trevelyan, lequel lui avait recommandé son propre valet... Ce n'était que par un hasard d'une ironie cruelle que lui, Grey, se retrouvait maintenant contraint d'intervenir dans la vie privée de Trevelyan.

Le portier du Beefsteak avait arrêté un fiacre. Quarry était déjà à l'intérieur, faisant signe à Grey de se dépêcher.

– Allez ! Allez ! Je meurs de faim ! Si on allait chez Kettrick's ? On y sert une excellente tourte à l'anguille. C'est exactement ce qu'il me faut, peut-être arrosée d'un seau ou deux de bière brune, pour faire passer le goût du tabac. Qu'en dis-tu ?

Grey acquiesça et déposa son chapeau à côté de lui pour ne pas l'écraser. Quarry passa la tête par la fenêtre et hurla ses instructions au cocher avant de se laisser retomber sur la banquette crasseuse avec un soupir.

Puis, haussant légèrement la voix pour se faire entendre par-dessus les grincements de la voiture et le claquement des sabots sur les pavés, il reprit :

– Bien, où en étais-je... Ah oui, cet homme, le valet de Trevelyan, Byrd, c'est son nom, Jack Byrd, il a loué une chambre en face de chez la ribaude avec laquelle vivait O'Connell. Il l'a suivi partout dans Londres pendant six semaines.

Grey lança un regard vers la fenêtre. Il faisait beau depuis plusieurs jours, mais plus pour longtemps. On entendait un orage gronder au loin, et l'air qui rafraîchissait son visage et remplissait ses poumons sentait la pluie.

– Que raconte ce Byrd au sujet de la nuit où O'Connell a été tué ?

– Rien.

Une rafale de vent humide s'engouffra dans la voiture et Quarry enfonça sa perruque plus fermement sur son crâne.

– Il avait perdu la trace d'O'Connell ? s'étonna Grey.

Les traits aiguisés de Quarry esquissèrent une moue ironique.

– Non, c'est nous qui avons perdu Jack Byrd. Il n'a pas donné signe de vie depuis qu'O'Connell a été retrouvé mort.

Le fiacre ralentit, négociant un virage abrupt pour s'engager sur la grande artère du Strand. Grey ajusta sa cape autour de ses épaules et reprit son chapeau, se préparant à descendre.

– Pas la moindre trace ?

– Aucune. Cela laisse penser que ce qui est arrivé à O'Connell n'était pas qu'une simple bagarre entre ivrognes.

Grey se frotta le visage, sentant ses joues râpeuses. Il avait faim, et ses vêtements étaient sales, après avoir couru toute la journée dans Londres. Leur contact moite le faisait se sentir miteux, ce qui le rendait irascible.

– D'un autre côté, cela voudrait dire que Scanlon n'est pour rien dans ce qui est arrivé, car qu'aurait-il à voir avec ce Byrd ?

Il n'était pas certain d'être satisfait de sa déduction. Il *savait* que l'apothicaire avait menti, pour une raison ou pour une autre, mais parallèlement Mme O'Connell lui inspirait une certaine sympathie. Elle se retrouverait dans de sales draps si Scanlon était arrêté pour meurtre, pendu ou déporté, et pire encore si elle était accusée de complicité.

Le fiacre passa près d'un groupe de porteurs de flambeaux qui raccompagnaient des gens chez eux. Dans la mosaïque d'ombres et de lumières qu'ils projetaient sur la banquette d'en face, Grey vit Quarry hausser les épaules.

– Imaginons que Scanlon ait remarqué Byrd en train de suivre O'Connell, il pourrait avoir décidé de le supprimer lui aussi, mais, dans ce cas, pourquoi se serait-il donné la peine de faire disparaître son corps ? Dans une rixe, il peut y avoir plusieurs victimes. Dieu sait que c'est souvent le cas.

– Mais s'il s'agissait de quelqu'un d'autre ? dit lentement Grey. Quelqu'un voulant se débarrasser d'O'Connell soit parce qu'il était trop gourmand soit de crainte qu'il ne le trahisse ?...

– Le client intéressé par ses renseignements ? Ou, du moins, son représentant. Possible. Mais là encore, pourquoi cacher le corps de Byrd s'il l'a fait éliminer par la même occasion ?

Une autre option coulait de source.

– Il n'a pas tué Byrd. Il l'a acheté.

– Mmm... oui, c'est plus probable. Dès que j'ai appris la mort d'O'Connell, j'ai envoyé un homme fouiller l'endroit où il habitait, mais il n'a rien trouvé. De son côté, Stubbs a bien examiné les quartiers de sa veuve pendant que vous y étiez tous les deux, sans plus de succès. Il m'a dit qu'il n'y avait pas un seul papier dans la pièce.

De fait, il avait vu Stubbs fouiner pendant qu'il faisait les arrangements nécessaires pour le versement de sa pension à Mme O'Connell, mais n'y avait pas prêté garde. C'était vrai, la pièce où elle vivait était spartiate et totalement dénuée du moindre livre ou papier.

– Que cherchent vos hommes, exactement ?

Le grondement d'ours qui retentit dans la pénombre en face pouvait être la réponse de Quarry ou les récriminations de son estomac.

– Je ne sais trop à quoi cela peut ressembler, admit-il. Mais c'est forcément un document écrit.

– Vous ne savez pas ce que c'est... ou tu n'as pas le droit de me le dire ?

Quarry plissa des yeux, pianotant des doigts sur la banquette. Puis il haussa les épaules, semblant avoir pris sa décision et expédiant du coup son devoir de réserve aux orties.

– Juste avant que nous quittions la France, O'Connell a été chargé de la liste de nos demandes en pièces d'artillerie à Calais. Il était en retard. Tous les autres régiments avaient déjà déposé les leurs depuis plusieurs jours. Le crétin de clerc avait laissé le tout empilé sur son bureau, tu imagines ? Il est vrai que la pièce était fermée à clef mais quand même...

Au retour d'un déjeuner prolongé, le clerc avait trouvé la porte forcée, le bureau saccagé et tous les papiers envolés.

– Je n'aurais jamais pensé qu'un homme seul pourrait emporter en une fois tout le fatras qu'il y a dans ce genre de bureau, dit Grey, qui ne plaisantait qu'à moitié.

49

Quarry agita une main d'un geste impatient.

– C'était une petite niche de gratte-papier, pas un bureau proprement dit. Il ne contenait rien d'important... hormis les demandes en pièces d'artillerie et en matériel de tous nos régiments stationnés entre Calais et Prague !

Grey pinça les lèvres et hocha la tête. L'affaire était grave. Les renseignements sur les mouvements et les positions de troupes étaient très sensibles, mais ce genre de plan pouvait toujours être modifié si les informations tombaient entre de mauvaises mains. En revanche, les besoins des régiments en munitions ne pouvaient être changés, et la somme de toutes ces informations indiquerait à l'ennemi pratiquement à un fusil près la force de frappe et l'artillerie dont disposait l'armée d'en face.

– Même ainsi, objecta-t-il, cela devait représenter une énorme quantité de paperasse. Trop pour qu'un homme puisse les cacher sur lui.

– En effet, il lui a sans doute fallu un grand sac à dos ou un sac de marin pour emporter le tout.

L'alerte avait rapidement été donnée, naturellement, et des fouilles entreprises, mais Calais était un labyrinthe de ruelles médiévales et les recherches n'avaient rien donné.

– Pendant ce temps, O'Connell a tout bonnement disparu. Lorsqu'il était venu remettre les demandes, on lui avait accordé une permission de trois jours. Nous l'avons traqué et retrouvé au bout de deux, empestant l'alcool et semblant avoir passé tout son temps à dormir.

– Ce qui n'aurait rien eu d'inhabituel.

– En effet. Mais c'est aussi ce qu'on peut attendre d'un homme qui a veillé deux jours et deux nuits dans une chambre louée, rédigeant un condensé de cette masse de papiers afin de la réduire à quelque chose de nettement plus petit et transportable, jetant les demandes originales au feu au fur et à mesure qu'il les résumait.

– Les a-t-on jamais retrouvés ? Les originaux ?

– Non. Depuis, nous avons surveillé O'Connell de près. Il n'a eu aucun moyen de vendre les renseignements à qui que ce soit après que nous l'avons retrouvé... or, il est peu probable qu'il ait pu les transmettre avant.

– Et à présent il est mort... et Jack Byrd a disparu.

– *Rem acu tetigisti.*

Quarry émit un petit grognement satisfait, pas mécontent de sa réponse.

Grey sourit malgré lui. Cela signifiait littéralement « Tu as touché la chose de la pointe », en d'autres termes, « Tu as mis le doigt dessus ». C'était probablement là le dernier vestige de latin qui restait au colonel depuis l'école, avec *Cave canem.*

– O'Connell était-il le seul suspect ?

– Hélas non, d'où le problème. Nous ne pouvions pas l'arrêter et lui faire cracher la vérité sans autre preuve que le fait qu'il s'était trouvé sur les lieux au moment des faits. Six autres hommes, au moins, appartenant tous à différents régiments, s'y trouvaient également aux heures où le vol a été commis.

– Je vois. Ce qui signifie que les autres régiments enquêtent eux aussi discrètement sur leurs éventuelles brebis galeuses ?

– En effet. Mais, par ailleurs, les autres suspects sont encore en vie, ce qui pourrait être une indication, non ?

Le fiacre s'arrêta. Les odeurs et les bruits de la Kettrick's Eel-Pye House filtrèrent par la fenêtre, les rires et un brouhaha de conversations se mêlant au grésillement des rôtisseries et aux cliquetis de vaisselle. Un parfum iodé d'anguilles en gelée, des effluves de bière, de farine et de pâte cuite flottèrent autour d'eux, chauds et réconfortants, la promesse d'une convivialité bien arrosée.

Alors que Quarry descendait lourdement de voiture, Grey demanda soudain :

— Sait-on comment O'Connell a été tué, exactement ? Le régiment a-t-il dépêché quelqu'un pour examiner son corps ?

Fonçant droit vers la porte d'un air déterminé, Quarry répondit :

— Non. Je compte sur toi pour aller le voir demain, avant qu'on enterre le bougre.

Grey attendit qu'on eût déposé les tourtes sur la table avant de contre-attaquer, les derniers mots de Quarry laissant deviner que lui, le major John Grey, allait être libéré de toutes ses autres fonctions afin d'enquêter à temps plein sur les activités et la mort du sergent Timothy O'Connell.

— Pourquoi moi ? L'affaire est suffisamment grave pour justifier l'intervention d'un officier de haut rang, à savoir toi, ou peut-être Bernard...

Quarry ferma les yeux pour savourer un instant de bonheur pur, la bouche pleine de tourte aux anguilles. Il mastiqua lentement, déglutit, puis rouvrit les yeux à contrecœur.

— Bernard... Ha ha ha ! Très drôle...

Il fit tomber des miettes de sur son gilet avant de poursuivre :

— Quant à moi... eh bien, oui, en temps normal je m'en serais chargé. Malheureusement, je me trouvais à Calais moi aussi au moment où les demandes étaient déposées. J'aurais pu les voler. Je ne l'ai pas fait, naturellement, mais j'aurais pu.

– Aucune personne sensée ne te suspecterait, Harry !

– Parce que tu connais des personnes censées au ministère de la Guerre, toi ?

Il arqua un sourcil cynique tout en soulevant de nouveau sa cuillère.

– Je vois ce que tu veux dire, néanmoins...

– Quant au capitaine Creenshaw, lui, il était en permission, le coupa Quarry. Officiellement, il était rentré chez lui en Angleterre, mais qui peut affirmer qu'il n'est pas revenu en douce à Calais ?

– Et Wilmot ? insista Grey. Ils n'étaient tout de même pas tous en permission !

– Oh non ! Wilmot était bien au camp, là où il était censé être, au-dessus de tous soupçons. Mais il a subi une sorte d'attaque, lundi dernier à son club. Une apoplexie, d'après son charlatan de médecin. Il ne peut plus marcher, ne plus parler, ne peut plus examiner le moindre corps...

Il pointa sa cuillère brièvement vers la poitrine de Grey.

– Alors, devine qui va s'y coller ?

Grey ouvrit la bouche pour protester encore, mais, à court d'argument, y inséra une bouchée de tourte qu'il entreprit de mastiquer d'un air maussade.

Le sort ayant un goût prononcé pour l'ironie, le scandale qui lui avait valu la disgrâce d'être muté à Ardsmuir l'avait placé au-dessus des soupçons, faisant de lui le seul officier supérieur du régiment à ne pouvoir avoir eu un rapport quelconque avec la disparition des documents à Calais. Certes, il était rentré de son exil écossais à l'époque du vol, mais se trouvait alors à Londres (ce qui était facile à prouver), n'ayant rejoint officiellement son régiment que le mois précédent.

Même si Harry avait un talent inné pour s'éviter les corvées, dans le cas présent Grey était bien obligé de reconnaître qu'il ne pouvait guère agir autrement.

Kettrick's était bondé, comme d'habitude, mais ils avaient trouvé une table dans un coin retiré et leurs uniformes gardaient les autres dîneurs à une distance respectable. Le vacarme des cuillères et des plats en étain, les grincements et craquement des bancs, les discussions animées qui se répercutaient contre les poutres basses couvraient plus que suffisamment leur conversation confidentielle. Néanmoins, Grey se pencha en avant et baissa la voix :

– Le gentleman cornouaillais dont nous parlions précédemment sait-il que son valet est *incommunicabilis* ?

Quarry hocha la tête, mâchant avec application. Il toussota pour déloger un morceau de pâte coincé dans sa gorge, puis but une longue gorgée de bière brune.

– Oui. Nous avons d'abord pensé que le valet en question, ayant vu ce qui était arrivé au sergent, avait pris peur, auquel cas il eût été tout naturel qu'il coure se réfugier chez... là où il était employé.

Il lança un regard entendu à Grey, indiquant qu'il comprenait parfaitement son besoin de discrétion. Grey le prenait-il pour un demeuré ?

– J'ai donc envoyé Stubbs se renseigner. Aucun signe de notre oiseau. Notre ami cornouaillais, lui, est inquiet pour son domestique.

Grey acquiesça et les deux hommes se turent un moment, chacun se concentrant sur la dégustation de son repas. Grey en était à frotter un morceau de pain dans le fond de son assiette vide, déterminé à ne pas laisser perdre une seule goutte de la sauce savoureuse, quand Quarry, ayant englouti sans heurt deux tourtes et trois chopes, émit un rot satisfait et décida qu'il était en mesure de reprendre le fil de la conversation :

– À propos de Cornouaillais, où en es-tu avec ton futur cousin putatif par alliance ? Tu as réussi à l'entraîner au bordel ?

– Il affirme ne pas fréquenter ce genre d'endroit, grommela Grey.

Il n'avait pas vraiment envie d'évoquer la question du mariage de sa cousine. Il avait largement son compte pour la soirée.

Quarry, lui, n'en avait pas terminé.

– Tu vas le laisser épouser ta cousine sans rien faire ? Comment sais-tu qu'il n'est pas impuissant, ou sodomite, en plus d'être malade ?

– J'en suis raisonnablement sûr.

Il réprima la soudaine envie d'observer qu'après tout l'honorable Trevelyan, lui, n'avait pas essayé de le regarder en train d'officier.

Il était passé le voir plus tôt dans la journée, l'invitant à un dîner suivi de divers « divertissements libidineux », afin d'enterrer comme il se devait sa vie de garçon. Trevelyan avait cordialement accepté l'offre d'un repas entre amis, mais avait affirmé avoir juré à sa mère sur son lit de mort qu'il ne fréquenterait jamais de prostituées.

Quarry écarquilla les yeux.

– Quel genre de mère parlerait de putains sur son lit de mort ? Ta mère ne ferait jamais cela, n'est-ce pas ?

– Je n'en ai aucune idée. Fort heureusement, la situation ne s'est pas encore présentée.

Cherchant un moyen de détourner la conversation, il ajouta :

– Cela dit, il existe quand même des hommes qui n'apprécient pas ce type de divertissements...

Quarry lui lança un regard dubitatif avant de rétorquer :

– Très peu... et Trevelyan n'en fait pas partie.

Grey se sentit légèrement froissé.

– Tu sembles bien sûr de toi...

– Je le suis.

Quarry se cala plus confortablement sur son siège, l'air plutôt content de lui, et déclara :

– Je me suis renseigné, moi aussi. Oh, ne t'inquiète pas, j'ai été très discret. Trevelyan fréquente une maison, sur Meacham Street. De bon goût, j'y suis allé plusieurs fois moi-même.

Grey repoussa son assiette vide, intrigué.

– Vraiment ? Mais alors, pourquoi n'a-t-il pas voulu y aller avec moi ?

– Il craint sans doute que tu ne vendes la mèche à Olivia et qu'elle ne change d'avis... Quoi qu'il en soit, pourquoi ne pas aller discuter avec les filles qui travaillent dans cet établissement ? Un ami m'a dit qu'il y voyait Trevelyan au moins deux fois par mois. Il y a de fortes chances pour que la dernière coquine avec laquelle il a couché puisse te dire s'il est vérolé ou non.

– Oui, peut-être, dit lentement Grey.

Quarry en conclut aussitôt que la question était réglée et vida le fond de sa dernière chope avant d'annoncer :

– Parfait. Nous irons après-demain.

– Après-demain ?

– Demain soir, je dois dîner chez mon frère. Ma belle-sœur reçoit lord Worplesdon.

– En cadeau ou en châtiment?

Quarry s'esclaffa, son teint déjà rouge s'empourprant encore.

– Elle est bonne, celle-là, mon petit Johnny! Il faudra que je me souvienne de la répéter à Amanda. Maintenant que j'y pense, si je lui demandais de t'inviter aussi? Tu sais à quel point elle t'apprécie...

– Non, non! s'empressa de répondre Grey.

Lui aussi, il appréciait lady Joffrey, la belle-sœur de Quarry. Malheureusement, celle-ci ne le considérait pas uniquement comme un ami mais également comme une proie, un mari potentiel pour l'une de ses innombrables sœurs et cousines.

– Je suis pris, demain soir. Mais pour en revenir à ce bordel dont tu me parlais...

Quarry repoussa son banc.

– Oui, pourquoi repousser à demain ce qu'on peut faire aujourd'hui, j'en conviens. Sauf que tu as besoin de te reposer ce soir, n'oublie pas que tu vas examiner des cadavres demain matin. En outre...

Il fit voler sa cape sur ses épaules.

– ... je ne suis jamais au mieux de ma forme après la tourte aux anguilles. Elle me donne des vents.

Chapitre 4
Visite d'un valet

Le lendemain matin, Grey, assis dans sa chambre, en chemise de nuit et pantoufles, pas encore rasé, buvait son thé en proie à un débat intérieur : le caractère officiel de son uniforme contrebalancerait-il les conséquences, à la fois vestimentaires et sociales, qu'entraînerait le fait de se montrer en tenue militaire dans les bas quartiers de Londres pour aller inspecter un cadavre vieux de trois jours ? Il fut dérangé dans cette méditation par son ordonnance, le première classe Adams, qui ouvrit la porte de sa chambre et entra sans s'annoncer.

– Il y a quelqu'un, milord, annonça-t-il.

Il se mit au garde-à-vous.

Rarement au mieux de sa forme au petit matin, Grey avala péniblement une gorgée de thé et hocha la tête pour signifier à Adams qu'il avait pris note de son annonce. Celui-ci, qui débutait auprès de Grey ainsi que dans la fonction d'ordonnance, se méprit sur son geste. S'écartant d'un pas, il fit signe au « quelqu'un » en question d'entrer.

Grey fixa, stupéfait, le jeune homme qui s'avançait dans la chambre.

– Qui êtes-vous ?

– Tom Byrd, milord.

Le jeune homme inclina respectueusement la tête, serrant son chapeau entre ses mains. Petit et râblé, une tête ronde comme un boulet de canon, des joues roses et rebondies et un nez en trompette couverts de taches de rousseur. Tout juste sorti de l'adolescence. Toutefois, en dépit de sa jeunesse évidente, il dégageait une remarquable aura de détermination.

– Byrd. Byrd... Ah, Byrd !

Les rouages encrassés de l'esprit de lord John commencèrent à frémir. Tom Byrd. Ce jeune homme devait forcément avoir un rapport avec le valet disparu, Jack Byrd.

– Que venez-vous... Oh, ce doit être M. Trevelyan qui vous envoie ?

– Oui, milord. Le colonel Quarry lui a fait porter un billet la nuit dernière, lui expliquant que vous alliez vous pencher sur la question de... euh...

Il s'éclaircit la gorge de manière ostentatoire, lançant un regard vers Adams. Celui-ci avait saisi le blaireau et l'agitait avec application dans le bol de savon, le faisant mousser.

– M. Trevelyan m'a envoyé pour vous assister, m'instruisant de faire tout mon possible pour vous être utile.

– Ah, je vois. C'est bien aimable de sa part.

Grey était amusé par l'air digne de Byrd, mais également impressionné par son souci de discrétion.

– D'ordinaire, quelle est votre fonction dans la maison de M. Trevelyan, Tom ?

– Valet de pied, milord.

Byrd se tenait le plus droit possible, le menton haut levé pour tenter de gagner quelques centimètres supplémentaires.

Les valets de pied étaient généralement sélectionnés autant sur leur aspect physique que sur leurs compétences et tendaient à être grands et bien faits. Byrd faisait plus ou moins la même taille que Grey.

Ce dernier se frotta la lèvre supérieure, puis reposa sa tasse de thé et lança un regard vers Adams. L'ordonnance avait fini de faire mousser le savon et tenait à présent le rasoir dans une main et le cuir à affûter dans l'autre, se demandant apparemment comment faire fonctionner les deux ensemble.

– Dites-moi, Byrd, avez-vous une expérience de valet de chambre ?

– Non, milord, mais je sais faire la barbe.

Tom Byrd évitait soigneusement de regarder vers Adams, qui avait reposé le cuir et testait à présent la lame contre le bord de sa semelle, fronçant les sourcils.

– Vraiment ?

– Oui, milord. Mon père est barbier et, quand on était petit, mon frère et moi, on rasait les peaux bouillies de sanglier qu'il achetait pour en faire des blaireaux. Histoire de s'entraîner, quoi.

– Hmm...

Grey regarda son reflet dans le miroir au-dessus du chiffonnier. Sa barbe blonde était un ton ou deux plus foncée que ses cheveux, mais elle poussait dru. Le chaume sur ses joues brillait dans la lumière matinale. Non, il ne pouvait décidément pas sortir sans être rasé.

– Très bien, dit-il, résigné. Adams, passez ce coupe-chou à Tom, s'il vous plaît. Donnez un coup de brosse à mon plus vieil uniforme et prévenez le cocher que je vais avoir besoin de lui. M. Byrd et moi-même devons aller voir un corps.

Une nuit passée dans les eaux saumâtres de Puddle Dock suivie de deux jours dans un hangar derrière la prison de Clapham n'avait guère arrangé l'aspect physique de Timothy O'Connell, lequel était déjà peu avenant de son vivant. Du moins, il était encore reconnaissable. On ne pouvait pas en dire autant de l'homme qui gisait près du mur sur un morceau de toile et qui, visiblement, s'était pendu.

– Cela vous ennuierait-il de le retourner ? demanda Grey.

Il parlait à travers un mouchoir imprégné d'essence de wintergreen qu'il plaquait contre la partie inférieure de son visage.

Les deux prisonniers chargés de l'accompagner dans cette morgue improvisée semblaient rétifs – on les avait déjà obligés à sortir O'Connell de son cercueil et à ôter son linceul pour que Grey puisse l'examiner –, mais un mot aboyé par l'agent de police les fit s'activer à contrecœur.

Heureusement, le cadavre avait été nettoyé. Les traces de son dernier combat étaient nettement visibles, en dépit du gonflement du corps et de la décoloration considérable de la peau.

Grey se pencha en avant, pressant le mouchoir contre sa bouche, pour examiner les ecchymoses sur son dos. Il fit signe d'approcher à Tom Byrd, qui se tenait contre le mur, la pâleur de ses traits faisant ressortir encore plus ses taches de rousseur. Grey pointa un doigt vers les marques noires sur le dos et les fesses du mort.

– Vous voyez cela ? À mon avis, il a été roué de coups de pied et piétiné.

– Ah oui, milord ? dit Byrd d'une voix faible.

– Oui, mais vous voyez comment la peau de l'échine est complètement décolorée ?

Byrd lui lança un regard indiquant qu'il ne voyait rien du tout, et encore moins l'intérêt qu'il y avait à rester plus longtemps en ces lieux.

– Le dos, expliqua Grey. L'échine, c'est le dos.

– Ah oui, milord. Je le vois très bien.

– Cela signifie que le corps est resté allongé sur le dos un long moment après la mort. J'ai vu des hommes qu'on enlevait du champ de bataille pour les enterrer. Les parties qui sont restées dessous le plus longtemps sont toujours décolorées de cette manière.

Byrd tenta de hocher la tête, faillit tourner de l'œil.

Grey se tourna vers l'agent.

– Pourtant, vous l'avez trouvé le visage dans l'eau, n'est-ce pas ?

– Oui, milord.

– Je n'ai observé aucune blessure fatale sur la partie frontale de son corps et je n'en vois pas ici non plus. Vous en voyez, vous, Byrd ? Il n'a pas été poignardé, ni abattu d'une balle, ni étranglé avec un garrot...

Byrd vacilla légèrement, se reprit, marmonna quelque chose :

– ... la tête peut-être ?

– C'est possible. Tenez, prenez ça.

Grey fourra son mouchoir dans la main moite du jeune homme puis se pencha et, retenant sa respiration, palpa le cuir chevelu d'O'Connell. Il nota avec intérêt qu'on avait maladroitement tenté de nouer les cheveux du cadavre en une tresse militaire, enroulée autour d'un coussinet de laine et retenue par un lacet en cuir. Toutefois, on avait oublié la poudre de riz pour la touche finale. Quoi qu'il en soit, quelqu'un avait eu suffisamment d'affection pour O'Connell pour vouloir rendre son corps plus présentable, et ce quelqu'un n'était sans doute pas sa veuve.

Le cuir chevelu commençait à se détacher et remuait sous ses doigts, lui procurant une sensation très désagréable. Il sentait des bosses, sans doute provoquées par des coups de pieds ou d'objets contondants... oui, ici, et encore là. En deux endroits, les os du crâne s'enfonçaient vers l'intérieur, exsudant une substance nauséabonde sur le bout des doigts de Grey.

Byrd laissa échapper un son étranglé et sortit de la pièce en courant, pressant toujours le mouchoir contre son visage.

Grey se tourna vers l'agent.

– Portait-il son uniforme quand on l'a trouvé ?

N'ayant plus de mouchoir, il s'essuya longuement les doigts sur le linceul puis fit signe aux deux détenus qu'il pouvait remballer le cadavre.

– Non, milord. Il était en chemise. Nous avons deviné qu'il était des vôtres grâce à ses cheveux, puis, en posant des questions à la ronde, on a trouvé quelqu'un qui connaissait son nom et son régiment.

Grey sursauta, intéressé.

– Vous voulez dire qu'il était connu dans le quartier où on l'a retrouvé ?

L'agent fronça les sourcils, se frottant le menton d'un air concentré.

– Je suppose que oui... laissez-moi réfléchir... Oui, milord, j'en suis sûr. Quand on l'a sorti de l'eau et que j'ai compris qu'il s'agissait d'un soldat, j'ai fait un tour à la taverne de l'Oak and Oyster pour me renseigner, puisque c'est la plus proche fréquentée par des militaires. J'ai ramené plusieurs personnes avec moi pour jeter un œil sur le corps. C'est la barmaid qui l'a reconnu.

Le cadavre avait été de nouveau retourné sur le dos. L'un des deux prisonniers, les lèvres pincées, allait rabattre le linceul sur lui quand Grey l'arrêta d'un geste. Il se pencha au-dessus du cercueil et toucha du bout des doigts la marque sur le front d'O'Connell. C'était effectivement une empreinte de talon, on pouvait même compter les clous de cordonnier.

Il hocha la tête et se redressa. Le corps avait été déplacé, c'était évident. Mais d'où ? Si le sergent avait été tué dans une bagarre, comme cela semblait être le cas, celle-ci avait peut-être été rapportée aux autorités.

– Pourrais-je m'entretenir un instant avec votre supérieur ?

– Vous voulez sûrement parler de M. Magruder, le directeur de la police, milord. Vous devrez ressortir du bâtiment, c'est la première porte sur votre gauche. Vous en avez terminé avec le corps, milord ?

Il faisait déjà signe aux deux détenus de replacer le couvercle du cercueil.

– Oh, euh... oui, je crois.

Grey hésita. Ne devait-il pas faire un geste officiel d'adieu à un compagnon d'armes ? Rien dans ce visage vide et boursouflé ne l'y invitait, et l'agent de police, lui, s'en souciait certainement comme d'une guigne. Finalement, il salua le cadavre d'un signe de tête, donna un shilling à l'agent pour sa peine, puis sortit.

Le directeur Magruder était un petit homme avec une tête de renard et des yeux étroits qui ne cessaient d'aller et venir entre la porte et son bureau, comme s'il craignait que quelque chose ne lui échappe. Grey prit cela comme un signe encourageant, se disant que rien ne devait donc lui échapper de ce qui se passait chez les contrebandiers de Bow Street, qui faisait partie de sa juridiction.

Le directeur était déjà au courant de sa mission, cela se voyait à la lueur de méfiance au fond de ses petits yeux et aux brefs coups d'œil qu'il lançait vers les bureaux adjacents du magistrat. Il était évident qu'il craignait que Grey n'aille voir ce dernier, sir John Fielding, avec toutes les complications que cela risquait d'entraîner pour lui.

Grey ne connaissait pas sir John personnellement, mais il était presque sûr qu'il était un ami de sa mère. Toutefois, à ce stade, il n'était nullement nécessaire de le faire intervenir. Comprenant les angoisses de Magruder, il fit de son mieux pour se montrer affable, détendu et humblement reconnaissant de l'assistance mise à sa disposition.

– Je vous remercie de m'avoir reçu, monsieur. J'hésite à abuser encore de votre patience, mais puis-je vous poser juste une ou deux petites questions supplémentaires ?

– Mais bien sûr, major.

Magruder avait toujours l'air aussi méfiant mais se détendit légèrement, probablement soulagé qu'on ne lui demande pas de se lancer dans une enquête qui menaçait d'être laborieuse.

– J'ai cru comprendre que le sergent O'Connell avait été tué pendant la nuit du samedi au dimanche. Savez-vous si le quartier a connu des troubles cette nuit-là ?

Magruder fit une grimace.

– Des troubles, major ? Mais le quartier tout entier n'est qu'un grand trouble, dès la nuit tombée ! Agressions, vols à la tire, combats de rue, émeutes, disputes entre les gueuses et leurs clients, cambriolages, échauffourées dans les tavernes, vandalisme, incendies criminels, vols de chevaux, violences gratuites contre des personnes prises au hasard...

– Oui, je comprends. Toutefois, nous pouvons raisonnablement avancer que personne n'a mis le feu au sergent O'Connell, ni ne l'a confondu avec une dame de la nuit.

Grey sourit pour effacer tout soupçon de sarcasme et poursuivit :

– Je cherche uniquement à réduire les possibilités.

Il écarta les mains dans un geste d'impuissance.

– C'est mon devoir, que voulez-vous ?

– Oui, bien sûr.

Magruder n'était pas non plus dépourvu d'humour. Une lueur amusée éclaira son regard et ses traits s'adoucirent. Il lança un regard vers les papiers sur son bureau, puis vers le couloir, d'où leur parvenaient des cris et des bruits en provenance de l'arrière du bâtiment, où étaient enfermés les détenus. Il se tourna de nouveau vers Grey.

– Je parlerai aux agents qui étaient de garde cette nuit-là et éplucherai leurs rapports. Si je remarque quoi que ce soit pouvant être utile à votre enquête, je vous enverrai un message, major. Cela vous convient-il ?

– Je vous en serai infiniment reconnaissant, monsieur.

Grey se leva rapidement et les deux hommes prirent congé avec des expressions d'estime réciproque.

Tom Byrd attendait assis sur le trottoir à l'extérieur, toujours pâle mais en meilleur état. Il bondit sur ses pieds à la vue de Grey et se mit à marcher derrière lui.

Magruder trouverait-il quelque chose d'utile ? Grey n'en était pas sûr. Il avait suggéré une banale agression pour vol. Peut-être... mais connaissant le tempérament féroce d'O'Connell, il était peu probable qu'une bande de voleurs l'ait choisi parmi tant d'autres pour le détrousser. Il ne manquait pas de pigeons plus faciles à plumer.

Mais si O'Connell avait réussi à rencontrer son client (dans la mesure où celui-ci existait réellement, se rappela Grey), et s'il avait eu le temps de lui livrer les documents et de recevoir son argent ?

Il se pouvait que le client ait tué O'Connell pour récupérer son argent et faire taire un témoin gênant, mais dans ce cas pourquoi ne pas tuer le sergent tout de suite et lui prendre les documents avant les tractations ? O'Connell avait peut-être eu la sagesse de ne pas porter les documents sur lui. Son client le sachant, il aurait d'abord procédé à l'échange avant de chercher à se débarrasser du fournisseur.

D'un autre côté, quelqu'un avait pu découvrir qu'O'Connell était en possession d'une belle somme d'argent et décider de le détrousser sans pour autant être impliqué dans le vol des documents secrets. Oui, mais l'état du corps suggérait que l'agresseur avait tenu à ce que le sergent ne survive pas à l'agression. De simples voleurs n'auraient pas été aussi perfectionnistes. Ils se seraient contentés d'assommer leur victime, puis auraient pris la fuite avec leur butin sans se soucier de savoir si elle vivait encore ou non.

L'acheteur de secrets militaires, lui, serait plus enclin à s'assurer de ne pas laisser de témoin. Mais, dans ce cas, aurait-il pris le risque de dépendre de complices ? Car il était clair qu'O'Connell avait eu maille à partir avec plusieurs assaillants et que, à en juger par l'état de ses mains, il leur avait laissé quelques marques.

Plus pour s'éclaircir les idées que pour entendre l'opinion de Byrd, il demanda :

– Qu'en pensez-vous, Tom ? S'il s'agissait d'agir discrètement, n'aurait-il pas été plus simple de se servir d'une arme ? Battre un homme à mort fait du bruit. Cela risque d'attirer l'attention d'importuns, vous ne pensez pas ?

– Oui, milord, je suppose. Quoique...

– Oui ?

Grey lança un regard vers Byrd par-dessus son épaule et celui-ci pressa le pas pour venir à sa hauteur.

– Eh bien... c'est juste que... J'ai pas... je veux dire je n'ai jamais... vu un homme battu à mort, mais quand on tue un cochon, il fait un raffut du diable si vous vous y prenez mal.

– Si on s'y prend mal ?

– Oui, milord. Quand vous savez y faire, il suffit d'un coup. La bête n'a même pas le temps de comprendre ce qui lui arrive et ne bronche pas. Mais quand un homme ne sait pas trop ce qu'il fait, ou s'il n'est pas assez costaud...

L'évocation d'une telle incompétence le fit grimacer.

– ... la bête pousse des cris à réveiller un mort. Il y a un boucher en face de la boutique de mon père. Je l'ai souvent vu tuer des cochons.

– Excellent point, Tom, dit lentement Grey.

Si le but recherché avait été de tuer, le crime aurait été accompli plus simplement. Par conséquent, la mort de Tim O'Connell devait être accidentelle, survenue au cours d'une rixe, d'une bagarre de rue, ou... Pourtant, le corps avait été déplacé peu de temps après le décès. Pourquoi ?

Ses cogitations furent interrompues par le bruit d'une altercation dans l'allée qui menait à l'arrière de la prison.

– Qu'est-ce que tu fais ici, espèce de catin irlandaise ?

– J'ai le droit d'être ici, moi ! Ce n'est pas comme toi, sale voleuse !

– Pouffiasse !

– Salope !

Se guidant aux cris, Grey découvrit le cercueil scellé de Timothy O'Connell au milieu de la ruelle, entouré d'un groupe de gens. Au centre de l'attroupement se dressait la silhouette enceinte de Mme O'Connell, drapée de voiles noirs et toisant une autre femme vêtue de la même manière.

Ces dames n'étaient pas seules. Scanlon l'apothicaire tentait vainement d'éloigner la veuve de son adversaire avec l'aide d'un prêtre irlandais, un grand type décharné. L'autre femme avait également amené des renforts : un petit homme d'église bedonnant portant un col de pasteur et un manteau roux. Ce dernier semblait plus amusé que préoccupé par cet échange d'amabilités. D'autres personnes, sans doute des parents et amis du défunt venus l'enterrer, encombraient l'allée.

– Toi et tes acolytes, déguerpissez ! C'était mon mari, pas le tien !

– Ah oui, il est bien temps de jouer les bonnes épouses ! Tu n'as même pas été fichue de venir laver la boue sur son visage quand ils l'ont sorti de la vase ! C'est moi qui l'ai préparé et c'est moi qui l'enterrerai, merci beaucoup ! Épouse, peuh !

Tom Byrd les observait, bouche bée, sous l'avant-toit du hangar. Il lança un regard consterné vers Grey.

– C'est moi qui ai payé son cercueil, tu crois peut-être que je vais te laisser l'emporter ? Tu es capable de vendre son corps à un équarrisseur pour conserver les planches, gueuse que tu es ! Voleuse de mari ! Tu me l'as pris pour lui sucer jusqu'à la moelle des os...

– Ferme ton clapet !

– Ferme le tien !

La veuve O'Connell tenta un grand swing en direction de sa rivale, qui l'esquiva adroitement. Sentant l'excitation monter d'un cran dans les deux camps, Grey joua des coudes pour s'approcher des deux femmes. Il saisit Mme O'Connell par le bras et déclara sur un ton péremptoire :

– Madame, vous devez...

Un violent coup de coude dans le ventre le prit par surprise. Il chancela vers l'arrière et piétina involontairement le gros orteil du prêtre. Celui-ci se mit à sautiller à cloche-pied, lâchant de brèves imprécations blasphématoires dans ce que Grey supposa être un dialecte irlandais, car cela ne ressemblait à rien de ce qu'il connaissait.

Ils furent rapidement submergés par les torrents d'insultes déversés par les deux dames en furie, si on pouvait encore parler de dames, pensa amèrement Grey.

Le claquement sec d'une gifle retentit dans la ruelle, suivi d'un concert de cris stridents, tandis que les femmes se jetaient l'une sur l'autre toutes griffes dehors. Grey tenta d'en retenir une par la manche, mais celle-ci lui glissa entre les doigts et il fut brutalement projeté contre un mur. Quelqu'un lui fit un croc-en-jambe et il tomba en avant, rebondissant contre le mur du hangar avant de pouvoir recouvrer son équilibre.

Il se hâta de dégainer son épée, dans un grand mouvement, en faisant chanter sa lame. Le chuintement fendit le vacarme dans la ruelle comme un couteau pénètre une motte de beurre, séparant les combattants et faisant reculer les deux femmes d'un pas hésitant. Dans l'instant de silence qui s'ensuivit, Grey avança d'un pas ferme entre elles et leur lança l'une après l'autre un regard noir.

L'inconnue était imposante, avec une chevelure noire et bouclée. Un voile cachait son visage mais pas son humeur, belliqueuse à l'extrême.

– Puis-je savoir qui vous êtes, madame ? Et ce qui vous amène ici ?

– C'est une traînée de la pire espèce, quoi d'autre ?

71

La voix de Mme O'Connell venait de dernière lui, éraillée par le mépris mais contrôlée. D'un mouvement péremptoire de son épée, il tua dans l'œuf la réponse venimeuse de l'inconnue puis lança un regard irrité derrière lui à la veuve.

– Si cela ne vous ennuie pas, madame O'Connell, ce n'est pas à vous que j'ai posé la question.

– Vous voulez dire « madame Scanlon », milord.

La voix de l'apothicaire, toujours polie, contenait une pointe de satisfaction.

– Pardon ?

Pris de court, Grey pivota sur ses talons pour se tourner face à Scanlon et la veuve. Apparemment, l'autre femme tombait elle aussi des nues, car, à part un retentissant « Quoi ? ! », elle ne dit plus rien.

Scanlon tenait Francine O'Connell par le bras. Il le serra un peu plus fort et adressa une courbette à Grey.

– J'ai l'honneur de vous présenter mon épouse, milord, annonça-t-il sur un ton solennel. Nous avons été mariés hier, avec une autorisation spéciale, par le père Doyle ici présent.

Il fit un signe de tête vers le prêtre irlandais, qui acquiesça à son tour sans toutefois quitter des yeux la pointe de la lame de Grey.

– Quoi, tu ne pouvais même pas attendre que ce pauvre Tim refroidisse, hein ? Qui est la traînée de nous deux, j'aimerais bien le savoir, avec ton ventre gonflé comme un crapaud péteur !

– Je suis une femme mariée, moi ! *Deux* fois mariée !

– Allons, Francine, Francine...

Scanlon passa un bras autour de la taille de son épouse outrée, la retenant de force.

– Laisse-la dire, mon cœur, laisse-la dire. Nous ne voulons pas que le bébé soit blessé, n'est-ce pas ?

À cette évocation de la délicatesse de son état, Francine recula légèrement, mais elle continua à souffler sous son voile, rappelant à Grey un taureau qui vient de chasser des intrus de son champ et entend bien qu'ils restent à l'écart.

Il se tourna de nouveau vers l'autre femme au moment où celle-ci ouvrait la bouche. Il pointa son épée contre le milieu de sa poitrine, coupant net ses récriminations qui moururent dans un petit cri étranglé.

– Vais-je enfin savoir qui vous êtes, oui ou non ? s'écria-t-il à bout de patience.

– Iphigenia Stokes, répondit-elle, indignée. Comment vous permettez-vous de telles libertés sur ma personne, monsieur ?

Elle recula d'un pas, écartant son épée d'une main dont la mitaine en dentelle noire ne pouvait cacher la rougeur ni la largeur.

Grey se tourna brusquement vers le petit homme d'église, qui avait tranquillement joui du spectacle abrité derrière un tonneau.

– Et vous ?

– Moi ?

L'ecclésiastique parut surpris mais se présenta néanmoins poliment :

– Révérend Cobb, monsieur, curé de la paroisse de St. Giles. On m'a fait chercher pour célébrer les obsèques de feu M. O'Connell, à la demande de Mme Stokes, qui, d'après ce que j'ai cru comprendre, entretenait une relation amicale privilégiée avec le défunt...

– Comment ? s'écria Francine O'Connell. Un chien de protestant ?

Elle se redressa, de nouveau tremblante d'indignation. M. Cobb lui lança un regard méfiant mais, se sentant suffisamment protégé derrière son tonneau, lui adressa une courbette aimable.

– L'enterrement aura lieu dans le cimetière de St. Giles, madame. Votre mari et vous-même êtes cordialement invités à y assister.

Sur ces mots, l'ensemble du contingent irlandais avança d'un pas, s'apprêtant visiblement à soulever le cercueil et à l'emporter de force, si nécessaire.

Mlle Stokes encourageait ses troupes en lançant des « Putain catholique ! » tonitruants, tandis que M. Scanlon semblait partagé, essayant simultanément d'extirper sa femme de la mêlée tout en brandissant son poing libre en direction des protestants et en criant des imprécations irlandaises.

Sentant la situation sur le point de dégénérer en émeute sanglante, Grey bondit sur le cercueil en agitant son épée de droite à gauche, faisant reculer les belligérants et s'écriant :

– Tom ! Allez chercher les agents !

Tom Byrd n'avait pas attendu ses instructions et était déjà parti chercher du secours dès les premiers signes de rixe. Le mot « agents » était à peine sorti de la bouche de Grey qu'un bruit de course retentit. Magruder, le directeur de la police, et deux de ses hommes firent irruption dans la ruelle, matraque ou pistolet au poing, Tom Byrd haletant derrière eux.

Devant l'arrivée des autorités en armes, les deux clans se séparèrent aussitôt, les couteaux disparaissant comme par enchantement, les bâtons glissant au sol avec une désinvolture naturelle.

– Des difficultés, major ? demanda Magruder.

Le spectacle des deux rivales endeuillées et de Grey sur son perchoir précaire semblait beaucoup l'amuser.

– Non, monsieur... je vous remercie, répondit poliment Grey, hors d'haleine.

Il sentit les planches du cercueil bon marché craquer sous son poids et une rigole de sueur coula entre ses omoplates.

– Toutefois, si vous voulez bien rester ici encore un petit moment...

Il prit une grande inspiration et redescendit prudemment sur la terre ferme. Il avait roulé dans une flaque et ses culottes étaient mouillées. La couture de la manche de sa veste avait lâché sous l'aisselle.

Il avait bien pensé opter pour un jugement à la Salomon et donner une moitié du cadavre de Tim O'Connell à chaque femme, mais il rejeta cette idée, se disant que cela prendrait encore trop de temps et que son épée n'était pas adaptée pour ce genre de charcutage. Néanmoins, il se jura que si une des deux mégères lui faisait encore le moindre problème, il enverrait sur-le-champ Tom chercher un fendoir de boucher.

Il rengaina son épée et se frotta le front entre les deux sourcils du bout de l'index.

– Madame... Scanlon.

– Oui ?

Son visage était légèrement moins enflé que lors de leur première entrevue. Si elle avait encore les yeux mi-clos sous son voile, c'était le fait du soupçon et de la fureur qui l'agitaient.

– Lorsque je suis venu vous trouver il y a deux jours, vous avez rejeté le présent des compagnons d'armes de votre mari en rétorquant qu'il rôtissait en enfer et que vous ne souhaitiez pas gaspiller de l'argent en cierges et en messes. N'est-ce pas vrai ?

– Si, admit-elle à contrecœur. Mais...

– Fort bien. À partir du moment où vous estimez qu'il se trouve actuellement dans l'antre de la damnation, il est clair que son séjour y est définitif. Dans ce cas, que son corps soit inhumé dans un endroit particulier, selon le rite catholique ou un autre, n'aura aucune incidence sur son triste sort.

Voyant soudain la perspective de ses honoraires funéraires s'éloigner, le prêtre objecta :

– On ne peut jamais être complètement sûr que l'âme d'un pécheur est allée en enfer. Les voies du Seigneur sont impénétrables aux simples mortels que nous sommes. Pour autant que nous sachions, ce pauvre Tim O'Connell pourrait bien s'être repenti au dernier instant, avoir fait acte de contrition et avoir été emporté tout droit aux cieux dans les bras d'un ange !

– Parfait ! conclut Grey. S'il est au paradis, il a encore moins besoin d'une intervention terrestre. Par conséquent...

Il inclina la tête en direction des Scanlon et de leur prêtre.

– ... selon vous, le défunt est soit damné soit sauvé, mais certainement l'un ou l'autre. Alors que pour vous...

Il se tourna vers Mlle Stokes.

– ... Tim O'Connell serait éventuellement dans un état intermédiaire, où quelques intercessions humaines pourraient lui venir en aide ?

Mlle Stokes le regarda d'un air perplexe, la bouche entrouverte, puis d'une voix soudain douce, déclara :

– Je veux juste qu'il soit enterré convenablement, monsieur.

– Fort bien.

Grey lança un regard torve vers la nouvelle Mme Scanlon.

– Je considère que, dans une certaine mesure, vous avez abandonné vos droits légaux sur la question en vous remariant avec M. Scanlon. Si Mlle Stokes acceptait de vous rembourser le cercueil, vous estimeriez-vous satisfaite ?

Le contingent irlandais paraissait renfrogné mais ne broncha pas. Scanlon lança un regard vers le prêtre, puis vers sa femme et enfin vers Grey avant d'acquiescer, très discrètement.

Grey se tourna vers Mlle Stokes et, reculant d'un pas, désigna le cercueil.

– Il est à vous.

Il y eut quelques grognements étouffés, traînements de pieds et crachats dépités dans les rangs, mais les Irlandais se contentèrent de murmurer quelques insultes vagues en direction des sous-fifres de Mlle Stokes tandis que ceux-ci s'emparaient de la dépouille tant convoitée. Grey se dirigea vers Scanlon, la main sur la garde de son épée.

– Permettez-moi de vous féliciter pour votre récent mariage, monsieur, dit-il aimablement.

– Je vous en remercie, monsieur, répondit l'apothicaire tout aussi poliment.

Francine se tenait à ses côtés, bouillonnante sous son voile.

Ils attendirent en silence que le corps de Tim O'Connell soit emporté. Iphigenia Stokes se montra étonnamment magnanime dans son triomphe. Elle ne lança pas un regard, pas la moindre remarque, vers les Irlandais vaincus tandis que les membres de sa suite la suivaient avec le mort. Fermant la marche, le révérend Cobb osa un dernier coup d'œil par-dessus son épaule et fit un petit signe d'adieu à Grey.

– Que Dieu veille sur son âme ! dit pieusement le père Doyle.

Il se signa alors que le cercueil disparaissait au bout de l'allée.

– Que Dieu le fasse pourrir, grommela Francine Scanlon.

Elle souleva son voile et cracha par terre avant d'ajouter :

– Et elle avec.

Il n'était pas encore midi et les tavernes étaient presque vides. Le directeur Magruder et ses assistants acceptèrent gracieusement un rafraîchissement au Blue Swan pour leur aide, puis s'en retournèrent à leurs tâches, laissant Grey ôter sa veste et tenter de réparer les dégâts occasionnés à sa tenue dans un minimum d'intimité.

– Vous m'avez l'air aussi doué avec une aiguille qu'avec un rasoir, Tom.

Il était confortablement installé sur un banc dans l'arrière-salle de la taverne, devant sa seconde pinte de bière brune.

– Sans parler du fait que vous êtes rapide, tant dans la pensée que dans les gestes. Si vous n'aviez pas pris l'initiative d'aller chercher Magruder tout à l'heure, je serais sans doute allongé dans la ruelle à l'heure actuelle, aussi froid que le turbot d'hier soir.

Plissant des yeux sur la veste rouge qu'il tentait de raccommoder dans la mauvaise lumière qui filtrait par un vitrail, Tom Byrd ne releva pas la tête mais rosit légèrement.

– Vous maîtrisiez parfaitement la situation, milord, dit-il avec tact. Mais il faut reconnaître que ces horribles Irlandais étaient diablement nombreux, sans parler des Français.

Grey mit un poing devant sa bouche pour étouffer un rot naissant.

– Des Français? Comment ça? Qu'est-ce qui vous fait penser que les amis de Mlle Stokes étaient français?

Byrd releva des yeux surpris.

– Mais parce qu'ils parlaient français entre eux, du moins certains. Il y avait ces deux types, avec des sourcils noirs et des cheveux frisés. Ils semblaient apparentés à cette Mlle Stokes.

Ce fut au tour de Grey d'être surpris. Il plissa le front d'un air concentré, essayant vainement de se souvenir s'il avait entendu des remarques en français. Il avait effectivement remarqué les deux hommes à la peau basanée dont parlait Tom et qui encadraient leur... sœur? leur cousine? Car Tom disait vrai: il y avait un indéniable air de famille dans leur attitude menaçante... mais ils lui avaient plutôt fait penser à des...

– Bien sûr! dit-il soudain. Est-ce que leur parler ne ressemblait pas plutôt à...

Il récita un bref vers d'Homère, s'efforçant de lui infuser un fort accent populaire.

Le visage de Tom s'illumina et il hocha vigoureusement la tête, tenant le bout de son fil entre ses lèvres.

– Je me demandais comment elle avait hérité du prénom Iphigenia, poursuivit Grey en souriant. Après tout, il est peu probable que son père ait été un érudit.

Voyant son assistant perplexe, il lui expliqua:

– C'est du grec. Il est fort possible que Mlle Stokes et ses frères – s'il s'agissait bien de ses frères – aient eu une mère grecque, ou une grand-mère, Stokes étant un patronyme on ne peut plus anglais.

– Ah, du grec ! dit Tom.

Apparemment, il ne voyait pas très bien la distinction entre le grec et un dialecte français. Il ôta délicatement le fil de sa bouche et secoua la veste.

– Tenez, milord. Je ne dirais pas qu'elle est comme neuve, mais au moins vous pouvez la porter sans qu'on voie votre chemise à travers.

Grey le remercia d'un signe de tête et poussa une chope de bière dans sa direction. Il enfila sa veste et examina la couture recousue. Ce n'était pas vraiment un travail de tailleur, mais c'était du solide.

Il se demanda s'il valait la peine d'enquêter un peu plus sur cette Iphigenia Stokes. Si elle avait effectivement des liens familiaux avec la France, cela pouvait constituer à la fois un mobile à la traîtrise d'O'Connell – s'il y avait eu traîtrise – et un débouché possible aux informations volées à Calais. Mais grecque... Peut-être cela signifiait-il que Stokes père avait été marin. Probablement dans la marine marchande plutôt que militaire, s'il avait rapporté une épouse étrangère dans ses bagages.

Oui, la famille Stokes méritait qu'on s'y intéresse. La passion de la mer était congénitale et, même s'il ne leur avait lancé qu'un coup d'œil, un ou deux hommes dans le camp Stokes lui avaient semblé avoir des airs de marin. L'un d'eux portait un anneau dans une oreille, de cela il était sûr. Les marins étaient bien placés pour faire sortir en douce des informations d'Angleterre, quoique, en l'occurrence...

– Milord ?

– Oui, Tom ?

– Je me demandais justement... je veux dire, en voyant le macchabée, j'ai...

– Vous voulez parler du sergent O'Connell ?

Traître ou pas, il n'aimait pas qu'on parle ainsi d'un compagnon d'armes.

– Oui, milord.

Tom but une grande gorgée de bière, puis releva les yeux, soutenant le regard de Grey.

– Vous pensez que mon frère est mort, lui aussi ?

Il ne s'y était pas attendu. Il rajusta la veste sur ses épaules, se demandant quoi répondre. De fait, il ne croyait pas que Jack Byrd était mort. Il partageait l'avis de Quarry : il avait dû rallier le camp des assassins d'O'Connell, s'il ne l'avait pas tué lui-même. Cependant, aucune de ces deux théories n'allait rassurer son jeune frère.

– Non, répondit-il lentement. Je ne le crois pas. S'il avait été tué par ceux qui ont assassiné le sergent O'Connell, on aurait retrouvé son corps dans les parages. Je ne vois pas de raisons particulières pour lesquelles ils auraient voulu le dissimuler. Vous en voyez une, vous ?

Les épaules du garçon se détendirent légèrement et il fit non de la tête avant de boire une nouvelle gorgée de bière. Après quoi, il s'essuya la bouche du revers de la main.

– Non, milord. Mais s'il n'est pas mort, où croyez-vous qu'il soit ?

– Je n'en sais rien, répondit Grey en toute honnêteté. J'espère que nous le découvrirons bientôt.

Il lui vint à l'esprit que si Jack Byrd n'avait pas quitté Londres, son frère pourrait éventuellement aider à le débusquer, volontairement ou non.

– Vous n'avez pas une petite idée d'où il aurait pu aller ? N'a-t-il pas des endroits où il aime se réfugier de temps à autre ? Où il irait se cacher s'il se sentait en danger ?

Tom Byrd lui lança un regard noir qui lui fit comprendre qu'il était nettement plus intelligent qu'il ne l'avait d'abord cru.

– Non, milord. S'il avait eu besoin d'aide... On est six garçons à la maison, et mon père a deux frères qui ont aussi des fils. On se soutient les uns les autres. Mais il n'est jamais repassé chez nos parents, je peux vous le garantir.

– Voilà qui doit faire une sacrée colonie de Byrd, à ce que je vois ! Vous avez donc déjà eu l'occasion d'en discuter avec votre famille ?

– Oui, milord. Ma sœur, la seule fille entre tous ces garçons, est passée chez M. Trevelyan lundi dernier pour apporter un message à Jack. C'est là que M. Trevelyan a déclaré qu'il ne l'avait pas revu depuis la veille de la mort de M. O'Connell.

Le garçon secoua la tête.

– Si Jack était tombé sur un os trop gros pour lui, un problème pour lequel Papa et nous autres on ne pouvait pas l'aider, je pense qu'il se serait adressé à M. Trevelyan. Mais il n'en a rien fait. S'il s'est passé quelque chose, cela a dû être drôlement soudain.

Un bruit dans la galerie leur annonça le retour de la servante et empêcha Grey de lui répondre, ce qui était aussi bien puisqu'il n'avait aucune suggestion utile à offrir.

– Vous avez fait faim, Tom ?

Les petits pâtés en croûte tout juste sortis du four, que la servante portait sur un plateau, étaient probablement savoureux, mais Grey avait encore les narines insensibilisées par l'essence de wintergreen, et le souvenir du cadavre était encore assez frais dans son esprit pour lui couper l'appétit pour un moment.

Il en allait apparemment de même pour Tom, car il fit vigoureusement non de la tête.

– Dans ce cas, dit enfin Grey, rendez son aiguille à cette dame. Donnez-lui cette pièce pour la remercier de sa gentillesse et allons-nous-en.

Grey avait renvoyé son cocher, si bien qu'ils se dirigèrent à pied vers Bow Street, où ils espéraient trouver un moyen de transport. Byrd marchait derrière Grey, les épaules avachies, donnant des coups de pied dans les cailloux, toujours perturbé par le sort de son frère. Lançant un regard par-dessus son épaule, Grey lui demanda :

– Jack avait-il l'habitude de faire régulièrement des rapports à M. Trevelyan ? Je veux dire pendant qu'il surveillait le sergent O'Connell ?

Tom haussa les épaules, l'air triste.

– Je ne sais pas, milord. Il ne m'a pas raconté ce qu'il traficotait, si ce n'est qu'il y avait cette chose particulière que M. Joseph lui avait demandé de faire et qu'il ne dormirait pas à la maison pendant un certain temps.

– Mais vous le savez, à présent ? Ce qu'il faisait et pourquoi ?

Une lueur méfiante traversa le regard du garçon.

– Non, milord. M. Trevelyan m'a seulement dit que je devais vous aider. Il ne m'a rien expliqué d'autre.

– Je vois.

Grey se demanda ce qu'il pouvait lui dévoiler. Ce fut surtout l'inquiétude dans le regard du garçon qui le convainquit de parler. Il lui narra donc toute l'histoire, sauf, bien sûr, la nature précise des exactions présumées d'O'Connell et ses propres conjectures sur le rôle de Jack Byrd dans leur affaire.

– Alors vous ne croyez pas que le macchabée – je veux dire le sergent O'Connell – a été tué accidentellement d'un coup sur la tête, milord ?

Byrd était sorti de son coup de cafard. Il marchait d'un pas leste à côté de Grey, absorbé par les détails de son compte rendu.

– C'est que, voyez-vous, Tom, je ne peux encore rien affirmer avec certitude. J'espérais que nous découvririons une trace sur le cadavre indiquant qu'on avait délibérément assassiné le sergent O'Connell, mais je n'ai rien trouvé de cette nature. D'un autre côté...

– D'un autre côté, la personne qui lui a marché sur la figure ne devait pas beaucoup l'aimer, déduisit judicieusement le garçon. Ça, ce n'était pas un accident, milord.

– Non, en effet. L'empreinte a été laissée après la mort et non dans le feu de l'action.

Tom écarquilla les yeux.

– Comment le savez-vous, milord ?

– Avez-vous regardé de près l'empreinte de semelle ? Plusieurs des têtes de clous de cordonnier avaient transpercé la peau sans provoquer d'extravasation sanguine.

Tom le dévisagea dans un mélange d'ahurissement et de méfiance, le soupçonnant d'avoir inventé le mot sur l'instant dans le seul but de le contrarier.

– Ah bon ? réussit-il néanmoins à dire.

– Absolument.

Grey regrettait d'avoir mis le jeune homme dans l'embarras mais préféra ne pas remuer le couteau dans la plaie en s'excusant.

– C'est que, voyez-vous, les morts ne saignent pas, à moins d'avoir subi des blessures très importantes, telle la perte d'un membre. Après le décès, ils peuvent continuer à goutter un certain temps, bien sûr, mais le sang s'épaissit rapidement à l'air libre et...

Voyant la pâleur envahir de nouveau le visage de Tom, il toussota et poursuivit, changeant de direction :

– Vous vous dites certainement que le sang a peut-être coulé, mais qu'on l'aura ensuite nettoyé...

– Ah euh... euh oui, fit Tom d'une voix faible.

– C'est possible, concéda Grey. Mais peu probable. Les plaies à la tête saignent abondamment, comme un porc égorgé, dit-on communément.

À cette allusion charcutière, le garçon reprit du poil de la bête :

– Celui qui dit le contraire n'a jamais vu un cochon se faire égorger. Moi, si. Il perd des torrents de sang. Assez pour remplir un tonneau... voire deux !

Grey hocha la tête, notant au passage que ce n'était apparemment pas le sang en soi qui troublait le garçon.

– J'ai regardé attentivement et n'ai trouvé aucune trace de sang séché dans les cheveux ou sur le visage, alors qu'ailleurs le nettoyage du corps avait été fait de manière assez sommaire. Je crois donc pouvoir avancer avec une relative certitude que l'empreinte a été laissée quelque temps après que le sergent a cessé de respirer.

– En tout cas, ça ne peut pas être Jack qui l'a laissée !

Grey lui lança un regard surpris. À présent, il comprenait ce qui avait tant perturbé le garçon. Au-delà de la disparition de Jack Byrd, Tom avait visiblement eu peur que son aîné ne soit coupable du meurtre, ou du moins il y avait pensé.

– Je n'ai jamais suggéré cette éventualité, dit Grey prudemment.

– Mais je sais qu'il ne l'a pas fait ! Je peux le prouver, milord !

Emporté par son discours, il tira sur la manche de Grey.

– Les chaussures de Jack ont des talons carrés ! Celui qui a piétiné le macchabée en avait des ronds. Et en bois, alors que ceux de Jack sont en cuir !

Il s'interrompit, presque hors d'haleine tellement il était excité, fouillant le regard de son interlocuteur avec des yeux écarquillés, cherchant le moindre signe d'assentiment.

– Je vois, dit Grey lentement.

Le garçon lui tenait toujours le bras. Il posa une main sur la sienne et la serra doucement.

– Je suis ravi de l'apprendre, Tom. Sincèrement ravi.

Byrd scruta son visage encore quelques instants, puis y trouva visiblement ce qu'il cherchait. Il expira longuement, le lâcha enfin.

Ils rejoignirent Bow Street quelques minutes plus tard et Grey héla un fiacre. S'il était convaincu que Tom disait la vérité concernant les souliers de son frère, il n'en demeurait pas moins que la disparition de Jack Byrd continuait d'être la raison principale de soupçonner que la mort d'O'Connell n'était pas accidentelle.

Harry Quarry dînait sur son bureau tout en effectuant ses corvées administratives. Il repoussa néanmoins son assiette et sa paperasse pour écouter le récit que lui faisait Grey du départ théâtral du sergent O'Connell pour l'autre monde.

– « Comment vous permettez-vous de telles libertés sur ma personne, monsieur ? » ! Elle a vraiment dit cela ?

Il essuya les larmes au coin de ses yeux hilares avant de reprendre :

– Décidément, Johnny, tu as eu une journée nettement plus amusante que la mienne !

– Si tu souhaites reprendre toi-même le fil de l'enquête, ne te gêne surtout pas. Je ne soulèverai pas la moindre objection.

Il piocha un radis dans les vestiges du repas de Quarry. Il n'avait rien mangé depuis le petit déjeuner et était affamé.

– Non, non, lui assura Quarry. Je ne voudrais surtout pas te priver d'un tel plaisir. Que penses-tu du fait que Scanlon et la veuve aient soudain décidé de payer l'enterrement d'O'Connell ?

Grey haussa les épaules, mâchant son radis tout en faisant tomber des croûtes de boue séchée des pans de sa veste.

– Scanlon épouse la veuve O'Connell quelques jours seulement après la mort du mari. Peut-être voulait-il se protéger, pensant que les gens ne le soupçonneraient pas de l'avoir assassiné s'il finançait ses obsèques et avait le cran de se présenter avec un prêtre et tout l'attirail du dévot...

– Mmm.

Quarry hocha la tête, saisit une asperge dans le plat et l'engouffra tout entière.

– Targardéchéchoulié ?

– Si j'ai regardé les souliers de Scanlon ? Non, j'étais trop occupé à séparer ces deux harpies qui tentaient de s'entre-tuer. En revanche, Stubbs a observé ses mains le jour où nous nous sommes rendus dans sa boutique. Si Scanlon est derrière la mort d'O'Connell, c'est quelqu'un d'autre qui s'est chargé de la corvée.

– Tu penses que c'est lui ?

– Va savoir. Tu vas vraiment manger ce muffin ?

– À ton avis ? répondit Quarry en mordant dedans.

Il l'engloutit en deux bouchées, puis se cala contre le dossier de son fauteuil, examinant le plat dans l'espoir d'y découvrir encore quelque chose de comestible.

– Donc, ton nouveau valet affirme que son frère ne peut pas avoir fait le coup. Mais c'est plutôt normal de sa part, non ?

– Peut-être. Mais c'est comme pour Scanlon. Ils s'y sont mis à plusieurs pour tuer O'Connell. Or, pour autant que l'on sache, Jack Byrd était seul. Et je n'arrive pas à imaginer un simple valet de pied faisant seul ce qu'on a fait à Tim O'Connell...

N'ayant rien trouvé de plus substantiel, Quarry brisa un os de poulet déjà rongé d'un coup de dents et se mit à en sucer la moelle. Puis, se léchant les doigts, il résuma :

– Donc, si je comprends bien, O'Connell a été tué par deux hommes, voire plus, après quoi quelqu'un lui a marché sur la figure et l'a laissé sur place. Quelque temps plus tard, quelqu'un, la personne qui l'a tué, ou une autre, est revenue le chercher pour le laisser tomber dans la fosse de Fleet Ditch, au bord de Puddle Dock.

– C'est cela même. J'ai demandé au directeur de la police de fouiller dans ses rapports pour vérifier s'il y avait eu des bagarres dans le quartier la nuit de la mort d'O'Connell. Cela mis à part...

Il se massa le front, luttant contre la fatigue.

– ... il me semble que nous devrions nous intéresser de plus près à Iphigenia Stokes et à sa famille.

– Tu ne penses pas qu'elle ait fait le coup, non ? D'un autre côté, il y a le mobile de la maîtresse délaissée, ce genre de chose... sans compter ses frères marins. Les marins portent tous des semelles en bois. Le cuir glisse trop sur les ponts mouillés.

– Comment sais-tu cela, Harry ? s'étonna Grey.

Quarry souleva une feuille de laitue dans l'espoir de découvrir quelque chose dessous.

– Une fois, j'ai fait le voyage en bateau d'Edimbourg en France, avec des semelles en cuir. Il y a eu du grain du début à la fin. J'ai bien failli me briser les jambes six fois.

Grey lui prit la feuille de laitue des mains et la mangea. Après avoir dégluti, il déclara :

– Un excellent point. Cela expliquerait, entre autres, l'aspect rageur du crime. Toutefois, non, je ne pense pas que Mlle Stokes ait fait assassiner son amant. Scanlon affichait peut-être une fausse piété pour détourner les soupçons, mais pas elle. Elle était totalement sincère dans son désir de voir O'Connell enterré décemment. J'en suis convaincu.

Quarry frotta la cicatrice sur sa joue d'un air songeur.

– Mmm... peut-être. Mais si les hommes de sa famille s'étaient soudain aperçus que le fiancé de leur sœur était déjà marié et l'avaient supprimé pour une question d'honneur ? Ils ne l'ont peut-être pas avoué à Mlle Stokes.

– Je n'y avais pas pensé, admit Grey.

Il réfléchit à cette éventualité, la trouvant intéressante à plusieurs égards. Elle expliquait les circonstances physiques de la mort du sergent, non seulement le fait qu'il ait été roué de coups par plusieurs personnes, mais aussi la haine que trahissait le coup de talon sur le front. En outre, si le meurtre avait eu lieu trop près du logis de Mlle Stokes, il aurait été logique de transporter le cadavre ailleurs pour ne pas attirer les soupçons.

– Ce n'est pas une mauvaise idée, Harry. Puis-je avoir Stubbs, Calvert et Jowett pour m'aider à mener les interrogatoires ?

– Prends qui tu veux. Mais n'oublie pas de continuer à chercher Jack Byrd, naturellement.

– Naturellement.

Grey trempa un doigt dans une petite mare de sauce et le suça. Hormis la flaque, le plat était parfaitement vide.

– Je doute qu'il soit utile de déranger encore le couple Scanlon, mais j'aimerais bien en apprendre un peu plus sur les proches collaborateurs de l'apothicaire et sur ce qu'ils faisaient samedi soir. Un dernier point, mais non des moindres : où en est-on avec le client hypothétique d'O'Connell ?

Quarry poussa un long soupir.

– Je suis sur une piste. Je t'en reparlerai plus tard si elle mène quelque part. En attendant...

Il repoussa son fauteuil et se leva, faisant tomber les miettes répandues sur son gilet.

– ... je suis invité à un dîner.

Grey fit une moue caustique.

– Tu ne crains pas de t'être un peu gâché l'appétit ?

Quarry plaqua sa perruque sur sa tête et se pencha pour se regarder dans le petit miroir accroché au mur.

– Peuh ! Parce que tu crois peut-être qu'on mange, dans ces dîners ?

– Ma foi, jusqu'à aujourd'hui, c'était mon impression. Je me trompe ?

– Pas complètement, mais ils vous font toujours attendre des heures. Avant de passer à table, on n'offre rien que des petits verres de vin et quelques craquelins avec un malheureux anchois dessus... ça ne nourrirait même pas un oiseau !

– De quel genre d'oiseau tu parles ? Une outarde géante ?

Quarry se redressa et tira sur les pans de sa veste.

– Tu veux m'accompagner ? Il n'est pas trop tard, tu sais.

Grey se leva à son tour et s'étira, faisant craquer tous les os de son corps.

– Non, merci. Je rentre chez moi avant de mourir d'inanition.

Chapitre 5
Eine Kleine Nachtmusik
(Une petite musique de nuit)

La nuit était tombée depuis un certain temps déjà quand Grey rentra chez sa mère, dans Jermyn Street. Malgré sa faim, il était délibérément en retard, n'ayant aucune envie d'affronter sa mère ou Olivia avant d'avoir décidé de ce qu'il devait faire à propos de Joseph Trevelyan.

Malheureusement, il était encore trop tôt. À sa consternation, il y avait de la lumière à toutes les fenêtres et un laquais en livrée attendait sous le portique, sans doute pour accueillir des invités et repousser les intrus. À l'intérieur, une voix chantait, accompagnée à la flûte et au clavecin.

– Oh bigre! Dites-moi que nous ne sommes pas jeudi, Hardy!

Le valet sourit et inclina la tête en lui ouvrant la porte.

– Hélas si, milord. Je crains que ce n'ait été le cas toute la journée d'aujourd'hui.

D'ordinaire, Grey appréciait assez les soirées musicales de sa mère. Toutefois, il n'était pas en état de faire des mondanités ce soir-là. S'il avait su, il aurait passé la nuit au

Beefsteak, mais, à présent, cela signifiait retraverser tout Londres et il mourait littéralement de faim.

– Je vais me glisser en douce dans les cuisines, annonça-t-il à Hardy. Surtout, ne dites pas à la comtesse que je suis rentré.

– Bien, milord.

Il entra à pas de loup dans le vestibule, s'arrêtant un instant pour tâter le terrain. Comme il faisait chaud, les portes-fenêtres du grand salon étaient ouvertes afin d'éviter que les convives ne suffoquent. La chanson, un duo allemand lugubre où les mots *Den Tod* (« Ô mort ») revenaient sans cesse dans le refrain, étoufferait le bruit de ses pas, mais il allait être visible pendant une seconde ou deux, lorsqu'il lui faudrait traverser le hall pour atteindre le couloir qui menait aux cuisines.

Il déglutit, sentit l'eau lui monter à la bouche tandis que les odeurs de viande grillée et de pudding lui parvenaient des profondeurs de la maison.

De l'autre côté du vestibule, il aperçut Thomas, un autre laquais, par la porte entrouverte de la bibliothèque. Il lui tournait le dos, tenant d'un air emprunté un casque militaire souabe doré, ciselé et garni d'un énorme bouquet de plumes teintes, se demandant apparemment où mettre cet objet ridicule.

Grey se plaqua contre le mur et avança encore de quelques pas dans le vestibule. Il avait un plan. S'il parvenait à attirer l'attention de Thomas, il pourrait l'utiliser comme paravent pour traverser la pièce et atteindre l'escalier en toute sécurité ; de là, il courrait se réfugier dans sa chambre, où le laquais, dûment diligenté, viendrait lui porter discrètement un plateau pris aux cuisines.

Son stratagème fut piétiné dans l'œuf par l'apparition soudaine de sa cousine Olivia dans l'escalier, élégante dans une robe en taffetas de soie ambre, son étincelante chevelure blonde retenue sous un bonnet en dentelle.

– John ! s'écria-t-elle, ravie. Te voilà enfin ! J'espérais que tu rentrerais à temps.

Un sombre pressentiment l'envahit.

– À temps pour quoi ?

– Pour chanter, naturellement !

Elle descendit les marches en quelques pas légers et lui prit affectueusement le bras.

– Le thème de la soirée est la musique allemande et tu chantes si bien les lieder, Johnny !

– La flatterie ne te mènera nulle part. Je chante comme une casserole et je meurs de faim. En outre, cela devrait bientôt se terminer, non ?

Il fit un signe de tête vers l'horloge qui indiquait vingt-trois heures passées. Le souper était presque toujours servi à la demie.

– Si tu acceptes de chanter, je suis sûre qu'ils patienteront pour le plaisir de t'entendre. Tu pourras souper plus tard. Tante Bennie a prévu des mets délicieux, dont le plus gros pudding que j'aie jamais vu, garni de baies de genièvre. Il y a aussi des côtelettes d'agneau aux épinards, du coq au vin, et quelques saucisses absolument répugnantes... pour les Allemands, tu comprends...

L'estomac de Grey gronda bruyamment devant ce catalogue gastronomique. À cet instant, par la double porte du salon, il aperçut une dame d'un certain âge, avec une grande plume d'autruche piquée dans une perruque coquette.

Il y eut un tonnerre d'applaudissements dans la salle, mais, comme si elle avait senti son regard, la dame tourna la tête vers l'escalier. Son visage s'illumina en l'apercevant.

– Elle espérait bien te voir, murmura Olivia derrière lui.

Il ne pouvait plus reculer. Tiraillé entre des sentiments contradictoires, il prit le bras d'Olivia et l'entraîna vers le grand salon tandis que la mère d'Hector venait à leur rencontre.

– Lady Mumford ! Votre dévoué serviteur, madame.

Il sourit et se courba en deux pour lui baiser la main, mais elle ne l'entendait pas ainsi.

– Allons, allons, mon enfant ! Embrasse-moi comme il faut !

Sa voix chaude et rauque sonnait comme celle de feu son fils. Il se redressa et déposa docilement une bise sur sa joue. Elle lui prit la tête entre ses deux mains et l'embrassa sur la bouche. Ce baiser, fort heureusement, ne lui rappela pas celui d'Hector mais le troubla néanmoins.

– Tu as bonne mine, John, murmura lady Mumford.

Elle recula d'un pas, pour mieux l'examiner, avec les yeux bleus d'Hector.

– Tu as quand même l'air un peu fatigué. J'imagine que tu as beaucoup à faire, avec ton régiment qui s'apprête à repartir, non ?

– Oui, en effet.

C'était à croire que tout Londres savait que le 47e régiment était sur le point de recevoir sa nouvelle affectation. D'un autre côté, lady Mumford avait passé le plus clair de sa vie au plus près du régiment. Encore maintenant, alors que son mari et son fils étaient morts, elle continuait à s'y intéresser avec une affection toute maternelle.

– J'ai entendu dire que ce serait les Indes.

Elle caressa l'étoffe de la manche de son uniforme d'un air critique avant de reprendre :

– J'espère que tu as déjà commandé tes nouveaux uniformes. Il faut prévoir un drap surfin pour la veste et le gilet, adapté aux tropiques, et des culottes en lin. Tu ne veux pas passer un été sous le soleil indien engoncé dans de la laine anglaise ! Fais-moi confiance, mon garçon. J'y ai accompagné Mumford quand il était en poste là-bas, en 1735. Nous avons tous les deux failli mourir ! Entre la chaleur, les mouches, la nourriture... J'ai passé tout un été en chemise, à me faire verser de l'eau dessus par les servantes. Ce pauvre Wally n'avait pas ma chance, il était en eau du matin au soir, habillé de pied en cap dans son uniforme ! Nous n'avons jamais pu nous débarrasser des taches. Nous ne buvions que du whisky et du lait de coco, souviens-t'en en temps voulu, mon garçon. C'est à la fois nourrissant et stimulant, sais-tu, et tellement plus sain que l'eau-de-vie !

Grey savait que lady Mumford avait besoin de parler, d'épancher son amour pour ses deux défunts – Hector et son père. Cependant, il savait aussi d'expérience qu'il n'était pas vraiment nécessaire d'être tout ouïe.

Il tint donc la main de lady Mumford, hochant la tête et émettant régulièrement des petits bruits d'assentiment et d'intérêt, tout en lançant de brefs regards vers le reste des convives par-dessus son épaule couverte de dentelles.

Il y avait là le mélange habituel de mondains et de militaires, avec quelques excentriques du monde littéraire londonien. Sa mère aimait lire et avait tendance à collectionner les scribouillards. Ces derniers se pressaient telles des hordes affamées dans ses salons, la remerciant pour la générosité de sa table avec des manuscrits remplis de pâtés d'encre – et, en quelques rares occasions, un vrai livre édité –, tous dédicacés à cette gracieuse protectrice des arts.

Grey chercha prudemment des yeux la haute silhouette décharnée du docteur Johnson, toujours prompt à prendre la parole lors des soupers et à se lancer dans la déclamation de son dernier poème épique en cours, comblant toutes les lacunes de sa composition par de grands gestes qui projetaient des pluies de miettes. Heureusement, le célèbre lexicographe brillait par son absence, cette fois-ci. Le moral de Grey remonta d'un cran. Il aimait lady Mumford et la musique, mais, après la journée qu'il venait de vivre, endurer un discours sur l'étymologie de la langue vulgaire eût été au-dessus de ses forces.

Il vit sa mère à l'autre bout de la pièce. Elle surveillait la disposition des buffets tout en conversant avec un grand gentleman en tenue militaire... À en juger par son uniforme, ce devait être le propriétaire souabe de l'excroissance à plumes que Grey avait aperçue dans la bibliothèque.

La comtesse douairière Benedicta Melton mesurait quelques centimètres de moins que son plus jeune fils, ce qui plaçait malencontreusement son nez à la hauteur du sternum du Souabe. Reculant d'un pas pour soulager la tension dans sa nuque, elle repéra John, et son visage s'illumina.

Elle lui adressa un petit signe de tête, écarquillant les yeux et pinçant les lèvres dans une grimace péremptoire toute maternelle signifiant sans la moindre ambiguïté : « Viens parler à cet horrible personnage afin que je puisse m'occuper de mes autres invités ! »

Grey lui répondit par une grimace similaire et un haussement d'épaules à peine perceptible, parfaitement clairs là aussi : les règles de la courtoisie, quoi qu'il en eût, l'empêchaient de quitter son poste pour le moment.

Sa mère leva au ciel des yeux exaspérés, puis chercha autour d'elle un autre bouc émissaire. Suivant la direction de son regard de rapace, il constata qu'il s'était arrêté sur Olivia qui, interprétant correctement l'ordre implicite de son impérieuse tante, quitta son interlocuteur avec un mot d'excuse et vint docilement à la rescousse de la comtesse.

– ... cela dit, attends d'être aux Indes pour commander tes sous-vêtements, mon garçon, poursuivait lady Mumford. À Bombay, le coton ne coûte qu'une fraction de son prix de Londres et tu n'imagines pas le plaisir qu'on ressent à porter du coton à même la peau, mon cher, surtout quand on transpire abondamment... c'est que tu ne veux pas te retrouver couvert de rougeurs...

– Non, naturellement, répondit Grey sans trop savoir ce qu'il disait.

L'espace d'un instant, son regard se posa sur la personne que sa cousine venait juste d'abandonner... un gentleman en brocart vert et perruque poudrée, qui suivait la jeune fille des yeux, l'air rêveur.

Le voyant fixer quelqu'un par-dessus son épaule, lady Mumford s'était retournée.

– Tiens, mais n'est-ce pas là M. Trevelyan ? Que fait-il donc planté là tout seul ?

Avant que Grey ait pu répondre, elle l'avait attrapé par le bras et l'entraînait d'un pas résolu vers l'esseulé.

Trevelyan était comme à son habitude tiré à quatre épingles. Les boutons en or de sa veste étaient incrustés d'une petite émeraude. Ses manches étaient bordées de dentelle dorée et son linge délicatement parfumé à la lavande. Grey portait encore son vieil uniforme, considérablement froissé et souillé par ses aventures de la journée, et s'il lui arrivait rarement de porter la perruque, ce soir-là il n'avait même pas eu le temps de se coiffer, de se poudrer et d'attacher ses cheveux convenablement. Il sentait une mèche lui pendouiller derrière l'oreille.

Se sentant nettement à son désavantage, il inclina du chef et murmura des amabilités inconséquentes pendant que lady Mumford entamait une enquête approfondie sur Trevelyan et son prochain mariage.

Devant la nonchalance raffinée du fiancé, Grey avait du mal à croire qu'il avait vraiment vu ce qu'il avait cru voir, l'autre jour, à l'arrière du Beefsteak. Trevelyan, cordial et parfaitement à son aise, ne trahissait pas le moindre trouble intérieur. Quarry avait peut-être raison, après tout. Un mauvais reflet de la lumière, un effet de son imagination, une imperfection sans importance, une tache de naissance, un...

– Major Grey! Je ne pense pas que nous nous soyons déjà rencontrés? Permettez-moi... Je suis von Namtzen.

Comme si la présence de Trevelyan n'était pas déjà suffisamment oppressante, une ombre avança sur Grey. En levant les yeux, il découvrit que le géant souabe était venu les rejoindre, ses traits aquilins et blonds figés dans un rictus de sympathie. Derrière lui, Olivia roulait des yeux impuissants.

N'appréciant guère d'être ainsi surplombé, Grey recula d'un pas. Peine perdue. Le Souabe avança d'un pas et s'empara de lui dans une embrassade fraternelle. Puis il annonça de manière théâtrale à toute la salle:

– Nous sommes alliés. Entre le lion d'Albion et l'étalon d'Hanovre, qui pourrait se dresser?

Il libéra Grey qui, non sans une certaine irritation, constata que sa mère semblait trouver la situation amusante.

– Alors, major Grey! Cet après-midi, j'ai eu l'honneur d'observer la pratique du canonnage à l'arsenal Woolwich, en compagnie de votre colonel Quarry!

– Vraiment ? marmonna Grey.

Il remarqua au passage qu'il manquait un bouton à son gilet. L'avait-il perdu lors de l'échauffourée à la prison ou pendant l'étreinte de ce malade mental ?

Von Namtzen assura à l'assemblée :

– Quels boums ! J'étais assourdi, complètement assourdi. J'ai entendu aussi les canons russes, à Saint-Pétersbourg, peuh ! Ça vaut rien ! À côté des canons anglais, de simples pets !

Une des dames se mit à glousser de rire derrière son éventail. Cela sembla encourager von Namtzen, qui se lança dans une exégèse du tempérant militaire, jetant à tous les vents ses opinions débridées sur les vertus des soldats de différentes nations. Si ses remarques s'adressaient ostensiblement à Grey et étaient ponctuées de « N'êtes-vous pas de cet avis, major ? », sa voix résonnait suffisamment pour couvrir toutes les autres conversations alentour, si bien qu'il fut rapidement entouré par un auditoire attentif. Grey vit l'ouverture et parvint à s'éloigner de quelques pas.

Son soulagement fut de courte durée. Alors qu'il acceptait le verre de vin qu'on lui tendait sur un plateau, il découvrit qu'il se tenait de nouveau à côté de Joseph Trevelyan et cette fois en tête à tête, lady Mumford et Olivia ayant abandonné la place pour se réfugier près des buffets.

Répondant à une question de Mme Haseltine, von Namtzen déclamait :

– Les Anglais ? Demandez donc à un Français ce qu'il pense de l'armée anglaise ! Il vous répondra que le soldat anglais est maladroit, grossier et fruste !

Grey croisa le regard de Trevelyan et y lut une lueur inattendue de compassion, les deux hommes se trouvant soudain unis dans leur opinion tacite sur le Souabe.

Trevelyan lui glissa à l'oreille :

– On pourrait également demander à un soldat anglais ce qu'il pense des Français. Mais je doute que sa réponse convienne dans un salon.

Pris par surprise, Grey rit, une erreur en l'occurrence, car cela attira de nouveau l'attention de von Namtzen sur lui. Il lui adressa une courbette gracieuse par-dessus les têtes et ajouta :

– Toutefois, en dépit de tout ce qu'on peut dire sur eux, les Anglais sont... invariablement féroces.

Grey leva son verre poliment dans sa direction, faisant mine de ne pas remarquer sa mère, dont le teint avait pris une nuance rose soutenue, tant elle avait du mal à contenir ses émotions.

Il tourna le dos au Souabe et à la comtesse, se retrouvant face à Trevelyan, une position inconfortable, compte tenu des circonstances. Cherchant un prétexte pour relancer la conversation, il le remercia de lui avoir envoyé Byrd. Trevelyan sursauta :

– Byrd ? Jack Byrd ? Il est venu vous trouver ?

Ce fut au tour de Grey d'être surpris.

– Non, je voulais parler de Tom Byrd. Un autre de vos valets. Je pensais qu'il était le frère de Jack...

– Tom Byrd ? Oui, effectivement, c'est bien le frère de Jack Byrd, mais ce n'est pas mon valet. En outre... je ne l'ai envoyé nulle part. Vous voulez dire qu'il s'est imposé chez vous en disant qu'il venait de ma part ?

– Il m'a dit que le colonel Quarry vous avait fait parvenir un message, vous informant de... d'événements récents.

Il salua une relation qui passait devant eux avant de poursuivre :

– Et que, par conséquent, vous l'aviez dépêché pour m'assister dans mon enquête.

Trevelyan dit quelque chose que Grey supposa être un juron cornouaillais, ses joues s'empourprant sous la poudre. Lançant un regard à la ronde, il attira Grey à l'écart.

– Harry Quarry m'a effectivement fait porter une missive, mais je n'en ai jamais parlé à Byrd. Tom Byrd est mon cireur de bottes, vous pensez si je lui fais mes confidences !

– Je vois.

Grey se passa un doigt sur les lèvres, réprimant un sourire en revoyant Tom Byrd bomber le torse en affirmant être valet de pied.

– Il a dû apprendre, d'une manière ou d'une autre, que j'étais chargé de... de poser quelques questions. Il a certainement agi par inquiétude pour son frère.

Il se souvint du visage blême du jeune homme et de son air abattu quand ils avaient quitté la prison de Clapham.

Trevelyan n'était apparemment pas disposé à entendre parler de circonstances atténuantes.

– Je n'en doute pas, mais cela ne saurait constituer une excuse. Je ne peux pas croire qu'il ait eu un tel toupet. « D'une manière ou d'une autre », dites-vous ! De fait, il a dû s'introduire dans mon bureau et lire ma correspondance ! L'impudent personnage ! Quand je pense qu'en outre il a quitté ma demeure sans ma permission et s'est présenté chez vous en se faisant passer pour... c'est inadmissible ! Où est-il ? Renvoyez-le-moi sur-le-champ ! Je le ferai fouetter, puis il sera congédié sans lettre de références !

Trevelyan pâlissait à vue d'œil. Sa colère était certainement justifiée, mais, étrangement, Grey ne pouvait se résoudre à livrer Tom Byrd à son maître. Le garçon devait forcément savoir qu'en agissant de la sorte il sacrifiait sa position, et très probablement la peau de ses fesses. Pourtant, il n'avait pas hésité.

– Un instant, je vous prie.

Grey s'excusa d'un signe de tête auprès de Trevelyan puis se fraya un chemin jusqu'à Thomas qui passait entre les convives avec un plateau de boissons.

– Du vin, milord ?

– Oui, si vous n'avez rien de plus fort à me proposer.

Il saisit un verre au hasard et le vida cul sec sans aucun égard pour le millésime mais pour le plus grand apaisement de son esprit. Il le reposa, en prit un autre.

– Tom Byrd est-il dans la maison ?

– Oui, milord, je viens de le voir à l'instant aux cuisines.

– Ah. Très bien. Pouvez-vous aller vous assurer qu'il y reste ?

– Tout de suite, milord.

Une fois Thomas et son plateau repartis, Grey revint lentement vers Trevelyan, un verre dans chaque main. Il lui en tendit un en s'excusant :

– Désolé, mais le garçon semble avoir disparu. Il a dû craindre que son imposture ne soit découverte.

Trevelyan était encore frémissant d'indignation, même si ses bonnes manières avaient repris le dessus.

– Je vous prie de m'excuser, dit-il. Je suis profondément atterré par cette situation déplorable. Qu'un de mes domestiques ait pu ainsi abuser de votre confiance... Cette intrusion injustifiable, quel qu'en soit le motif, est tout à fait impardonnable.

– Ne vous inquiétez pas, il ne m'a causé aucun désagrément. Je dirais même qu'il m'a été utile, à sa manière.

Il se passa discrètement une main sous la mâchoire, vérifiant que son système pileux se tenait coi.

– Cela n'a aucune espèce d'importance. Il est d'ores et déjà congédié, insista Trevelyan. Je vous prie d'accepter mes excuses les plus sincères pour cet incident.

Grey n'était pas étonné de la réaction de Trevelyan. En revanche, le comportement de Tom Byrd le surprenait. Le garçon devait être profondément attaché à son frère et, compte tenu des circonstances, cela inspirait à Grey une certaine compassion. Il était également impressionné par l'imagination dont il avait fait preuve pour monter son plan, sans parler de son audace pour le mener à bien.

Écartant les excuses de Trevelyan d'un petit geste, il chercha à orienter la conversation sur d'autres sujets :

– Avez-vous aimé la musique, ce soir ?

– La musique ?

Trevelyan le dévisagea un instant d'un air neutre, puis se ressaisit.

– Oui, bien sûr ! Votre mère a un goût exquis. N'oubliez pas de le lui dire de ma part.

– Mais certainement. À dire vrai, je suis assez surpris qu'elle ait trouvé le temps d'organiser cette soirée.

Il agita une main vers le harpiste qui s'était remis à jouer en sourdine pour accompagner le souper.

– Ces temps-ci, toutes les femmes de la maison sont obsédées par les préparatifs des noces, au point que j'avais imaginé qu'elles n'auraient plus la tête à penser à autre chose.

– Vraiment ?

Trevelyan fronça les sourcils, visiblement encore accaparé par ses pensées sur les Byrd. Puis ses traits se détendirent et il sourit, retrouvant un visage plus avenant.

– Oui, en effet. Les femmes adorent les mariages.

Surveillant attentivement son interlocuteur à la recherche du moindre signe de culpabilité ou d'hésitation, Grey poursuivit, toujours aussi badin :

– La maison grouille de fond en comble de demoiselles d'honneur, de lés de dentelles, de couturières... Je ne peux m'asseoir nulle part sans craindre de me piquer les fesses sur des aiguilles oubliées. Mais je suppose qu'il doit en être de même chez vous ?

Trevelyan se mit à rire. Grey dut reconnaître qu'en dépit de ses traits plutôt ordinaires il possédait un certain charme.

– C'est un fait, admit-il. À l'exception des demoiselles d'honneur. C'est une chose qui m'est épargnée, au moins. Mais tout cela sera bientôt terminé.

Il lança un regard vers Olivia, à l'autre bout de la salle, avec une pointe de mélancolie dans les yeux qui surprit Grey et le rassura tout à la fois.

La conversation se dispersa dans un échange d'amabilités, puis Trevelyan prit gracieusement congé et traversa le grand salon pour parler avec Olivia avant de partir. Grey le suivit du regard, admirant malgré lui la fluidité de ses manières et se demandant si un homme se sachant atteint du mal français pouvait discuter de son prochain mariage avec une telle insouciance. Mais il y avait aussi la découverte de Quarry au sujet de la maison close sur Meacham Street, contredisant la promesse pieuse que Trevelyan aurait faite à sa mère mourante.

– Dieu soit loué, le voilà qui s'en va !

Sa propre mère s'était approchée sans qu'il s'en aperçoive et se tenait à ses côtés, s'éventant avec satisfaction tout en regardant les plumes du capitaine von Namtzen flotter dans la bibliothèque en direction de la porte d'entrée.

– Quel Hun ! remarqua-t-elle tout en souriant et en saluant M. et Mme Hartsell, également sur le départ. As-tu senti cette infâme pommade dont il s'enduit ? poursuivit-elle. Qu'est-ce que c'était que cette horreur ? On aurait dit du patchouli... de la civette, peut-être ?

Elle leva sa manche en velours bleu au niveau de son visage et la renifla d'un air suspicieux.

– Il empestait comme s'il sortait d'un bordel ! Pour ne rien arranger, il n'arrêtait pas de me tripoter, l'animal !

– Parce que vous vous y connaissez en bordel, mère ?

Il vit l'étincelle dans le regard de la comtesse et le léger frémissement de ses lèvres. Sa mère adorait les escarmouches verbales.

– Non, ne me dites rien, reprit-il précipitamment. Je ne veux rien savoir.

La comtesse fit une moue charmante, referma son éventail d'un claquement sec, le pressa contre ses lèvres en gage de son silence. Puis elle le rouvrit d'un coup.

– Tu as dîné, Johnny ?

– Non, on ne m'en a pas encore laissé l'occasion.

– Voyons voir...

Elle fit signe à l'un des laquais d'approcher, choisit une petite tarte sur son plateau et la tendit à son fils.

– Je t'ai vu discuter avec lady Mumford. C'est gentil de ta part. La pauvre vieille t'adore.

« La pauvre vieille » ne devait avoir qu'un an ou deux de plus que la comtesse. Grey marmonna une réponse, la bouche pleine. La tarte était à la viande et aux champignons, un vrai régal.

La comtesse agita son éventail en guise d'adieu aux demoiselles Humber tout en demandant à son fils :

– Mais de quoi parliez-vous donc d'un air si concentré, avec Joseph Trevelyan ?

Elle se tourna vers son fils, arqua un sourcil puis éclata de rire.

– Mais quoi, John ! Tu es devenu rouge comme une pivoine. On croirait que M. Trevelyan t'a fait des avances malhonnêtes !

– Ha ha ! fit Grey d'un air maussade.

Il fourra le reste de la tarte dans sa bouche.

Chapitre 6
Une visite au couvent

Finalement, ils se ne rendirent pas au bordel de Meacham Street avant le samedi soir.

Le portier adressa un léger signe de tête de reconnaissance à Quarry, avant de s'effacer devant la maîtresse de maison, une dame callipyge et lippue, arborant une surprenante robe en velours vert, un bonnet en dentelle à l'allure étonnamment respectable et un grand fichu assorti aux bords de son vêtement et à la pièce d'estomac.

– Mais si ce n'est pas là notre bel Harry ! s'exclamat-elle d'une voix presque aussi grave que celle de Quarry. Tu nous négliges, mon grand !

Elle donna un coup de coude viril dans les côtes de Quarry et retroussa sa lèvre supérieure comme un vieux cheval, dévoilant deux grandes dents jaunes qui semblaient être les derniers vestiges de sa denture supérieure.

– Toutefois, on te pardonne, puisque tu nous apportes un si joli mignonnet !

La maquerelle tourna son sourire étrangement chaleureux vers Grey, notant d'un seul coup d'œil perspicace les boutons d'argent de sa veste et la qualité de la batiste de son jabot.

Elle le saisit fermement par le bras et l'entraîna vers un petit salon.

– Comment t'appelles-tu, mon ange ? C'est la première fois que tu viens. Je me souviendrais d'un aussi joli minois !

Quarry ôta son manteau et le jeta sur le dossier d'un fauteuil, semblant être ici comme chez lui.

– Je te présente lord John Grey, Mags. C'est un ami très spécial, tu me suis ?

– Oh oui, bien sûr, bien sûr. Hmm... je me demande bien qui lui conviendrait ?...

Elle examina Grey des pieds à la tête, tel un marchand de chevaux un jour de foire. Mal à l'aise, il évitait son regard en faisant mine d'admirer la décoration de la pièce, pour le moins excentrique.

Il s'était déjà rendu dans des bordels, quoique rarement. Celui-ci était un tantinet plus chic que la norme, tableaux aux murs, tapis turcs de qualité, cheminée ouvragée. Sur le manteau de cette dernière était exposée une collection de fers, poucettes, perceurs de langues et autres instruments de torture dont il n'osait imaginer l'usage. Un chat tricolore était couché parmi ces bibelots, les yeux fermés, une patte pendant indolemment au-dessus du feu.

– Vous aimez ma collection ?

Mags regardait par-dessus son épaule, expliquant fièrement :

– Les petits instruments viennent de Newgate. Les fers sont ceux du poteau des condamnés à la flagellation de Bridewell. Je les ai récupérés l'année dernière, quand ils les ont remplacés par de nouveaux...

110

– Ce poteau ne sert plus depuis longtemps, murmura Quarry dans son oreille. On ne le garde que pour impressionner la galerie. Cela dit, si tes goûts te portent dans cette voie, la dénommée Joséphine se fera...

– Quel beau chat ! s'exclama Grey en montant la voix.

Il avança l'index et gratta le matou sous le menton. Le félin se laissa faire un moment puis ouvrit de grands yeux jaunes et le mordit. Il retira sa main précipitamment avec une exclamation de surprise.

– Il faut se méfier de Batty, le prévint Mags un peu tard. C'est une fourbe.

Elle secoua la tête d'un air indulgent vers la chatte qui avait repris sa sieste, puis remplit deux verres de bière brune qu'elle tendit à ses convives. Se tournant vers Quarry, elle déclara :

– Depuis ta dernière visite, nous avons perdu Nan, malheureusement. Mais il y a une gentille petite nouvelle, Peg. Elle vient du Devonshire. Je crois qu'elle te plaira.

– Blonde ? demanda Quarry, intéressé.

– Oui, bien sûr ! Avec des seins comme deux melons.

Quarry vida rapidement son verre, le reposa et émit un léger rot.

– Fantastique.

Grey parvint à attirer son regard au moment où il s'apprêtait à suivre Mags hors de la pièce.

– Et Trevelyan ? articula-t-il en silence.

– Plus tard, répondit Quarry sur le même mode.

Il tapota sa bourse, lui lança un clin d'œil et disparut dans le couloir.

Grey, maussade, suçotait son doigt blessé. Quarry avait certainement raison : ils auraient plus de chances d'obtenir des informations une fois l'atmosphère détendue par des espèces sonnantes et trébuchantes. En outre, il était logique d'interroger les filles en privé, elles seraient alors plus disposées à cracher quelques confidences qu'en présence de leur patronne. Il espérait simplement que Harry n'oublierait pas d'interroger sa blonde au sujet de Trevelyan.

Il plongea son index dans son verre de bière et fit une grimace au chat, qui se prélassait à présent sur le dos entre les poucettes, invitant de malheureux innocents à gratter sa panse velue.

– Qu'est-ce qu'on ne me fera pas faire pour la famille ! soupira-t-il.

Résigné, il se prépara à passer une soirée de plaisirs feints.

Il avait quelques doutes quant aux motifs cachés de Quarry pour l'amener ici. Il ignorait ce que son ami savait ou suspectait concernant ses penchants. Des rumeurs avaient circulé lors du scandale du club Hellfire... mais il ne savait pas ce que Harry avait pu apprendre, ni ce qu'il en avait pensé s'il avait entendu quelque chose.

D'un autre côté, compte tenu de ce qu'il savait lui-même sur la personnalité et les goûts de Quarry, il était peu probable qu'il ait eu des arrière-pensées. Harry aimait simplement les prostituées. À dire vrai, il aimait toutes les femmes. Il n'était pas difficile.

La maquerelle revint quelques instants plus tard, trouva Grey en train d'examiner les tableaux d'un air fasciné. D'exécution médiocre et représentant des sujets mythologiques, ils faisaient néanmoins preuve d'un remarquable sens créatif. Il s'arracha à la contemplation d'une grande étude montrant les ébats d'un centaure avec une très courageuse jeune femme et anticipa les suggestions de Mags, déclarant fermement :

– Jeune. Très jeune. Mais pas une enfant, ajouta-t-il précipitamment.

Il sortit son doigt du verre, le suça, fit la grimace.

– Et du bon vin. Beaucoup de bon vin.

À sa grande surprise, le vin était vraiment bon : un rouge épais et fruité, dont il ne reconnut pas l'origine. La putain était jeune, conformément à sa demande, mais également surprenante.

– Tu n'as rien contre les Écossaises, mon chou ? demanda Mags en ouvrant la porte d'une chambre.

Une fille maigre était couchée sur le lit, enveloppée dans un châle en laine en dépit du feu dans la cheminée.

– Certains trouvent rebutant l'accent barbare des Écossais, mais c'est une bonne fille, notre Nessie. Si tu le lui demandes, elle restera *shtoom*.

La maquerelle déposa la carafe et les verres sur un guéridon et adressa à la fille un sourire qui avait valeur de menace. La putain lui répondit par un regard hostile.

– Pas du tout, dit Grey. Je suis sûr que nous nous entendrons à merveille.

Il congédia courtoisement la dame d'un salut de la tête.

Il referma la porte derrière elle et se tourna vers la fille. Même s'il semblait sûr de lui, il avait l'estomac noué.

– « Shtoom » ? s'enquit-il.

– *Stumm*. C'est de l'allemand, ça veut dire que je la bouclerai, dit la fille, l'air toujours aussi méfiante. Elle est allemande, même si ça s'entend pas. Magda, c'est son prénom.

Elle a baptisé le portier *Stummle* parce qu'il est muet. Alors, vous préférez que je la ferme, ou pas ?

Elle posa une main sur sa bouche, plissant les yeux dans une mimique qui lui rappela la chatte du petit salon, juste avant qu'elle ne le morde.

– Non, non, pas du tout.

À dire vrai, le son de sa voix avait déclenché en lui un extraordinaire (et très inattendu) tumulte de sensations, un mélange confus de souvenirs, d'excitation et d'inquiétude, qui n'était pas franchement agréable. Pourtant, il tenait par-dessus tout à ce qu'elle continue.

Tout en lui versant un verre de vin, il déclara :

– Nessie... J'ai déjà entendu ce nom, mais il ne s'appliquait pas à un être humain.

Elle accepta le verre.

– Vous trouvez que je n'ai pas l'air humaine ? Nessie, c'est le diminutif d'Agnès.

Il se mit à rire. Il n'y avait pas que son accent, son air grave et ses yeux suspicieux étaient si ineffablement écossais que c'en était enivrant.

– Agnès ? Je pensais que c'était le nom que les habitants de la région du Loch Ness donnaient à un monstre légendaire qui vit dans ses eaux...

Elle écarquilla les yeux.

– Vous en avez entendu parler ? Vous avez été en Écosse ?

– Oui. Dans le Nord. Dans un endroit qui s'appelle Ardsmuir. Vous connaissez ?

C'était apparemment le cas. Elle bondit du lit et recula, serrant son verre de vin si fort qu'il crut qu'elle allait le faire éclater.

– Sortez! cracha-t-elle.

– Quoi?

– Dehors!

Un bras maigrelet jaillit hors du châle, l'index pointé vers la porte.

– Mais...

– Les soldats, c'est une chose et ils sont déjà assez pénibles comme ça! Mais jamais je ne coucherai jamais avec un homme de Billy le Boucher, ça, jamais!

Sa main disparut sous le châle et en ressortit, serrée sur un petit objet brillant. Lord John se figea.

Il reposa lentement son verre sans quitter le couteau des yeux.

– Ma petite demoiselle, je crains que vous ne fassiez erreur. Je...

– Oh non, y a pas d'erreur!

Elle agita la tête, ébouriffant sa longue chevelure noire et bouclée autour de sa tête comme un halo. Ses yeux formaient de nouveau deux fentes et son visage était livide. Seules ses pommettes semblaient en feu.

– Mon père et mes deux frères sont morts à Culloden, *duine na galladh*! Si vous sortez votre radis anglais de votre braguette, je vous le tranche à la racine, je vous le jure!

– Je n'ai aucune intention de sortir quoi que ce soit de ma braguette! lui assura-t-il.

Il leva les deux mains pour lui montrer qu'il était inoffensif et demanda:

– Quel âge avez-vous donc?

Petite et maigre, elle aurait pu n'avoir que onze ans mais en avait sûrement plus, si son père était mort à la bataille de Culloden.

La question sembla la faire réfléchir. Elle pinça les lèvres d'un air hésitant, même si sa main qui serrait le couteau ne tremblait pas.

– Quatorze ans. Mais ne croyez pas que je ne sais pas m'en servir !

– Je n'en doute pas un instant, je vous l'assure, mademoiselle.

Il y eut un moment de silence pendant lequel ils se dévisagèrent avec méfiance, tous deux se demandant ce qu'il convenait de faire à présent. Il avait envie de rire. Elle était à la fois si pleine de doutes et pourtant si déterminée. Parallèlement, la force de ses convictions inspirait le respect.

Nessie se lécha les lèvres et agita sa lame.

– Je vous ai dit de sortir !

Sans quitter l'arme des yeux, il baissa lentement une main vers son verre.

– Croyez-moi, mademoiselle, si vous n'êtes pas disposée à coucher, loin de moi l'idée de vous y forcer. Toutefois, ce serait vraiment dommage de gâcher un si bon vin. Finissez au moins votre verre, non ?

Elle avait oublié le verre qu'elle tenait toujours dans son autre main. Elle baissa des yeux surpris vers lui, puis redressa la tête.

– Vous ne voulez pas me besogner ?

– Absolument pas, répondit-il en toute sincérité. En revanche, je vous serais obligé si vous acceptiez de faire la conversation pendant quelques minutes. Je suppose que vous ne voulez pas que je rappelle tout de suite Mme Magda ?

Il fit un signe vers la porte, un sourcil arqué, et elle se mordit la lèvre. Bien qu'ayant peu d'expérience des bordels, il aurait parié gros que la maquerelle ne verrait pas d'un bon œil une putain qui non seulement refusait un client, mais en plus le menaçait d'un couteau, et ce, sans motif acceptable.

– Mmphm, fit-elle.

À contrecœur, elle abaissa sa lame.

Il sentit brusquement l'excitation l'envahir et se détourna pour ne pas le lui montrer. Fichtre, cela faisait des mois qu'il n'avait pas entendu ce son fruste si typiquement écossais... depuis sa dernière visite à Helwater. Il ne s'était pas attendu à ce qu'il produise sur lui un tel effet, même éructé par une gamine méprisante et non sur le ton bourru et menaçant auquel il était habitué.

Il vida son verre et s'en versa un autre, demandant nonchalamment par-dessus son épaule :

– Dites-moi... compte tenu de la puissance de vos sentiments à l'égard des soldats anglais, comment vous êtes-vous retrouvée à Londres ?

Ses lèvres ne formaient qu'une ligne sombre et ses sourcils bruns étaient baissés, mais, au bout d'un moment, elle commença à se détendre et but une petite gorgée avant de répondre :

– Vous voulez savoir comment je suis devenue putain ou seulement ce que je fabrique ici ?

– La première question, quoique indubitablement passionnante, ne regarde que vous, dit-il poliment. Mais dans la mesure où la seconde me concerne aussi... oui, j'aimerais beaucoup que vous y répondiez.

– Vous êtes un drôle d'oiseau, y a pas à dire !

Elle renversa la tête en arrière et finit son verre cul sec tout en le surveillant du coin de l'œil. Puis elle poussa un profond soupir de satisfaction et se lécha les lèvres.

– C'est pas mauvais, ce truc, dit-elle, légèrement surprise. C'est la réserve particulière de la patronne. C'est allemand, n'est-ce pas ? Allez, versez-m'en un autre verre et je
vous raconterai tout, puisque vous y tenez tant.

Il s'exécuta, remplissant son propre verre par la même
occasion. Le bon vin lui réchauffait le ventre et les membres
sans trop embrumer son esprit. Sous son influence béné-
fique, il sentait fondre progressivement la tension qui lui
nouait les muscles de la nuque et des épaules depuis qu'il
était entré dans le bordel.

De son côté, la putain écossaise semblait pareillement
prendre ses aises. Elle buvait avec une avidité délicate et
siffla deux autres verres tout en lui racontant l'histoire de sa
vie ; un récit dont il devinait que ce n'était pas la première
fois qu'elle le faisait, car il était ponctué d'enjolivements tra-
vaillés et d'anecdotes théâtrales. Dans le fond, il était plutôt
simple : ne supportant plus la vie dans les Highlands après
la défaite de Culloden et les persécutions exercées par le duc
de Cumberland, dit « Billy le Boucher », son dernier frère
survivant avait pris la mer, et sa mère et elle étaient descen-
dues vers le sud. Là, elles avaient vécu de la mendicité, sa
mère vendant son corps lorsque les aumônes ne suffisaient
plus à les nourrir.

– Puis on est tombées sur *lui* à Berwick, dit-elle avec
une grimace aigre.

« Lui », c'était un soldat anglais du nom de Harte, récemment rendu à la vie civile. Il les avait prises « sous sa protec-
tion », un concept de son cru qui avait consisté à installer la
mère de Nessie dans un petit cottage où elle pouvait recevoir
ses anciens compagnons d'armes confortablement et en
toute intimité.

– Quand il s'est rendu compte qu'il y avait là des sous à
faire, il a battu la campagne pour ramener de pauvres filles

qu'il trouvait à moitié mortes de faim sur les routes. Il les amadouait avec des mots doux, leur achetait des souliers neufs et les nourrissait, puis, avant qu'elles aient eu le temps de dire ouf, elles se retrouvaient à écarter les cuisses trois fois par soirée pour ces mêmes soldats qui avaient abattu leur mari d'une balle dans la tête. Au bout de deux ans, Bob Harte se promenait en carrosse tiré par quatre chevaux...

Cela pouvait n'être qu'une approximation de la vérité, mais c'était également parfaitement vraisemblable.

C'était en tout cas une histoire captivante (conçue pour l'être, pensa-t-il avec cynisme). Il l'écouta sans l'interrompre. Au-delà du besoin de la mettre à son aise pour lui soutirer ensuite des informations, il prenait plaisir à l'entendre parler.

– Quand on a rencontré Bob Harte, je n'avais pas cinq ans, dit-elle en refoulant un rot. Il a attendu que j'en ai onze et que je me mette à saigner, puis...

Elle marqua une pause, semblant chercher l'inspiration. Grey vola à son secours, suggérant :

– Puis votre mère, afin de protéger votre vertu, le tua. Naturellement, elle fut arrêtée et pendue, et vous vous retrouvâtes contrainte par l'indigence d'épouser ce même sort qu'elle avait voulu vous épargner au sacrifice de sa vie ?

Il leva son verre, lui portant un toast en une moue ironique.

Elle éclata de rire et essuya son nez, qui avait considérablement rosi, du revers de la main.

– Ce n'est pas tout fait ce que j'allais dire, mais ce n'est pas mal non plus ! En tout cas, c'est toujours mieux que la vérité, non ? Faudra que je me souvienne de celle-là...

Elle leva son verre à son tour, puis renversa la tête en arrière et le vida en quelques longues gorgées.

Il voulut prendre la carafe, mais elle était vide.

– Je vais en chercher une autre, annonça Nessie.

Elle bondit du lit et sortit de la chambre avant qu'il ait eu le temps de la rattraper. Elle avait laissé le couteau derrière elle. Il était sur la table, près d'un panier recouvert d'une serviette. Il se pencha dessus et, soulevant un coin du linge, découvrit qu'il contenait un pot rempli d'un onguent gluant et divers accessoires intéressants, certains dont l'usage sautait aux yeux, d'autres très mystérieux.

Il tenait l'un de ces objets, dont la fonction était évidente, admirant son côté artistique et le luxe de détails, jusqu'aux veines turgescentes sous la surface du bronze, quand elle réapparut, une grande carafe serrée contre son torse.

– Ah, c'est ça qui vous plaît? demanda-t-elle en voyant le phallus entre ses mains.

Il ouvrit la bouche, mais, heureusement, aucun mot n'en sortit. Il laissa tomber le lourd objet, qui rebondit douloureusement sur sa cuisse avant d'atterrir sur le tapis dans un bruit sourd.

Nessie acheva de remplir leurs verres et but une gorgée du sien avant de se pencher pour le ramasser.

– Ah, tant mieux, vous l'avez réchauffé, dit-elle, apparemment satisfaite. C'est que ce bronze est d'un froid mortel!

Tenant soigneusement son verre dans une main et le godemiché dans l'autre, elle avança à genoux jusqu'au lit, où elle s'installa confortablement. Sans cesser de siroter son vin, elle remonta langoureusement l'ourlet de sa chemise de nuit en utilisant le bout de l'engin.

– Vous voulez que je dise des choses? demanda-t-elle sur un ton professionnel. Ou vous préférez regarder dans votre coin et que je fasse comme si vous n'étiez pas là?

– Non !

Émergeant soudain de sa stupeur, il avait presque crié.

– Je veux dire... non. Je vous en prie, ne faites pas... ça.

Elle parut surprise, puis légèrement agacée. Elle lâcha le phallus et se redressa sur le lit.

– Quoi, alors ?

Elle écarta les mèches qui lui retombaient devant le visage, le dévisageant d'un œil dubitatif.

– Je suppose que je pourrais vous téter un peu, dit-elle sans grand enthousiasme. Mais d'abord, faudra bien la laver, hein ? Au savon, bien sûr.

Ayant soudain la sensation d'avoir bu beaucoup plus qu'il n'aurait dû, et beaucoup plus vite qu'il n'avait voulu, il fit non de la tête tout en fouillant dans sa veste.

– Non, ce n'est pas ça. Ce que je voudrais...

Il fit apparaître une miniature représentant Joseph Trevelyan, qu'il avait subtilisée dans la chambre de sa cousine, et la déposa sur le lit devant elle.

– ... c'est savoir si cet homme est vérolé. Je ne parle pas de la chaude-pisse, mais bien de la syphilis...

Nessie ouvrit des yeux ronds. Elle regarda le médaillon, puis Grey.

– Vous croyez que je peux le savoir rien qu'en étudiant son portrait ?

Instruite d'une manière plus complète, Nessie s'assit sur ses talons, clignant des yeux devant la miniature de Trevelyan d'un air songeur.

– Alors, vous ne voulez pas qu'il épouse votre cousine s'il a la chtouille, hein ?

– En effet.

Elle hocha la tête d'un air grave.

121

– C'est vraiment gentil de votre part. Surtout pour un Anglais !

– Les Anglais sont aussi capables de loyauté, lui assura-t-il, piqué au vif. Du moins envers leur famille. Vous reconnaissez cet homme ?

– Je ne m'en suis pas occupée moi-même, mais oui, je l'ai déjà vu ici une fois ou deux.

Elle ferma un œil, examinant encore le portrait. Elle oscillait légèrement et Grey commençait à se demander si son plan consistant à la faire boire n'avait pas réussi au-delà de ses espérances.

– Hmm ! fit-elle enfin.

Glissant la miniature sous sa chemise (vu sa maigreur, il se demanda ce qu'elle pouvait bien cacher d'autre là-dessous), elle descendit du lit et alla décrocher une robe de chambre bleue de sa patère.

– Certaines des filles doivent être en chambre pour l'heure, mais je vais aller toucher deux mots à celles qui sont encore au salon...

– Merci, ce serait très utile. Mais pourriez-vous vous montrer la plus discrète possible dans vos questions ?

Elle se redressa avec une dignité éméchée.

– Bien sûr que je peux ! Gardez-moi un peu de vin, d'accord ?

Elle agita la main vers la carafe, puis rabattit les pans de sa robe de chambre sur elle et sortit de la chambre avec un déhanchement exagéré qui aurait sans doute été d'un meilleur effet sur une personne pourvue de hanches.

Avec un soupir, Grey se renfonça dans son fauteuil et se versa un autre verre de vin. Il n'avait aucune idée de ce que ce millésime allait lui coûter, mais il en valait la peine.

Il tint son verre à la lumière et l'examina. La robe était superbe, le bouquet excellent, fruité et profond. Il but une autre gorgée et réfléchit aux progrès réalisés jusque-là. Pour le moment, tout allait bien. Avec un peu de chance, il aurait sa réponse concernant Trevelyan dès ce soir. Au pire, si Nessie ne parvenait pas à parler aux filles avec lesquelles il était allé récemment, il conviendrait de revenir une seconde fois.

En outre, cette perspective ne l'angoissait plus autant, maintenant que Nessie et lui étaient devenus complices.

Il se demanda ce qu'elle aurait fait s'il avait vraiment voulu des rapports charnels au lieu d'informations. Elle était apparemment sincère dans son refus d'offrir ses services aux soldats de Cumberland et, en toute honnêteté, il trouvait son comportement des plus justifiés.

La campagne des Highlands qui avait suivi la bataille de Culloden avait constitué son baptême militaire. Il y avait assisté à des scènes qui lui aurait fait honte d'être soldat si, à l'époque, il avait été en mesure de les comprendre. En fait, le choc avait été si violent qu'il en avait été insensibilisé et, le temps d'en venir aux combats proprement dits, il se trouvait en France, luttant contre un adversaire honorable, et non contre les femmes et les enfants de l'ennemi vaincu.

D'une certaine manière, Culloden avait donc été sa première bataille, même s'il ne s'y était pas battu grâce aux scrupules de son frère aîné, Hal, qui l'avait amené avec lui pour lui donner un avant-goût de la vie militaire mais avait catégoriquement refusé de le laisser participer aux combats.

« Si tu crois que je vais courir le risque de te ramener mutilé à notre mère, tu es tombé sur la tête, l'avait-il informé. Tu n'as pas encore reçu ta nomination de sous-officier, tu n'as donc pas à aller sur le champ de bataille pour te faire tirer dessus. Si tu poses un pied hors du campement, je demanderai au sergent-major O'Connell de te donner la fessée devant tout le régiment ! Tu m'as bien compris ? »

Alors âgé de seize ans, il avait trouvé cela d'une profonde injustice. Puis, lorsqu'on l'avait enfin autorisé à visiter les lieux, après la bataille, il était reparti les tempes palpitantes, serrant fort son pistolet dans sa paume moite.

Hector et lui en avaient discuté au préalable, couchés l'un contre l'autre dans un nid d'herbes folles sous les étoiles, à l'écart des autres. Hector avait tué deux hommes, face à face, et Dieu seul savait combien d'autres dans la fumée de la bataille.

Fort de son avantage de quatre ans et de son grade de second lieutenant, Hector avait expliqué :

« En fait, on n'en est jamais vraiment sûr. À moins de les tuer de face, à la baïonnette ou à l'épée. Autrement, entre la fumée noire et le vacarme assourdissant, tu ne sais pas vraiment ce que tu fais. Tu observes ton officier et tu cours où il te dit de courir, tu tires, tu recharges... Parfois, tu vois un Écossais tomber, mais tu ne sauras jamais si c'est ton coup qui l'a atteint. Il peut aussi bien s'être pris le pied dans une taupinière ! »

Il avait poussé Hector du genou.

« Mais quand tu es tout près, tu le sais, non ? Qu'est-ce que ça t'a fait, la première fois ? N'essaie pas de me dire que tu ne t'en souviens pas ! »

Hector lui avait attrapé la cuisse et l'avait serrée jusqu'à le faire couiner comme un lapin, puis il l'avait attiré à lui en riant, l'obligeant à enfouir son visage dans le creux de son épaule.

« D'accord, je m'en souviens. Mais laisse-moi le temps... »

Il s'était tu un moment, son souffle chaud soulevant les cheveux de John au-dessus de l'oreille. Il était encore trop tôt dans l'année pour les moucherons, mais le vent frais faisait ployer les hautes herbes qui leur chatouillaient le visage.

« Cela s'est passé... en un éclair. Le lieutenant m'avait envoyé avec un camarade voir ce qui se passait de l'autre côté d'un taillis. J'ouvrais la voie. J'ai entendu un bruit sourd et quelqu'un tousser derrière moi. J'ai cru que Meadows, celui qui me suivait, venait de trébucher. Je me suis retourné pour lui demander de faire moins de bruit et je l'ai vu allongé sur le sol, le visage en sang. À ses côtés, un Écossais laissait retomber la pierre avec laquelle il venait de lui fracasser le crâne et se penchait pour ramasser son fusil. Ils sont comme des animaux, tu sais. Les cheveux et la barbe au vent, couverts de boue, généralement pieds nus et à demi vêtus. Celui-ci releva les yeux et me vit. Il tenta de soulever le fusil pour m'abattre, mais Meadows était couché dessus. Alors, je... je me suis mis à hurler et je me suis précipité sur lui. Je n'ai même pas réfléchi une seconde. C'était comme pendant les manœuvres, sauf que quand ma baïonnette a transpercé sa peau, la sensation était très différente, tu peux me croire... »

John avait senti un frisson parcourir le corps allongé contre le sien et avait glissé un bras autour de la taille de son ami pour le rassurer.

« Il est mort sur le coup ?

— Non, avait répondu doucement Hector. Il est tombé en arrière sur les fesses et... j'ai lâché mon fusil, qui est parti avec lui. Il est resté assis là, la baïonnette ressortant dans son dos, le fusil comme planté dans sa poitrine...

— Qu'as-tu fait ? »

Il avait passé une main sur le torse d'Hector, essayant maladroitement de le réconforter.

« Je savais que je devais faire quelque chose, l'achever d'une manière ou d'une autre, mais je n'arrivais pas à réfléchir. Je restais planté là, comme un idiot, tandis qu'il me dévisageait avec son visage crasseux et je... je pleurais. Je répétais "Je suis désolé, je suis désolé" et je pleurais. Il a secoué la tête et dit quelque chose, mais c'était dans cette langue barbare. Je n'ai pas compris s'il me répondait, s'il me maudissait ou s'il me demandait quelque chose... peut-être de l'eau... ça, j'en avais... »

Il s'était tu, mais John devinait au son haché de sa respiration qu'il était au bord des larmes. Il serrait fort son avant-bras, au point de lui faire mal, mais John ne bronchait pas, restant parfaitement immobile jusqu'à ce que le souffle d'Hector redevienne régulier et que l'étau de sa main se desserre légèrement. Puis il s'était éclairci la gorge, avait repris son récit :

« J'ai eu l'impression que cela durait une éternité, mais je suppose que ça n'a pas été le cas. Au bout d'un moment, sa tête est retombée en avant, très lentement, et il n'a plus bougé. »

Il avait pris une longue inspiration, comme s'il cherchait à évacuer le souvenir, puis avait donné un léger coup de coude taquin à John.

« Oui, tu n'oublies pas ton premier. Mais je suis sûr que ce sera plus facile pour toi. Tu t'en sortiras mieux. »

Grey resta allongé sur le lit de Nessie, son verre de vin à la main, buvant lentement. Il fixait le plafond taché de suie mais ne voyait que le ciel gris au-dessus de Culloden. En effet, cela avait été plus facile pour lui... du moins le geste, mais cela ne rendait pas le souvenir moins pénible.

Hal lui avait tendu un long pistolet.

« Tu iras avec le détachement de Windom. Ton travail consistera à donner le coup de grâce à ceux qui sont encore vivants. Le moyen le plus fiable est de tirer dans l'œil, mais derrière l'oreille fera l'affaire, si tu ne supportes pas de les regarder dans les yeux. »

Les traits de son frère étaient tirés, blêmes sous les traînées de poudre. Hal, âgé de vingt-cinq ans, en paraissait le double, son uniforme trempé par la pluie, maculé de boue, lui collait à la peau. Il donnait ses ordres d'une voix calme et claire, mais Grey avait senti sa main trembler quand il avait pris l'arme.

Au moment où il se détournait, Grey le rappela :

« Hal ?

– Oui. »

Son regard était vide.

« Tu te sens bien, Hal ? »

Il avait baissé la voix pour que personne ne l'entende.

Hal paraissait fixer un point au loin par-dessus son épaule. Il lui fallut faire un effort visible pour revenir sur le visage de son cadet.

« Oui, ça va. »

La commissure de ses lèvres frémit, comme s'il essayait de sourire pour le rassurer mais était trop épuisé pour aller jusqu'au bout du mouvement. Il posa une main sur l'épaule de John et la serra. L'adolescent eut l'impression qu'il soutenait son grand frère plutôt que l'inverse.

« N'oublie pas, Johnny, c'est un geste de miséricorde que tu feras. De miséricorde. »

Il avait laissé retomber sa main, s'était éloigné.

Le détachement du caporal Windom se mit en route deux heures avant le coucher du soleil, pataugeant dans la boue et la végétation trempée de la lande, qui s'accrochaient à leurs bottes. Il avait cessé de pleuvoir, mais un vent glacial plaquait sa cape humide contre son corps. Un mélange d'angoisse et d'excitation lui tenaillait les tripes, bientôt supplanté par l'engourdissement de ses doigts et la peur d'être incapable de réamorcer le pistolet... s'il devait s'en servir plus d'une fois.

En fait, il n'eut pas besoin de s'en servir avant un long moment. Tous les hommes qu'ils trouvaient sur leur chemin étaient clairement morts. Il n'y avait pratiquement que des Écossais, parmi lesquels on distinguait quelques rares redingotes rouges de soldats anglais, des flammes dans le paysage terne. Les cadavres ennemis étaient jetés en tas, empilés les uns sur les autres par les soldats aux doigts bleus, marmonnant dans leur barbe en soufflant des nuages blancs tandis qu'ils traînaient les corps comme des troncs abattus, les membres nus formant des branches pâles, raides, difficiles à manier. Il se demanda s'il devait les aider, mais personne ne semblait s'attendre à ce qu'il le fasse, si bien qu'il resta à la traîne des soldats, son arme au bout du bras, ayant de plus en plus froid.

Il avait déjà vu des champs de bataille, à Falkirk, à Preston, mais aucun avec autant de cadavres. D'un autre côté, les morts finissaient par tous se ressembler et, rapidement, il cessa d'être dérangé par leur présence.

Il s'était tellement engourdi qu'il sursauta à peine quand un des soldats lança :

« Hé, petit ! On en a un pour toi ! »

Son esprit ralenti n'eut pas le temps d'interpréter ces paroles avant qu'il se retrouve devant l'homme en question, un Écossais.

Il avait vaguement supposé que tout le monde sur le champ de bataille serait inconscient, voire pratiquement mort. Il avait cru qu'il lui suffirait de s'agenouiller près d'un corps, de placer son pistolet, d'appuyer sur la gâchette, puis de reculer et de recharger.

Cet homme était assis bien droit dans la bruyère, se soutenant sur ses paumes. Sa jambe brisée, qui l'avait empêché de s'enfuir, était tordue devant lui, striée de sang. Il regardait fixement Grey, ses yeux sombres vifs et attentifs. Il était jeune, environ de l'âge d'Hector. Son regard allait du visage de Grey à l'arme dans sa main, puis revenait sur son visage. Il redressa son menton, serrant les dents.

« *Derrière l'oreille fera l'affaire, si tu ne supportes pas de les regarder dans les yeux.* »

Comment? Comment pouvait-il tirer derrière l'oreille dans cette position? Grey leva maladroitement son arme et fit un pas sur le côté, s'accroupissant légèrement. L'homme tourna la tête, le suivant des yeux.

Grey s'immobilisa, mais il ne pouvait plus reculer. Les soldats l'observaient.

Essayant de parler d'une voix ferme, il avait alors demandé :

« La t-t-tête ou le cœur? »

Sa main tremblait. Il avait froid, si froid.

Les yeux sombres se fermèrent un instant, puis se rouvrirent, le transperçant.

« Bon Dieu, qu'est-ce que tu veux que ça me fasse? »

129

Il avait levé de nouveau le pistolet, sa gueule vacillant légèrement, avait visé avec application le centre du corps. Les lèvres de l'Écossais se froncèrent et il bascula son poids d'une main sur l'autre. Avant que Grey ait pu réagir, il avait agrippé son poignet de sa main libre.

Stupéfait, l'adolescent ne tenta pas de se dégager. Pantelant, les mâchoires crispées par la douleur, l'Écossais guida le canon vers son visage et l'appuya contre son front, juste entre les deux yeux. Puis il fixa Grey.

Ce dont il se souvenait le plus clairement n'était pas tant son regard que le contact de ses doigts, plus glacés encore que sa propre peau, s'enroulant doucement autour de son poignet. L'homme n'avait pratiquement plus de force dans le bras, mais suffisamment pour faire cesser ses tremblements. L'adolescent replia ses doigts sur la gâchette, très doucement. Offrant la miséricorde.

Une heure plus tard, ils étaient rentrés dans l'obscurité au camp, où il avait appris la mort d'Hector.

La chandelle coulait depuis un certain temps déjà. Il y en avait une autre sur la table de chevet, mais il ne fit pas l'effort de la prendre. Il resta là à regarder la flamme mourir, puis continua à boire le vin dans le noir.

Il se réveilla un peu avant l'aube, avec un mal de crâne épouvantable. La chandelle était morte et, l'espace d'un instant, il n'eut aucune idée d'où il était... ni avec qui. Un poids chaud et moite était blotti contre lui, sa main reposant sur la chair nue.

Les possibilités se bousculèrent dans sa tête comme un envol de cailles effrayées, puis s'évanouirent quand il prit une grande inspiration et sentit le parfum bon marché, le vin et le musc féminin. Une fille. Oui, bien sûr ! La putain écossaise.

Il resta immobile un long moment, essayant de trouver ses repères dans cet environnement inconnu. Il commença à discerner la fine ligne grise qui dessinait les contours de la fenêtre aux volets fermés, un ton plus clair que le noir de la chambre. La porte... où était la porte ? Il tourna la tête et aperçut un vague éclat de lumière sur le parquet, les derniers feux d'une chandelle dans le couloir. Il se souvenait vaguement d'un raffut, de chants et de bruits de danse au rez-de-chaussée, mais il n'entendait plus rien. Un calme profond avait envahi le bordel, un étrange silence, comme le sommeil troublé d'un homme ivre. À ce propos... il remua sa langue dans sa bouche, essayant de stimuler ses muqueuses desséchées et poisseuses pour sécréter assez de salive et déglutir. Son cœur battait avec une insistance désagréable, repoussant ses globes oculaires hors leurs orbites, l'élançant péniblement à chaque pulsation. Il referma vite les yeux, mais cela ne le soulagea guère.

Il faisait chaud et la pièce sentait le renfermé, mais un faible courant d'air filtrant sous la fenêtre caressait son corps, comme un doigt frais faisant se dresser les poils sur son torse et ses jambes. Il était nu, sans aucun souvenir de s'être déshabillé.

La fille était couchée sur son bras. Tout doucement, il se libéra, veillant à ne pas la réveiller. Il resta assis un moment sur le lit, se tenant la tête dans un gémissement inaudible, puis se leva, très précautionneusement, de peur qu'elle ne roule au sol.

Seigneur ! Qu'est-ce qui lui avait pris de boire autant ? Il aurait mieux fait de culbuter la fille et d'en finir une fois pour toutes. Il avança à tâtons dans la chambre, traversant les éclats de lumière blanche qui éclairaient l'intérieur de son crâne comme des feux d'artifice au-dessus de la Tamise. Son gros orteil heurta le pied de la table de chevet et il chercha à l'aveuglette le pot de chambre qui devait se trouver dessous.

Légèrement soulagé mais mort de soif, il le reposa, chercha la cuvette et l'aiguière. L'eau dans la cruche était chaude et avait un vague goût de métal, mais il la but goulûment, en en reversant sur son menton et son torse, avalant jusqu'à ce que son ventre proteste contre cette cascade tiède.

Il s'essuya le visage du plat de la main, étala l'eau sur sa poitrine puis ouvrit les volets, prenant de grandes goulées d'air frais et gris. Cela allait déjà mieux.

Il se retourna pour chercher ses habits puis se rendit compte qu'il ne pouvait pas partir sans Quarry. L'idée de parcourir le bordel à la recherche de son ami, ouvrant les portes et surprenant les putains endormies et leurs clients, était au-dessus de ses forces. Il n'y avait pas d'autre solution que d'attendre que Mme Magda le débusque pour lui.

Puisqu'il devait attendre, autant rester allongé. Ses tripes gargouillaient de manière menaçante, ses jambes étaient molles comme du coton.

La fille était nue, elle aussi. Elle était recroquevillée sur le côté, lui tournant le dos, lisse et pâle comme un éperlan sur l'étal d'un poissonnier. Il rampa précautionneusement sur le lit et se recoucha auprès d'elle. Elle remua et marmonna quelque chose mais ne se réveilla pas.

Il faisait plus frais, à présent. L'aube pointait entre les volets laissés entrouverts. Il aurait aimé se couvrir, mais elle était allongée sur le drap froissé. Elle remua encore et il vit la chair de poule sur sa peau. Elle était encore plus maigre qu'elle ne lui avait paru la veille, ses côtes étirant sa peau, ses omoplates saillant comme des ailes sur son dos osseux.

Il se tourna sur le côté et l'attira contre lui, tirant d'une main sur le drap pour le rabattre sur eux, plus pour couvrir sa maigreur que pour le peu de chaleur qu'il pouvait leur procurer.

Ses cheveux dénoués étaient épais et bouclés, doux contre son visage. Cette sensation était troublante, même s'il ne comprit pas tout de suite pourquoi. Elle avait eu la même chevelure... « *la* femme ». Celle de Fraser. Grey connaissait son nom (Fraser le lui avait dit), pourtant il ne pouvait se résoudre à penser à elle en d'autres termes : *la* femme. Comme si c'était de sa faute à elle... et la faute de son sexe.

Mais c'était dans un autre pays, pensa-t-il en attirant la putain chétive plus près lui. En outre, elle est morte. Fraser le lui avait dit aussi.

Mais il avait vu la lueur au fond des yeux de Jamie Fraser. Il n'avait jamais cessé d'aimer sa femme, même une fois morte, exactement comme Grey lui-même ne pourrait jamais cesser d'aimer Hector. Toutefois, la mémoire était une chose, la chair, une autre. Le corps n'avait pas de conscience.

Il glissa un bras autour des épaules de la jeune fille et la serra plus fort. Elle n'avait pratiquement pas de seins, et ses hanches étaient aussi étroites que celles d'un garçon. Il sentit une minuscule flamme de désir, encore attisée par le vin, lécher l'intérieur de ses cuisses. Pourquoi pas ? pensa-t-il. Après tout, il avait payé pour cela.

Elle avait dit : « Vous trouvez que je n'ai pas l'air humaine ? » Malheureusement, elle n'était pas un des êtres humains qu'il désirait vraiment.

Il ferma les yeux et déposa un baiser sur son épaule. Puis il se laissa flotter sur les nuages troubles de sa chevelure et se rendormit.

Chapitre 7
Velours vert

Quand il se réveilla, il faisait jour et il y avait du bruit dans le bordel au rez-de-chaussée. La fille était partie... Non, elle n'avait pas disparu. En roulant sur le côté, il l'aperçut, près de la fenêtre. Elle avait renfilé sa chemise de nuit et se tressait des nattes d'un air concentré, les lèvres pincées, en fixant son reflet dans le pot de chambre. Tout en plissant des yeux au-dessus de son miroir improvisé, elle s'exclama :

– Ah, vous voilà enfin réveillé ? J'ai cru que j'allais devoir vous enfoncer une aiguille à repriser sous un ongle du pied pour vous ramener à la vie...

Elle noua sa natte avec un ruban rouge puis se tourna vers lui avec un grand sourire.

– Alors, on est prêt pour son petit déjeuner ?

– N'en parlez même pas, je vous en prie.

Il se redressa lentement, une main pressée contre son front.

– Je vois que monsieur n'est pas du matin...

Une bouteille en verre bruni et une paire de gobelets en bois étaient apparues sur la table de chevet. Elle versa un liquide qui avait la couleur de l'eau du caniveau et lui plaça un des gobelets dans la main.

– Goûtez ça. On dit qu'il n'y a rien de tel pour faire passer la gueule de bois.

Ce n'était pas de l'eau. À en juger par l'odeur, cela ressemblait plutôt à de l'essence de térébenthine. Toutefois, il n'allait pas se dégonfler devant une prostituée de quatorze ans. Il le vida d'une seule gorgée.

Ce n'était pas de la térébenthine. Du vitriol ? Le liquide se fraya un chemin de feu dans sa gorge et descendit tout droit dans ses entrailles, soufflant des vapeurs de soufre dans les cavités de son crâne. Du whisky, voilà ce que c'était. Du whisky pur.

Elle l'observa en hochant la tête d'un air approbateur.

– Encore un peu ? demanda-t-elle.

Incapable de parler, il acquiesça d'un clignement de ses yeux larmoyants, tendit son gobelet. Après une deuxième coulée de lave, il constata qu'il avait retrouvé suffisamment de présence d'esprit pour demander où étaient passés ses vêtements, visibles nulle part.

– Ah oui, ils sont là.

Elle traversa la chambre d'un pas sautillant, légère comme un moineau, et ouvrit un panneau dans le mur qui cachait une rangée de patères auxquelles étaient suspendus son uniforme et son linge de corps.

– C'est vous qui m'avez déshabillé ?

– Je ne vois personne d'autre ici, et vous ?

Elle mit une main en visière et fit mine d'examiner la chambre. Il n'y prêta pas attention et enfila sa chemise pardessus sa tête.

– Pourquoi ?

Il crut discerner un soupçon de sourire dans son regard, même s'il ne parvint pas jusqu'à ses lèvres.

— Après tout ce que vous aviez bu, je me doutais que vous vous lèveriez pendant la nuit pour pisser et que, dans la foulée, vous rentreriez chez vous si vous le pouviez. Par contre, si vous passiez la nuit dans ma chambre, on ne m'enverrait personne d'autre.

Elle haussa les épaules, sa chemise glissant sur ses os saillants, avant de conclure :

— Ça faisait des mois que je n'avais aussi bien dormi.

Grey récupéra ses culottes.

— Ravi de vous avoir été utile, mademoiselle. Et combien va me coûter le plaisir d'avoir passé une nuit entière en votre charmante compagnie ?

— Trois livres, répondit-elle promptement. Vous pouvez me payer tout de suite si vous voulez.

Il lui lança un regard torve, une main sur sa bourse.

— Trois livres ? Vous voulez dire dix shillings, je présume.

— Dix shillings !

Elle s'efforça de paraître indignée, sans grand succès, indiquant à Grey qu'il avait estimé juste.

— Bon, alors disons... une livre dix. Ou peut-être deux...

Elle le toisa d'un air incertain, sa petite langue rose caressant sa lèvre supérieure.

— ... si j'arrive à savoir où il va.

— Où va qui ?

— Le Cornouaillais qui vous intéressait tant hier soir. Le dénommé Trevelyan.

Le mal de crâne de Grey s'atténua brusquement. Il la dévisagea un moment, puis dénoua les cordons de sa bourse. Il en sortit trois livres et les lui lança sur les genoux.

– Dites-moi ce que vous savez.

Nessie serra les cuisses, coinçant ses mains qui serraient les billets, les yeux pétillants de joie.

– Je sais qu'il vient ici deux, peut-être trois fois par mois, mais il ne monte jamais avec une des filles, si bien que je n'ai rien pu apprendre sur l'état de sa verge.

Elle prit une mine navrée.

– Que fait-il, dans ce cas ?

– Il entre dans la chambre de Mme Magda, comme le font tous les clients les plus riches, et, quelque temps plus tard, une femme en ressort, portant une des robes de la patronne, avec un grand bonnet en dentelle... sauf que ce n'est pas la patronne. Elle fait plus ou moins la même taille, mais elle n'a pas sa poitrine, et pas ses fesses non plus. En plus, elle est étroite d'épaules, alors que Mme Magda est faite comme un bouvillon bien nourri.

Elle arqua un sourcil parfait, visiblement amusée par la tête qu'il faisait.

– Puis cette... dame sort par la porte de service. Là, il y a une chaise à porteurs qui l'attend dans la ruelle. Je l'avais déjà vue, mais à l'époque je ne savais pas qui c'était.

– Et cette... euh... dame, revient-elle ?

– Oui. Elle part après la tombée du jour et revient peu avant l'aube. J'ai entendu les porteurs, il y a une semaine environ, et comme pour une fois j'étais seule, je me suis levée pour aller regarder par la fenêtre. Je n'ai vu que le sommet de son bonnet et un pan de sa jupe verte, mais elle marchait d'un pas rapide et long, comme un homme.

Elle s'interrompit, attendant sa réaction. Grey passa une main dans ses cheveux hirsutes. Il avait perdu son ruban pendant la nuit et ne le voyait nulle part.

– Vous pensez pouvoir découvrir où se rend cette... personne ?

Elle hocha la tête, sûre d'elle.

– Oh oui. Je n'ai pas vu son visage, mais j'ai reconnu l'un des porteurs. C'est un grand costaud de chez nous, Rab. Il vient d'un village près de Fife. Il n'a pas souvent les moyens de se payer une putain, mais, quand c'est le cas, il me demande toujours. Le mal du pays, vous comprenez ?

– Oui, je vois.

Il se frotta le visage puis glissa de nouveau les doigts dans sa bourse. Elle écarta les cuisses juste à temps pour recevoir une poignée de pièces d'argent dans sa chemise.

– Faites en sorte que Rab ait rapidement les moyens de s'offrir vos services, d'accord ?

On toqua à la porte et celle-ci s'ouvrit sur Harry Quarry, pas rasé, les yeux chassieux, sa veste jetée par-dessus une épaule. Sa chemise, déboutonnée, n'était qu'à moitié entrée dans ses culottes, sa cravate avait disparu. Il portait encore sa perruque, qui lui pendait sur une oreille.

– Je n'interromps rien, j'espère ? demanda-t-il en refoulant un rot.

Grey se hâta d'attraper sa veste et d'enfiler ses souliers.

– Non, non, j'arrive.

Quarry se gratta une côte, remontant sa chemise qui dévoila une panse velue. Il fit un signe de tête vers Nessie.

– Tu as passé une bonne nuit, Grey ? Pourtant, elle n'a que la peau sur les os.

Lord John pressa deux doigts entre ses sourcils et fit une moue censée exprimer un contentement repu.

– Eh bien, tu connais l'adage : « C'est au plus près de l'os que la viande est la plus tendre. »

– Vraiment ?

En dépit de son état, Quarry se redressa légèrement et lança un regard intrigué vers l'adolescente.

– Faudra que je l'essaye, la prochaine fois. Comment t'appelles-tu, petite ?

Se tournant à moitié, Grey vit Nessie écarquiller les yeux à la vue de l'air concupiscent de Quarry. Elle pinça les lèvres de répulsion. Elle manquait vraiment de tact, pour une putain. Il posa une main sur le bras de Harry pour détourner son attention.

– Je ne pense pas qu'elle te plaira, mon vieux. Elle est écossaise.

L'intérêt momentané de Quarry s'évanouit aussi vite qu'on mouche une chandelle.

– Écossaise ! Seigneur, non ! Rien que le son de cette langue barbare suffirait à me faire débander. Non, non. Je préfère de loin une bonne petite Anglaise bien dodue, avec un joli derrière rebondi, des formes auxquelles s'accrocher...

En guise d'illustration, il voulut donner une tape joviale sur les fesses d'une servante qui passait dans le couloir à ce moment-là. Elle l'esquiva adroitement et il chancela, à deux doigts de s'effondrer ignominieusement. Il se rattrapa à Grey qui, à son tour, dut se retenir au chambranle de la porte pour éviter d'être entraîné. Il entendit Nessie pouffer de rire derrière lui et se redressa, rajustant sa tenue du mieux qu'il le pouvait.

Après ce départ manquant quelque peu de dignité, ils se retrouvèrent dans un fiacre, bringuebalés sur les pavés de

Meacham Street d'une manière qui n'arrangeait guère le mal de crâne de Grey.

– As-tu découvert quoi que ce soit d'utile ? demanda Quarry.

Il fermait un œil, se concentrant sur sa braguette dont il venait de s'apercevoir qu'elle était boutonnée de travers.

– Oui, répondit Grey en évitant son regard. Mais Dieu sait ce qu'il faut en penser !

Il expliqua brièvement les étranges révélations de Nessie pendant que Quarry clignait des yeux de chouette. Puis le colonel gratta son front dégarni.

– Ma foi, je ne sais pas trop quoi en penser, moi non plus. Tu devrais peut-être en toucher deux mots à ton ami le directeur de la police. Demande-lui si ses hommes ont jamais entendu parler d'une femme en velours vert. Elle, ou il, fait peut-être partie d'un trafic quelconque...

Le fiacre prit un virage, envoyant un rayon de lumière perçant dans les yeux de Grey, tout droit jusqu'au centre de son cerveau. Il gémit. De quoi lui avait parlé Magruder ? Agressions, vols à la tire, cambriolages, vandalisme, incendies criminels, vols de chevaux...

Il ferma les yeux et inspira profondément, imaginant l'honorable Joseph Trevelyan arrêté pour incendie criminel ou incitation à l'émeute.

– Bien, soupira-t-il. Je retournerai le voir.

Chapitre 8
Le porteur de chaise

Grey descendit tard pour le petit déjeuner. La comtesse avait déjà terminé le sien depuis longtemps, mais Olivia était encore à table, dans sa robe de chambre en mousseline, ses cheveux tressés en une longue natte, décachetant son courrier tout en mordillant dans un toast.

– La nuit a été longue ? demanda-t-il en se laissant tomber sur une chaise.

Elle bâilla, couvrant délicatement sa bouche de son petit poing.

– Oui. Une soirée chez lady Quinton. Et toi ?

– Rien d'aussi divertissant, hélas !

Après un long sommeil réparateur, il avait passé la soirée chez Bernard Sydell, écoutant sa sempiternelle complainte sur le manque de discipline dans l'armée d'aujourd'hui, l'amoralité des jeunes officiers, l'avarice des politiciens qui s'imaginaient que l'on pouvait remporter des guerres sans un équipement convenable, l'affreux vide que laissait le départ de Pitt l'ancien (qu'il n'avait pourtant cessé de vilipender quand il était en poste), et d'autres observations de la même veine.

À un moment, Malcolm Stubbs s'était penché vers lui et avait murmuré :

« Pourquoi personne ne va-t-il chercher un pistolet afin d'abréger ses souffrances ?

– Je vous offre un shilling pour avoir cet honneur », avait lâché Grey en retour.

Stubbs manqua s'étrangler avec le mauvais cognac que Sydell jugeait approprié de servir au cours de ses soirées.

Harry Quarry n'assistait pas au dîner. Grey espérait qu'il était retenu par une « nouvelle piste prometteuse » plutôt que par le désir d'échapper aux mauvais alcools, car s'ils n'avançaient pas rapidement dans l'enquête sur la mort d'O'Connell, l'affaire finirait par parvenir aux oreilles non seulement de Sydell, mais de personnes ayant le pouvoir de provoquer des remous autrement plus graves.

– Que penses-tu de ces deux-là, John ?

La voix d'Olivia interrompit ses pensées. Il s'arracha à la contemplation de l'œuf à la coque qu'on avait déposé devant lui et leva les yeux vers elle. Elle examinait deux bandes de dentelle en plissant le front, l'une drapée autour de la théière en argent, l'autre suspendue dans sa main.

– Mmm... ? Pour quoi faire ?

– Des bordures de mouchoir.

– Celui-ci.

Il pointa sa cuillère vers l'échantillon sur la théière.

– L'autre est trop masculin.

En fait, le premier lui rappelait un peu trop le liséré en dentelle de la robe de Mme Magda, la maquerelle de Meacham Street.

Le visage d'Olivia se fendit d'un grand sourire.

– Exactement ce que je pensais ! Excellent ! Je vais faire confectionner une douzaine de mouchoirs pour Joseph. Si j'en commandais une autre demi-douzaine pour toi, cela te dirait ?

– Tu dépenses déjà la fortune de Joseph ? la taquina-t-il. Le malheureux va se retrouver sur la paille avant la fin de votre premier mois de mariage...

– Pas du tout ! dit-elle, piquée. C'est mon propre argent, celui que m'a laissé papa. Un présent de la mariée au marié. Alors, tu penses que cela lui plaira ?

– Je suis sûr que l'idée le ravira.

Ses mouchoirs en dentelle iront parfaitement avec le velours émeraude, pensa-t-il soudain. Partout autour de lui s'étalaient les préparatifs du mariage, telles des lignes de soldats avant la bataille, régiments de cuisiniers, bataillons de couturières, légions de personnes sans attribution claire mais qui s'affairaient dans la maison en se donnant des airs importants. Il restait cinq semaines avant le grand jour.

– Tu as de l'œuf sur ton jabot, John.

– Ah oui.

Il baissa les yeux, se mit à frotter la tache incriminée.

– Voilà, c'est mieux ?

Elle l'examina d'un œil critique.

– Très bien. Tante Bennie me dit que tu as un nouveau valet de chambre. Quel étrange petit personnage ! Il n'est pas un peu jeune et... mal dégrossi... pour ce genre de charge ?

– M. Byrd manque peut-être d'années et d'expérience, mais c'est un barbier admirable.

Sa cousine l'examina de plus près. Comme la comtesse, elle était un peu myope. Puis elle tendit la main et lui caressa la joue, une liberté qu'il toléra de bonne grâce.

145

– Oh, c'est vrai que c'est tout doux ! approuva-t-elle. On dirait du satin. Comment s'en sort-il avec ta garde-robe ?

– À merveille.

Il revit en pensée Tom Byrd raccommodant sa veste déchirée d'un air concentré et ajouta :

– Enfin... il est très appliqué.

– Tant mieux. Dis-lui de s'assurer que ton velours gris soit en bon état. Je voudrais que tu le portes pour le mariage. La dernière fois que je t'ai vu avec, j'ai remarqué que l'ourlet était défait à l'arrière.

– Ce sera fait, lui assura-t-il gravement. Tu as peur que je te fasse honte lors de tes noces ou t'entraînes-tu à soigner les détails ménagers en prévision du jour où tu prendras les commandes de ta nouvelle demeure ?

Elle rit et rougit d'une manière charmante.

– Excuse-moi, Johnny. J'exagère ! C'est vrai que je suis inquiète. Joseph me dit que je ne dois me préoccuper de rien, que son majordome est merveilleux, mais je ne veux pas être ce genre d'épouse purement décorative.

Elle semblait sincèrement angoissée en disant cela et il se sentit de nouveau rongé par le doute. Entièrement absorbé par ses propres responsabilités, il n'avait pas pris le temps de réfléchir à la manière dont son enquête sur Joseph Trevelyan affecterait personnellement sa cousine s'il s'avérait qu'il était vraiment vérolé.

– Tu es parfaitement décorative, mais je suis sûr que n'importe quel homme de valeur est à même de discerner ta vraie nature et de l'apprécier bien plus encore que ton aspect physique.

Elle rougit encore un peu, baissa les yeux.

– Oh, merci ! C'est si gentil de ta part de me dire ça.

– Mais pas du tout. Veux-tu que je te serve un hareng ?

Ils mangèrent dans un silence agréable pendant quelques minutes. Grey réfléchissait vaguement à ses occupations de la journée quand la voix d'Olivia le ramena à la réalité :

– Tu n'as jamais pensé à te marier, toi aussi, John ?

Il cueillit un petit pain dans le panier sur la table, se retenant de lever les yeux au ciel. Les nouveaux fiancés ou nouveaux mariés, d'un sexe comme de l'autre, se croyaient toujours investis de la mission sacrée de devoir faire des émules.

– Non, répondit-il calmement en rompant son pain. Je ne vois pour le moment aucune raison de prendre femme. Je n'ai ni domaine ni maison qui nécessiteraient les attentions d'une maîtresse, et Hal assure parfaitement la lignée.

Minnie, l'épouse de Hal, venait de mettre au monde leur troisième fils. C'était une famille de garçons.

Olivia se mit à rire.

– Tu as raison, convint-elle. Tu préfères jouer au gai célibataire, avec toutes ces dames qui se pâment pour toi. Ce n'est pas vrai ?

– Bah !

Il écarta ces considérations d'un geste de son couteau à beurre puis se remit à tartiner son petit pain avec application. Olivia n'insista pas et se retrancha dans les mystères de la confection des compotes de fruits, le laissant organiser ses pensées à sa guise.

Ses recherches sur la famille Stokes lui avaient appris qu'elle formait une tribu polyglotte descendant d'un marin grec. Débarqué à Londres quarante ans plus tôt, celui-ci avait rapidement rencontré puis épousé une fille de Cheapside, pris son nom (ce qui était plutôt judicieux, dans la mesure où il s'appelait Aristopolous Xenokratides) et engendré une nombreuse progéniture, la plupart des rejetons étant rapidement retournés à la mer, tels des tritons au sortir de l'œuf. Iphigenia, coincée sur la terre ferme en raison de l'accident que représentait son sexe, gagnait ostensiblement sa vie comme couturière, améliorant accessoirement son ordinaire grâce à la générosité d'une théorie de messieurs divers et variés avec lesquels elle partageait sa couche, le sergent O'Connell ayant été le dernier en date.

Grey avait chargé Malcolm Stubbs d'enquêter plus en profondeur sur les liens et les relations des Stokes, mais il ne se faisait pas de grandes illusions.

Quant à Finbar Scanlon et sa nouvelle épouse, ils...

– As-tu jamais été amoureux, John ?

Il redressa la tête, surpris. Olivia le dévisageait avec attention par-dessus la théière. De toute évidence, elle n'avait pas abandonné la partie.

– Euh... oui.

Il se demandait si ce n'était que de la curiosité familiale ou s'il y avait quelque chose d'autre.

– Pourtant, tu ne t'es pas marié. Pourquoi ?

Bonne question. Il prit une grande inspiration.

– Cela n'était pas possible. La personne que j'aimais est morte.

Une ombre passa sur le visage de sa cousine. Elle baissa les yeux vers son assiette, sa lèvre inférieure tremblant de compassion.

– Oh, c'est terriblement triste, Johnny. Je suis désolée.

Il haussa les épaules avec un léger sourire, acceptant cette marque d'affection mais n'encourageant pas d'autres questions. Il indiqua du menton la liasse de lettres à côté d'elle.

– Y a-t-il quelque chose d'intéressant dans le courrier, ce matin ?

– Ah ! J'allais oublier... Celles-ci sont pour toi.

Fouillant dans la pile, elle en extirpa deux missives qu'elle lui tendit par-dessus la table.

La première, de Magruder, était brève mais passionnante. L'uniforme du sergent O'Connell, ou du moins sa veste, avait été retrouvé. Le marchand de fournitures pour bateaux dans la boutique duquel on l'avait découverte avait déclaré qu'elle lui avait été apportée par un soldat irlandais, lui-même en uniforme.

Magruder poursuivait ainsi : *Je suis allé l'interroger en personne, mais le marchand a été incapable de m'indiquer le rang ou le régiment de cet Irlandais et je n'ai pas voulu forcer sa mémoire, de crainte que, sous la pression, il ne m'invente un caporal gallois ou un grenadier français. Pour ce que vaut cette observation, il a pensé que l'homme lui vendait une vieille veste lui ayant appartenu.*

Bien qu'impatient d'avoir plus de détails, Grey ne pouvait que louer le bon sens et la délicatesse instinctive de Magruder. Quand on poussait trop loin un interrogatoire, la personne interrogée finissait toujours par vous dire ce qu'elle croyait que vous vouliez entendre. Il était préférable de poser quelques questions brèves, en plusieurs séances si nécessaire, plutôt que de harceler un témoin. Toutefois, le temps pressait.

Quoi qu'il en soit, Magruder en avait tiré l'essentiel. Bien que dépouillée de ses insignes et de ses boutons, la veste avait indubitablement appartenu à un sergent du 47ᵉ régiment. Le gouvernement imposait certains détails des tenues militaires, mais les gentlemen qui levaient et finançaient leurs propres troupes avaient le privilège de concevoir les uniformes de leurs hommes. Dans le cas du 47ᵉ, c'était Minnie, la femme de Hal, qui avait dessiné les vestes des officiers, avec une fine rayure couleur chamois sur l'extérieur de la manche, censée attirer le regard lorsque le bras se levait pour donner un ordre. Les vestes d'un sergent, même taillées dans un drap plus grossier sur un patron moins à la mode, portaient également cette rayure.

Grey nota mentalement qu'il devait demander à ce qu'on s'assure auprès des autres sergents du régiment qu'aucun d'eux n'avait vendu une vieille veste récemment, mais c'était vraiment là excès de zèle. Magruder avait non seulement décrit le vêtement mais en avait envoyé un croquis, observant que l'ourlet était décousu d'un côté, les points semblant avoir été coupés plutôt qu'arrachés.

Cela expliquait sans doute où O'Connell avait caché son butin, même si cela ne disait pas ce qu'il en avait fait. Grey mordit dans un morceau de toast et prit la seconde missive, qui portait la grosse écriture en lettres noires de Harry Quarry. Elle était encore plus brève : *Retrouve-moi demain à St. Martin-in-the-Fields à quinze heures.*

Elle était signée de son grand *Q* griffonné à la hâte.

Il était encore en train d'examiner, perplexe, cette communication laconique quand Tom Byrd passa la tête dans l'entrebâillement de la porte, l'air désolé.

– Milord ? Je m'excuse, mais, comme vous avez dit que si un grand Écossais se présentait...

Grey était déjà debout, laissant Olivia ébahie.

Rab le porteur était un grand gaillard solide, avec un visage idiot et maussade qui s'éclaircit à peine quand Grey le salua.

– Agnès dit que vous êtes disposé à payer pour un mot, marmonna-t-il.

Il semblait incapable de détacher son regard du planétaire en bronze posé sur la table près de la fenêtre de la bibliothèque, ses bras gracieux et ses sphères reflétant le soleil matinal.

– En effet, dit Grey promptement.

Il tenait à se débarrasser de cet homme avant que sa mère n'apparaisse et ne se mette à poser des questions.

– Quel est le mot?

Les yeux rouges de Rab rencontrèrent les siens, révélant un peu plus d'intelligence que le reste de son allure.

– Vous ne demandez pas le prix d'abord?

– Soit. Combien voulez-vous?

Il entendit la voix chantante de la comtesse à l'étage.

L'homme fit apparaître une langue épaisse, avec laquelle il toucha sa lèvre supérieure, méditatif.

– Deux livres?

Il s'efforçait de paraître indifférent et sûr de lui, mais il avait du mal à cacher l'hésitation dans sa voix. Apparemment, deux livres représentaient une petite fortune. Il n'y croyait pas trop, mais était prêt à prendre le risque.

– Quel pourcentage de cette somme reviendra à Agnès? demanda Grey. Sachez que je la reverrai et que je m'assurerai qu'elle a touché sa part.

– Oh. Ah… euh…

Rab se débattit un moment avec ce problème de redistribution, puis haussa les épaules, proposant:

– Bon… eh bien, la moitié.

Grey fut surpris de sa générosité. S'en apercevant, l'Écossais expliqua d'un air bourru, le dévisageant comme s'il le défiait :

– On va se marier. Mais faut d'abord qu'elle puisse racheter son contrat.

Grey se mordit la langue pour se garder de faire une remarque imprudente, se contentant de hocher la tête. Il puisa dans sa bourse, déposa les pièces d'argent sur la table mais garda une main dessus.

– Alors, qu'avez-vous à me dire ?

– Lavender House. C'est une maison dans Barbican Street. Près de Lincoln's Inn. Une grande bicoque. Elle ne paye pas de mine de l'extérieur, mais à l'intérieur, c'est très riche.

Grey sentit une boule froide et lourde dans le creux de son ventre, comme s'il avait avalé un boulet en plomb.

– Vous y êtes entré ?

– Non. Je n'ai pas été plus loin que la porte. Mais du perron je pouvais voir tous les tapis, comme celui-là, ajouta-t-il en montrant le Kermanchāh en soie sur le sol près du bureau. Et aussi les murs couverts de tableaux...

Il pointa son menton massif vers le grand tableau au-dessus de la cheminée, un portrait du grand-père paternel de Grey assis sur son cheval. Puis il plissa le front, cherchant à se souvenir.

– Je pouvais voir une partie d'un des salons. Il y avait une... chose. Pas tout à fait comme celle-là, dit-il en montrant le planétaire, mais dans le même genre, vous voyez ce que je veux dire ? Comme des pièces d'horlogerie.

La sensation de lourdeur s'accentua. Non qu'il ait eu le moindre doute, depuis le début de la description faite par Rab.

Il fit un effort sur lui-même pour demander :

– La... femme que vous avez conduite dans cette maison, connaissez-vous son nom ? L'avez-vous ramenée ensuite à son adresse de départ ?

Rab fit non de la tête. Rien dans son expression n'indiquait qu'il savait que la personne qu'il avait transportée n'était pas une femme, ni que Lavender House n'était pas qu'une simple demeure cossue londonienne parmi d'autres.

Grey posa quelques autres questions pour la forme, mais sans obtenir d'autres informations utiles. Il ôta enfin sa main et recula d'un pas, indiquant au porteur qu'il pouvait prendre l'argent.

Rab avait probablement quelques années de moins que Grey, mais ses mains noueuses étaient figées dans une position recourbée, comme déformées à jamais par son métier de porteur de chaise. Grey le regarda tenter de ramasser les pièces une à une avec ses gros doigts, serrant ses propres mains dans les poches de sa robe de chambre pour se retenir de l'aider.

Sa peau était épaisse comme de la corne, ses paumes jaunes de cals. Ses mains elles-mêmes étaient larges et puissantes, avec des touffes de poils noirs pointant sur ses phalanges déformées. Grey raccompagna le porteur à la porte tout en imaginant ses paluches sur la peau soyeuse de Nessie avec un sentiment de fascination horrifiée.

Il referma la porte et s'adossa à elle, comme s'il venait d'échapper de peu à une course poursuite. Son cœur battait à se rompre. Puis il se rendit compte qu'il imaginait les mains de Rab enserrant brutalement ses propres poignets et ferma les yeux.

Un voile de transpiration perlait sur ses tempes et au-dessus de sa lèvre supérieure, même si la sensation de froid intérieur n'avait pas diminué. Il connaissait cette maison, près de Lincoln's Inn. Lavender House. Il n'aurait jamais pensé en entendre de nouveau parler.

Chapitre 9
La promenade des « Molly »

Les claquements des sabots des chevaux résonnèrent sur la place sombre. La voiture allait vite, mais pas au point de l'empêcher de discerner la rangée de goguenots ni les silhouettes vagues qui rôdaient autour, aussi floues que les papillons de nuit qui voletaient dans le jardin de sa mère dès la tombée du soir, attirés par le parfum des fleurs. Il inspira une grande bouffée d'air par la fenêtre ouverte. Les effluves qui lui parvenaient des latrines étaient très différents, âcres et amers, avec, sous-jacent, l'odeur de transpiration provoquée par la peur et le désir, aussi envoûtante à sa manière que la senteur des nicotianas devaient l'être pour les papillons de nuit.

Les lieux d'aisances de Lincoln's Inn étaient connus, plus encore que le Blackfriars Bridge ou les recoins sombres sous les arcades du Royal Exchange.

Un peu plus loin, il tapa contre le plafond avec sa canne et le fiacre s'arrêta. Il paya le cocher et attendit qu'il ait disparu pour tourner dans Barbican Street.

Barbican Street était une rue incurvée longue d'environ cinq cents mètres, interrompue par un pont étroit qui enjambait le Fleet. En dépit de sa petite taille, elle était d'une diversité étonnante. La première partie accueillait un assortiments de petits commerces et de tavernes bruyantes, avant de céder la place à des maisons de marchands de la City, puis abruptement, de l'autre côté du pont, à un demi-cercle de grandes demeures qui tournaient le dos à la rue, leurs façades donnant sur un petit parc privé. Parmi elles se trouvait Lavender House.

Grey aurait pu arriver en fiacre directement dans cette partie, mais il avait tenu à remonter toute la rue lentement, à pied, espérant que cela lui donnerait le temps de se préparer.

Cela faisait près de cinq ans qu'il n'avait pas mis les pieds dans Barbican Street. Entre-temps, il avait considérablement changé. La personnalité du quartier s'était-elle modifiée, elle aussi ?

À première vue, non. La rue était sombre, éclairée uniquement ici et là par la lumière d'une fenêtre et le halo pâle de la demi-lune. Pourtant, elle grouillait de vie, du moins dans sa première partie, dont les nombreuses tavernes étaient très fréquentées. Les gens, des hommes pour la plupart, allaient et venaient, s'interpellant entre amis ou bavardant en petits groupes devant l'entrée des établissements. Une odeur de bière, sucrée et âcre, flottait dans l'air, se mêlant à celles de la fumée, de la viande grillée, des corps chauffés par l'alcool et une longue journée de labeur.

Il avait emprunté des vêtements frustes à un des domestiques de sa mère et avait noué ses cheveux sur sa nuque avec un lacet de cuir. Un chapeau mou cachait sa blondeur. Nul signe extérieur ne le distinguait des teinturiers et des fouleurs, des forgerons et des tisserands, des boulangers et des bouchers, dont c'était le repaire. Il avançait, anonyme, dans la cohue. Anonyme... à condition de se taire, mais il ne devrait pas avoir besoin de parler avant d'avoir atteint Lavender House. Jusque-là, la foule de Barbican Street valsait autour de lui, sombre et enivrante comme les effluves de bière dans l'air.

Trois hommes hilares passèrent à côté de lui, laissant dans leur sillage des émanations de levure, de sueur et de pain frais... Des mitrons.

– Tu as entendu ce que m'a dit cette salope ? s'exclama l'un d'eux sur un ton faussement outragé. Mais de quel droit il ose !

– Allez, Betty ! Si tu ne veux pas qu'on te pince ton joli popotin rebondi, t'as qu'à pas le tortiller comme ça !

– Le tortiller, moi ? Tu vas voir ce que je vais te tortiller !

Ils disparurent dans l'obscurité, riant et se bousculant. Grey poursuivit sa route, se sentant soudain plus à son aise en dépit de la gravité de sa mission.

Les « Molly ». Il y avait quatre ou cinq promenades de ce genre dans Londres, bien connues de ceux qu'elles intéressaient. Toutefois, cela faisait bien longtemps qu'il ne s'était pas aventuré dans l'une d'elles après la nuit tombée. Des six tavernes de Barbican Street, trois au moins étaient des « maisons de Molly », où les hommes venaient chercher, outre la nourriture et la boisson, la compagnie d'autres hommes, s'adonnant librement entre eux aux plaisirs de la chair.

Les rires fusaient partout autour de lui tandis qu'il passait sans se faire remarquer. Ici et là, il entendait les prénoms de jeunes filles dont les « Molly » s'affublaient par dérision, échangeant des plaisanteries ou des observations suggestives. Nancy, Fanny, Betty, Mme Anne, Mlle Chose... Il se surprit à sourire en entendant leur badinage tapageur, même

s'il n'avait jamais été porté lui-même sur ce genre de voca-
bulaire.

Joseph Trevelyan en était-il ? Il aurait juré le contraire.
Même à présent, il trouvait cette idée inconcevable. D'un
autre côté, il savait également que pratiquement toutes ses
relations à Londres ainsi que les camarades des cercles militaires auxquels il appartenait auraient juré, la main droite
sur la Bible, que lord John Grey n'aurait jamais... non...
Enfin, voyons !... Impossible...

– Non, mais regardez-moi comment est attifée Mamzelle
la Trique ce soir !

Une voix portante, s'élevant sur un ton à la fois admiratif et envieux, attira son attention. Dans la cour de la
taverne des Trois Chèvres, illuminée par des torches, trônant
au milieu de ses admirateurs déchaînés, Mamzelle la Trique
était un robuste jeune homme au nez bulbeux, qui s'était
apparemment arrêté là avec ses compagnons pour boire un
verre en route vers une mascarade à Vauxhall.

Poudré et généreusement fardé, il était vêtu d'une robe
en satin cramoisi et portait une coiffe en résille dorée. Assis
à califourchon sur un tonneau, il repoussait les dévotions de
plusieurs messieurs masqués avec un air de dédain aguicheur digne d'une duchesse.

Grey s'arrêta devant cette vision, puis se ressaisit et se
retrancha rapidement de l'autre côté de la rue, cherchant à
se fondre dans l'obscurité.

Sous ses beaux atours, il avait reconnu Mamzelle la
Trique, qui le jour s'appelait Egbert Jones, le jeune et jovial
forgeron gallois qui avait réparé la grille en fer forgé autour
du jardin d'herbes aromatiques de sa mère. Il craignit d'être
reconnu, en dépit de son déguisement et de l'état d'ébriété

du jeune homme, or c'était bien la dernière des choses qu'il souhaitait.

Il atteignit le refuge du pont, se cachant derrière une des hautes colonnes qui se dressaient de chaque côté. Son cœur battait, ses joues étaient en feu. Toutefois, personne ne cria son nom derrière lui. Il posa les mains sur la pierre, se penchant en avant pour laisser l'air frais de la rivière balayer son visage.

Avec la fraîcheur, une puanteur d'égout et de pourriture s'éleva également. Trois mètres sous la voûte du pont coulaient des eaux sombres et fétides, lui rappelant la fin sordide du sergent Tim O'Connell.

Quel genre de fin cela avait-il été ? Le salaire d'un espion, payé dans le sang pour prévenir tout risque de révélation ? Ou quelque chose de plus personnel ?

De *très* personnel. Cette idée lui vint comme une certitude soudaine tandis qu'il revoyait l'empreinte de talon sur le front du sergent. N'importe qui aurait pu le tuer, pour toute une variété de raisons, mais ce dernier outrage avait été une insulte délibérée, comme une signature.

Les mains de Scanlon étaient intactes, comme celles de Francine O'Connell, mais la mort du sergent avait été l'œuvre de plusieurs personnes. Dans la ville, les Irlandais s'agglutinaient comme des mouches. Là où il y en avait un, il y en avait nécessairement une dizaine d'autres. Scanlon avait forcément des amis ou des relations. Grey devait trouver un moyen d'examiner les talons des souliers de l'apothicaire.

Plusieurs hommes se tenaient comme lui près du mur. L'un d'eux se tourna sur le côté, fouillant dans ses culottes comme s'il s'apprêtait à se soulager, un autre se glissa près de lui. Grey sentit la proximité d'un corps près de son épaule et se retourna brusquement. Il sentit l'hésitation de l'inconnu, puis un soupir dépité, et l'intrus poursuivit son chemin.

Il valait mieux ne pas s'attarder. Toutefois, il venait tout juste de se remettre à marcher quand il entendit une exclamation de surprise dans l'obscurité, quelques mètres derrière lui, suivie par un bref bruit de lutte.

– Oh, mais c'est qu'il est costaud, le petit poulet !

– Qu'est-ce que... Hé ! Mmph !...

– Ah bon ! Tu préfères peut-être la manière forte, mon grand...

– Non mais !... Lâchez-moi !

En reconnaissant la voix indignée, Grey sentit ses cheveux se dresser sur sa tête. Il pivota sur ses talons et se précipita par réflexe vers le lieu de l'échauffourée avant même d'avoir compris ce qu'il faisait.

Deux silhouettes oscillaient dans le noir, se tiraillant, se débattant. Il saisit la plus haute des deux juste au-dessus du coude, serrant fort.

– Laisse-le tranquille ! tonna-t-il de sa voix de soldat.

Son ton tranchant fit sursauter l'homme qui recula d'un pas et libéra son bras. À la lueur pâle de la lune, Grey distingua un visage long, à mi-chemin entre la stupeur et la colère.

– Quoi, je ne faisais que...

– Laisse-le, répéta Grey, plus doucement mais de manière tout aussi menaçante.

L'expression de l'homme se mua en dignité blessée et il reboutonna ses culottes.

– Désolé, je ne savais pas qu'il était ta chasse gardée...

Il s'éloigna en se massant le bras de manière ostentatoire, mais Grey ne lui prêtait plus attention.

– Mais qu'êtes-vous donc venu faire ici ? demanda-t-il à voix basse.

Tom Byrd, la bouche grande ouverte, ne semblait pas l'avoir entendu. Il s'ébroua.

– Ce type est venu droit vers moi et m'a mis son machin dans la main !

Il baissa les yeux vers sa paume ouverte, comme s'il s'attendait à y voir encore l'objet en question.

– Ah oui ?...

– Oui, je vous jure ! Puis il m'a embrassé, a glissé une main dans mes culottes et m'a palpé les fesses ! Mais qu'est-ce qui lui a pris ?

Grey fut tenté de répondre qu'il n'en avait pas la moindre idée mais préféra prendre Byrd par le bras et l'entraîner à l'écart, dans un recoin où les hommes sur le pont ne pourraient pas les entendre.

– Je répète : que faites-vous ici ?

Ils étaient arrivés devant une résidence dont la grille était envahie par une paire de cytises en fleur.

– Oh, ah...

Byrd se remettait rapidement du choc. Il frotta la paume de sa main contre sa cuisse et se redressa.

– Eh bien, milord... Je vous ai vu sortir et j'ai pensé que vous auriez peut-être besoin de quelqu'un pour surveiller vos arrières. Je veux dire...

Il baissa brièvement les yeux vers la tenue peu orthodoxe de Grey.

– ... j'ai pensé que vous vous rendiez dans un endroit qui pourrait être dangereux.

Il lança un bref regard vers le pont par-dessus son épaule, estimant visiblement que les événements récents confirmaient ses pires soupçons.

– Je vous assure que je ne cours aucun danger, Tom.

En revanche, ce n'était pas le cas de Byrd. Si la plupart des hommes fréquentant les parages ne cherchaient qu'à passer un bon moment, il y avait aussi parmi eux pas mal de voyous et des costauds qui n'avaient pas l'habitude qu'on leur résiste.

Grey examina la rue. Il ne pouvait pas laisser le garçon repasser seul devant les tavernes.

– Soit, venez avec moi, dit-il. Vous pouvez m'accompagner jusqu'à la porte. Après quoi, vous rentrerez à la maison.

Byrd le suivit sans émettre de réserve. Grey dut lui prendre le bras et l'attirer à ses côtés, le garçon se mettant de lui-même à marcher derrière lui, ce qui ne manquerait pas d'attirer l'attention à la longue. Ils croisèrent un homme d'âge mûr portant un bicorne qui fixa Byrd avec insistance. Grey sentit le garçon soutenir son regard puis détourner les yeux précipitamment.

– Milord, chuchota-t-il.

– Oui ?

– Ces types, dans la rue... ce sont des sodomites ?

– Bon nombre d'entre eux, oui.

Byrd ne posa plus de questions. Au bout d'un moment, Grey lâcha son bras et ils marchèrent en silence dans la partie plus calme de la rue. Grey sentit la tension revenir, rendue encore plus inconfortable par le bref interlude avant que l'apparition de Byrd ne le rappelle à l'ordre.

Il avait oublié. Cela n'avait rien d'étonnant. Il s'était efforcé d'effacer de sa mémoire ces années qui avaient suivi la mort d'Hector. Après Culloden, il avait vécu des mois comme un somnambule, accompagnant les troupes de Cumberland tandis qu'elles décimaient les rebelles des Highlands, faisant son devoir de soldat comme dans un rêve. Toutefois, de retour à Londres, il avait bien été contraint de se réveiller à la réalité d'un monde où Hector n'était plus.

C'était au cours de cette période sombre qu'il s'était mis à fréquenter cet endroit, cherchant un soulagement dans le meilleur des cas, l'oubli dans le pire. Il avait surtout trouvé le second, dans l'alcool et le stupre. Avec le recul, il se rendait compte de la chance qu'il avait eue de survivre à l'un comme à l'autre, même si, à l'époque, rester en vie avait été le moindre de ses soucis.

Ce qu'il avait oublié au cours des années qui avaient suivi, c'était le simple et indicible confort d'exister, ne serait-ce qu'un bref instant, sans faire semblant. Avec l'irruption de Byrd, il avait l'impression d'avoir remis précipitamment un masque, mais qu'il le portait de travers.

– Milord ?

– Oui ?

Byrd prit une grande inspiration tremblante. Grey se tourna vers lui. En dépit de l'obscurité, il pouvait voir que le garçon était agité par de fortes émotions. Il serrait les poings.

– Mon frère ? Jack... Vous croyez que... C'est lui que vous êtes venu chercher ici ?

– Non.

Grey hésita, puis effleura le bras de Byrd.

– Avez-vous une raison quelconque de penser qu'il pourrait être ici, ou dans un autre endroit de ce genre ?

Byrd secoua la tête, mais plus en désespoir de cause que par négation.

– Je ne sais pas. Je n'ai jamais... je n'ai jamais pensé que... Non, en vérité, je ne sais pas, milord.

– A-t-il une femme ? Une tendre amie avec laquelle il se promenait ?

163

– Non, répondit Byrd tristement. Mais c'est un gars qui sait mettre ses sous de côté. Il dit toujours qu'il prendra une femme quand il en aura les moyens et que, d'ici là, pourquoi s'attirer inutilement des ennuis ?

Grey laissa transpercer un soupçon de sourire dans sa voix.

– Votre frère semble être un homme sage... et honorable.

Byrd prit une autre grande inspiration puis s'essuya furtivement le nez du dos de la main.

– Oui, milord. Jack est comme ça.

Lavender House était une grande demeure mais aucunement tape-à-l'œil. Seules les grandes vasques remplies de lavande odorante de chaque côté de la porte d'entrée la distinguaient des maisons voisines. Les rideaux étaient tirés, mais on distinguait des ombres passant derrière de temps à autre. Des bruits de voix mâles et des éclats de rire filtraient à travers les tentures en velours.

– On dirait ce qui se passe dans les clubs de gentlemen de Curzon Street, observa Byrd, légèrement perplexe.

– *C'est* un club de gentlemen, répondit gravement Grey. Des gentlemen un peu particuliers.

Il ôta son chapeau et dénoua ses cheveux, les laissant retomber sur ses épaules. Il n'avait plus besoin d'être déguisé.

– À présent, vous devez rentrer à la maison, Tom.

Il indiqua un point de l'autre côté du jardin.

– Vous voyez cette lumière, là-bas ? Derrière se trouve une allée. Elle vous mènera sur Great Russell Street. Tenez, voici de quoi prendre un fiacre.

Byrd accepta la pièce mais fit non de la tête.

– Non, milord. Je vous accompagne jusqu'à la porte.

Grey le dévisagea, surpris. Suffisamment de lumière filtrait par une des fenêtres pour lui laisser voir les larmes séchées sur le visage rond du garçon et sa mine déterminée.

– Je veux m'assurer que ces fils de chiens de sodomites savent que quelqu'un sait où vous êtes. Juste au cas où, milord.

La porte s'ouvrit rapidement dès qu'il toqua, révélant un majordome en livrée qui lança un regard dédaigneux aux vêtements de Grey. Puis il leva les yeux vers le visage, et son expression devint nettement plus amène. Grey n'était pas du genre à abuser de son physique, mais il était conscient de l'effet qu'il pouvait provoquer sur certaines personnes.

Il franchit le seuil d'un pas résolu, comme s'il était chez lui, et déclara :

– Bonsoir, je voudrais parler au propriétaire de l'établissement.

Le majordome s'effaça machinalement, stupéfait. Grey lut dans ses yeux les questions qui se succédaient, rapides, déclenchées par le contraste entre son élocution, ses manières et sa tenue. Il avait reçu une bonne formation et ne se laisserait pas embobiner aussi facilement.

– Vraiment, monsieur ? dit-il aimablement. Qui dois-je annoncer ?

– George Everett.

Le visage du majordome se vida de toute émotion.

– Vraiment, monsieur ? répéta t-il, impassible.

Il hésita, ne sachant pas quoi faire. Grey ne le reconnaissait pas, mais lui avait manifestement connu George, ou entendu parler de lui.

– Donnez ce nom à votre maître, je vous prie, dit Grey. Je l'attendrai dans la bibliothèque.

Il fit mine de se diriger sur sa gauche, où il savait que se trouvait la bibliothèque. Le majordome avança un bras pour le retenir puis s'arrêta en plein mouvement, distrait par quelque chose à l'extérieur.

– Qui est-ce? fit-il, de plus en plus perplexe.

Grey se retourna et vit Tom Byrd debout dans la lumière du perron, le regard furibond, les poings serrés, la mâchoire prognathe. On eût dit une gargouille tombée de sa gouttière.

– Ça, c'est mon valet, répondit nonchalamment Grey.

Il tourna les talons et traversa le vestibule. Il y avait plusieurs hommes dans la bibliothèque, assis dans des fauteuils près de la cheminée, discutant, lisant le journal et buvant du cognac. On se serait cru dans la bibliothèque du Beefsteak, si ce n'est que toutes les conversations cessèrent à l'entrée de Grey, une demi-douzaine d'yeux se tournant vers lui pour l'examiner de haut en bas.

Heureusement, il ne reconnut aucun d'entre eux et inversement.

– Messieurs, déclara-t-il en inclinant la tête.

Il se tourna aussitôt vers la console, où se trouvaient les carafes, et, faisant fi des conventions et des bonnes manières, se servit un verre sans prendre la peine de savoir ce qu'il versait. Quand il se retourna, tous l'observaient, essayant de concilier les contradictions entre son apparence, ses manières et sa voix. Il les dévisagea à son tour.

L'un des hommes, se ressaisissant plus rapidement que les autres, se leva.

– Bienvenue... monsieur...

Un autre replia son journal et sourit.

– Comment vous appelez-vous, mon garçon?

– Cela ne concerne que moi... monsieur.

Grey lui rendit son sourire, en y ajoutant une pointe acérée, puis but une gorgée.

Manque de chance, c'était de la bière brune.

Les autres s'étaient levés à leur tour et l'encerclaient, le flairant comme une meute renifle une proie tout juste tuée. À demi curieux, à demi méfiants, tous profondément intrigués. Il sentit une goutte de sueur lui couler dans le cou et son ventre se noua. Ils étaient tous vêtus normalement, mais cela ne voulait rien dire. Lavender House comptait de nombreuses pièces, ouvertes à un large éventail de fantasmes.

Tous étaient bien habillés, mais aucun ne portait de perruque ni de fard. Deux d'entre eux étaient légèrement débraillés, cravates dénouées, chemises et gilets déboutonnés, se permettant des libertés qui n'auraient jamais été tolérées au Beefsteak.

Un jeune homme aux cheveux dorés sur sa gauche l'étudiait avec un appétit non dissimulé. Un autre garçon, brun et trapu, s'en aperçut et ne sembla guère apprécier la chose. Grey le vit se rapprocher, bousculant délibérément Boucles d'Or pour détourner son attention. Celui-ci posa une main apaisante sur la cuisse de son compagnon de jeux, sans pour autant quitter Grey des yeux.

– Puisque vous refusez de nous donner votre nom, permettez-moi de vous offrir le mien. Percy Wainwright, pour vous servir, mademoiselle.

Un jeune homme aux cheveux bouclés, avec une bouche charmante et des yeux doux, s'avança en souriant, prit sa main, se pencha gracieusement et y déposa un baiser.

Le souffle chaud du garçon sur ses doigts fit se dresser les poils sur son avant-bras. Il aurait aimé prendre la main dudit Percy et l'attirer à lui, mais ce n'était vraiment pas le moment.

Il laissa sa main inerte dans celle de Percy un moment, juste de quoi ne pas paraître insultant sans pour autant l'encourager ouvertement, puis la retira.

– Votre obligé... mademoiselle.

Cela les fit rire, même si leur méfiance n'était pas toujours dissipée. Ils ne savaient pas encore si le nouveau venu était des leurs ou non, et Grey tenait à ce que cette ambiguïté dure le plus longtemps possible.

Il était nettement plus sur ses gardes que lorsqu'il était venu la première fois, avec George Everett. À cette époque, plus rien ne lui importait, à l'exception de George peut-être. Désormais, après être passé si près de perdre définitivement la sienne, il savait apprécier la valeur d'une réputation. Pas seulement la sienne, d'ailleurs, mais également celle de sa famille et de son régiment.

Boucles d'Or s'approcha encore, ses yeux bleus ardents comme deux chandelles.

– Qu'est-ce qui vous amène parmi nous, mon cher ?

Grey s'adossa à la console, affectant un air nonchalant.

– Je cherche une dame. Une dame dans une robe de velours vert.

Quelques rires fusèrent et plusieurs échangèrent des regards, mais rien qui laissât entendre qu'ils savaient quelque chose.

Boucles d'Or passa une langue pointue sur sa lèvre supérieure avant de répliquer :

– Le vert ne me sied pas, mais j'en ai une *ravissante,* en satin bleu avec des manches en dentelle, qui vous plairait sûrement.

Le brun lui lança un regard noir.

– Tu n'es qu'un con, Neil.

– Mesdemoiselles, votre langage !

Percy Wainwright repoussa délicatement Boucles d'Or du coude, souriant à Grey.

– Cette dame en vert... a-t-elle un nom ?

– Joséphine, je crois, dit Grey. Joséphine, de Cornouailles.

Au même instant, la porte s'ouvrit et tout le monde se tourna pour voir qui entrait.

C'était Richard Caswell, le propriétaire de Lavender House. Grey le reconnut sur-le-champ et lui se souvenait de Grey, c'était évident. Toutefois, il se contenta d'incliner la tête aimablement.

– Seppings m'a dit que vous vouliez me parler. Si vous voulez bien me suivre ?

Caswell s'écarta d'un pas, indiquant la porte.

Un long sifflement admiratif accompagna la sortie de Grey, suivi d'éclats de rire.

« Tu n'es qu'un con, Neil. » Puis Grey chassa toute pensée de sa tête, hormis ce pour quoi il était venu.

Chapitre 10
Une affaire d'hommes

– Je n'étais pas sûr que cet établissement vous appartenait encore, autrement je vous aurais demandé directement.

Grey s'installa dans le fauteuil que lui indiquait son hôte et en profita pour se débarrasser de son verre de bière sur une table encombrée de bibelots.

– Vous devez être surpris de me trouver encore en vie, dit Caswell en prenant place près de la cheminée.

C'était vrai, et Grey ne se donna pas la peine de nier. Les flammes basses donnaient aux traits émaciés de Caswell une coloration rouge trompeuse, mais Grey avait pu l'observer à la lueur des bougies dans la bibliothèque. Il était en moins bon état que la dernière fois qu'il l'avait vu, des années plus tôt, mais pas tant que ça.

– Vous ne faites pas votre millénaire, mère Caswell, dit Grey sur un ton léger.

C'était également vrai. Sous sa perruque à la mode et son luxueux costume rayé en soie bleu, l'homme aurait pu être une momie égyptienne. Ses poignets bruns et osseux saillaient de ses manches comme des fagots de bois mort. Sa veste, bien qu'indubitablement confectionnée par un excellent tailleur, pendait sur sa carcasse comme une toile à sac sur un épouvantail.

– Vil flatteur !

Caswell l'examinait avec une lueur amusée dans le regard.

– Je ne peux pas en dire autant de vous, mon cher. Vous m'avez l'air aussi frais et innocent que le jour où je vous ai vu pour la première fois. Quel âge aviez-vous donc, dix-huit ans ?

Ses yeux n'avaient pas changé. Petits, noirs, intelligents, perpétuellement rougis par la fumée et le manque de sommeil, bordés de poches violettes.

– Je mène une vie saine. C'est bon pour le teint.

Caswell se mit à rire, fut pris d'une quinte de toux. Avec une économie de geste bien rodée, il sortit un mouchoir froissé de sa ceinture et le pressa contre sa bouche. Il arqua un sourcil déplumé vers Grey d'un air navré pour cette interruption de leur conversation, laissa passer une série de spasmes convulsifs avec l'indifférence de l'habitude.

Une fois sa toux calmée, il inspecta les taches de sang qu'il venait de cracher dans son mouchoir, ne sembla pas les trouver pires qu'à l'habitude et jeta le linge dans le feu.

– J'ai besoin d'un verre, annonça-t-il d'une voix rauque.

Il se leva de son fauteuil et se dirigea vers un grand bureau en acajou où une carafe et plusieurs verres étaient posés sur un plateau d'argent.

Contrairement au sanctuaire de Magda, le salon de Caswell ne contenait rien qui trahît la nature de Lavender House et de ses membres. On aurait pu tout aussi bien se trouver chez le gouverneur de la Banque d'Angleterre, tant le décor était sobre et élégant. Caswell indiqua d'un signe de tête le verre de bière brune négligé par Grey.

– Vous ne voulez plus de ce jus infâme, n'est-ce pas ?

Il remplit une paire de verres en cristal d'un liquide rouge sombre et lui en tendit un.

– Tenez, goûtez-moi ça.

Grey accepta le verre avec une sensation de déjà-vu. Il avait déjà bu du vin dans cette même pièce, le soir où George l'avait conduit pour la première fois à Lavender House, un prélude avant qu'ils ne se retirent dans l'une des chambres à l'étage. Cette impression de légère confusion fut suivie par un coup de fouet lorsqu'il but la première gorgée.

Il tint le verre devant le feu, comme pour en admirer la couleur.

– Il est excellent, qu'est-ce que c'est ? demanda-t-il.

Caswell huma son verre d'un air approbateur.

– J'ignore comment il s'appelle. Il vient d'Allemagne. Pas mauvais. Vous en aviez déjà bu ?

Grey ferma les yeux et but une longue gorgée, fronçant les sourcils et faisant mine de l'agiter avec la langue d'un air connaisseur. Non qu'il eût le moindre doute. Il avait un nez pour le vin et un excellent palais. Il avait déjà bu suffisamment de ce vin avec Nessie pour le reconnaître dès la première gorgée.

Il rouvrit les yeux et soutint le regard pénétrant de Caswell avec un sourire innocent.

– C'est possible. Je ne m'en souviens pas. Pas mal. Où l'avez-vous trouvé ?

– C'est le préféré d'un de nos membres. Il l'apporte par fûts entiers et nous le lui conservons dans notre cave.

Caswell but une autre gorgée puis reposa son verre.

– Alors, milord. Que me vaut ce plaisir ? Souhaiteriez-vous devenir membre du club Lavender ?

Ses lèvres fines esquissèrent un sourire.

– Je ne doute pas que le comité examinera votre demande très favorablement.

– Est-ce le comité que j'ai croisé dans la bibliothèque ?

– Certains en font partie, en effet.

Caswell émit un petit rire, vite étouffé de peur qu'il ne dégénère de nouveau, puis reprit :

– Cela dit, ils vous demanderont peut-être de vous plier à quelques petits entretiens en toute intimité, mais je suis sûr que vous n'y verrez pas d'objections ?

Grey sentit ses mains devenir moites. Il avait déjà vu un jeune homme plié en deux sur le divan en cuir dans la bibliothèque, se soumettant à une série d'entretiens des plus intimes, pour le plus grand plaisir de tous les hommes présents dans la salle. Le divan était toujours là, il l'avait remarqué un peu plus tôt.

– Je suis extrêmement flatté, dit-il poliment. Toutefois, pour le moment, je suis à la recherche d'informations plutôt que de compagnie, aussi alléchante que soit votre proposition.

Caswell toussa et se redressa un peu plus. Son sourire était toujours là, mais l'intensité de son regard avait augmenté d'un cran.

– Oui ? dit-il.

Grey entendit presque le chuintement de l'acier sortant du fourreau. Les préliminaires étaient terminés, le duel pouvait commencer.

– L'honorable M. Trevelyan. Il vient ici régulièrement. Ça, je le sais déjà. Je voudrais savoir qui il rencontre.

Caswell marqua un temps d'arrêt, ne s'étant pas attendu à une attaque aussi frontale. Toutefois, il se ressaisit rapidement et esquiva adroitement :

– Trevelyan ? Il n'y pas de membre de ce nom ici.

– Oh, mais vous le connaissez forcément. Qu'il utilise ce patronyme ou non n'a pas d'importance. Personne n'entre ici sans que vous ne sachiez tout sur lui. Vous connaissez le vrai nom de chacun de vos hôtes.

– Flatteur, dit de nouveau Caswell.

Cette fois, il était moins amusé. Grey essaya de profiter de son avantage :

– Ces messieurs dans la bibliothèque étaient moins réservés. Je suppose que si je m'adressais à eux en dehors du club, certains me diraient ce que je veux savoir.

Caswell rit, suffisamment fort pour déclencher une petite quinte de toux.

– Non, ils ne vous apprendront rien, dit-il d'une voix sifflante.

Il sortit un nouveau mouchoir, se tamponna les yeux et la bouche, puis sourit de nouveau.

– Je ne doute pas que certains d'entre eux vous diront tout ce qu'ils croiront que vous voulez entendre si vous vous déboutonnez un peu, mais ils ne vous diront en tout cas pas cela.

Grey feignit l'indifférence et but une autre gorgée.

– Vraiment ? Les secrets de Trevelyan doivent être plus importants que ce que je pensais pour que vous preniez la peine de menacer vos membres...

Caswell agita une main osseuse.

– Oh doux Jésus ! Comment pouvez-vous imaginer pareille chose ? Des menaces ? Moi ? Vous me connaissez mieux que cela, mon cher enfant. Si je me permettais de menacer qui que ce soit, voilà longtemps qu'on m'aurait retrouvé flottant dans le Fleet, le crâne défoncé !

Cette observation retentit comme une alarme dans le crâne de Grey, même s'il parvint à garder un visage impavide. S'agissait-il d'une hyperbole ? D'une mise en garde ? Le visage flétri de Caswell n'indiquait rien, ses yeux pétillants scrutaient les siens, cherchant pareillement à percer ses intentions.

Il inspira profondément pour ralentir les battements de son cœur et prit une nouvelle gorgée de vin. Il pouvait ne s'agir que d'une simple coïncidence, un banal accident de discours. Le Fleet était à deux pas, après tout, et d'une certaine façon Caswell disait vrai : il pourvoyait aux besoins d'hommes riches et influents. S'il s'était aventuré à oser des menaces ou du chantage, il aurait été discrètement mis hors d'état de nuire depuis longtemps.

Mais les renseignements, c'était une autre affaire. George lui avait dit un jour que le commerce principal de Caswell était l'échange d'informations. Les profits de Lavender House ne pouvaient à eux seuls justifier la richesse du décor des appartements privés du maître de maison. « Tout le monde connaît Dickie Caswell, avait dit George, se prélassant voluptueusement sur le lit de l'une des chambres à l'étage. Et Dickie connaît tout le monde. Il sait tout. Tout ce que tu veux savoir… à condition d'y mettre le prix. »

Grey décida de changer de tactique et d'attaquer sous un autre angle :

– Votre tact et votre discrétion sont tout à votre honneur. Mais comment pouvez-vous affirmer qu'ils ne me diront rien ?

– Parce que ce n'est pas vrai, répondit Caswell. Ils n'ont jamais vu un homme appelé Trevelyan ici… comment pourraient-ils donc vous apprendre quoi que ce soit sur lui ?

– Pas un homme, en effet. Je pense plutôt qu'ils l'ont vu en femme.

Il ressentit une petite décharge d'excitation en voyant les poches violettes sous les yeux de Caswell s'assombrir encore tandis que ses joues pâlissaient. Touché ! Il venait de marquer un point.

– Portant une robe en velours vert, ajouta-t-il pour enfoncer le clou. Je vous l'ai dit, je sais qu'il vient ici. Ce n'est pas là la question.

– Vous vous trompez complètement.

La toux qui bouillonnait sous sa voix donnait à ses paroles une tonalité chevrotante.

Grey décrivit un petit moulinet de la main, à la limite de l'insolence.

– Laissez-vous aller, Dickie ! Puisque je vous dis que je sais déjà. Je ne demande que quelques détails supplémentaires.

– Mais...

– N'ayez aucune inquiétude : personne ne pourra vous faire de reproches. Puisque je tiens les faits principaux d'une autre source, on pensera que cette même source m'a appris le reste.

Caswell ouvrit la bouche pour dire quelque chose, puis se ravisa, le fixant en plissant les yeux et en fronçant les lèvres avec une moue songeuse.

– Ne pensez pas non plus que je veuille du mal à M. Trevelyan. Il est sur le point d'entrer dans ma famille. Vous savez peut-être qu'il est fiancé à ma cousine ?

Caswell acquiesça, presque imperceptiblement. Sa bouche était tellement froncée qu'elle rappelait à Grey un anus canin. Toutefois, peu importait à quoi lui faisait penser cette vieille sorcière, à partir du moment où elle crachait ce qu'il voulait savoir.

– Je suis sûr que vous comprenez que je ne cherche qu'à protéger ma famille.

Grey détourna un instant les yeux, admirant une massive coupe en argent remplie de fruits de serre, puis se tourna de nouveau vers Caswell. Il était temps d'essayer sa plus belle longe. Il étala ses mains dans un geste gracieux.

– Bon ! Il ne nous reste plus qu'à débattre du prix, n'est-ce pas ?

Caswell émit un petit bruit rauque, cracha une grosse glaire dans un nouveau mouchoir, le froissa en boule et l'envoya rejoindre ses prédécesseurs dans le feu. Grey pensa avec un certain cynisme qu'il lui fallait effectivement beaucoup d'argent rien que pour s'approvisionner en linge.

– Le prix, donc.

Caswell but une longue gorgée de vin et reposa son verre en se léchant les lèvres.

– Que proposez-vous ? En supposant que j'aie quelque chose à vendre, naturellement.

Le duel était terminé, les faux-semblants n'étaient plus de mise. Grey ne put réprimer un soupir et se rendit compte qu'outre ses mains moites il transpirait sous sa chemise alors qu'il ne faisait pas si chaud dans la pièce.

– J'ai de l'argent...

Caswell l'interrompit.

– Trevelyan me donne déjà de l'argent. Beaucoup d'argent. Qu'avez-vous d'autre à offrir ?

Les petits yeux noirs rivés sur lui ne sourcillaient pas. Puis il vit la langue de Caswell sortir, à peine visible, pour rattraper une goutte de vin à la commissure de ses lèvres.

Bigre ! Il resta interdit un instant, prisonnier de ce regard, puis détourna les yeux et se souvint de son propre vin. Il leva son verre et baissa les paupières.

Pour défendre son roi, son pays, sa famille, il n'aurait pas hésité à sacrifier sa vertu à Nessie... s'il l'avait vraiment fallu. Mais s'il s'agissait d'un choix entre, d'un côté, laisser Olivia épouser un syphilitique ou la moitié de l'armée anglaise se faire décimer et, de l'autre, subir un entretien « en toute intimité » avec Richard Caswell, il était plutôt d'avis qu'Olivia et le roi se débrouillent par leurs propres moyens.

Il reposa son verre, espérant que sa décision ne se lisait pas sur son visage. Il fixa Caswell dans les yeux.

– J'ai autre chose à proposer que de l'argent, annonça-t-il. Cela vous intéresserait-il de connaître la vérité sur la mort de George Everett ?

S'il y eut une ombre de désappointement dans les petits yeux noirs, elle fut rapidement chassée par une nouvelle lueur d'intérêt. Caswell tenta de l'étouffer mais ne put cacher sa curiosité et sa cupidité.

– J'ai entendu dire qu'il s'agissait d'un accident de chasse. Il s'est brisé la nuque à la campagne. Où était-ce donc ? À Wyvern ?

– Sur la propriété de Francis Dashwood, Medmenham Abbey. Ce n'était pas la nuque, et ce n'était pas un accident. Il a été tué délibérément, d'un coup d'épée en plein cœur. J'y étais.

Cette dernière affirmation fit l'effet d'un pavé jeté dans une mare. Il pouvait presque sentir les ondulations se répercuter dans l'air de la pièce. Caswell était immobile, respirant à peine, calculant les implications.

– Dashwood, murmura-t-il enfin. Le club Hellfire ?

Grey hocha la tête.

– Je peux vous dire qui était là et tout ce qui s'est passé cette nuit-là, à Medmenham. *Tout*.

Caswell en frémit d'excitation, ses petits yeux s'humidifiant dans l'instant.

George avait eu raison. Caswell était de ces gens qui adorent les secrets, amassent les informations, collectionnent les confidences pour le seul plaisir de connaître des faits que personne d'autre ne connaît. Ces faits pouvant bien sûr, en temps voulu, se convertir en or...

– Sommes-nous d'accord, Dickie ?

Caswell sembla revenir à lui. Il prit une grande inspiration, toussa deux fois, puis hocha la tête et se leva.

– Oui, mon petit cœur, nous sommes d'accord. Suivez-moi.

Les étages ne comportaient pratiquement que des chambres privées. Grey n'aurait su dire si les lieux avaient beaucoup changé. Lors de ses précédentes visites à Lavender House, il n'avait guère été en état de remarquer quoi que ce soit.

Ce soir-là, c'était différent. Rien ne lui échappait.

Tout en suivant Caswell dans un couloir, il songea à la différence d'atmosphère avec le bordel de Mme Magda, même si les deux établissements remplissaient la même fonction. Il entendait de la musique au rez-de-chaussée, et des halètements sans équivoque lui parvenaient de certaines des chambres devant lesquelles ils passaient. Pourtant, cela n'avait rien à voir avec l'autre maison.

Au bordel, tous les éléments du décor visaient à stimuler la libido. Aucune des « maisons de Molly » qu'il connaissait n'obéissait à ce principe. Elles étaient généralement dépourvues d'ornements, voire de meubles, au-delà du lit le plus rudimentaire, et encore... Certaines n'étaient que de simples tavernes, avec une arrière-salle ouverte où les hommes pouvaient se rendre pour pratiquer leur activité favorite, souvent sous les applaudissements et les commentaires des spectateurs assis dans la taverne.

Il aurait juré que même les bordels les plus pauvres avaient des portes. Pourquoi les femmes tenaient-elles tant à leur intimité? D'un autre côté, il doutait que la plupart des prostituées soient stimulées par le genre d'objets que Magda proposait pour la délectation de ses clients. Peut-être y avait-il vraiment une différence entre les hommes sensibles aux attraits des femmes et ceux qui préféraient s'ébattre avec leur propre sexe? À moins que ce ne soit les femmes... Leur fallait-il absolument un décor autour de leurs ébats?

Pour ce qui était de la sensualité, la maison tout entière suintait. Des voix masculines et une odeur mâle flottaient partout. Deux amants s'embrassaient au bout du couloir, enlacés contre le mur. Il sentit des picotements sous sa peau. Il ne pouvait s'arrêter de transpirer.

Caswell le conduisait vers un escalier, ce qui les fit passer devant le couple. L'un d'eux était Boucles d'Or, « ce con de Neil », qui releva la tête, échevelé, les lèvres enflées, et lui adressa un sourire langoureux avant de se pencher de nouveau sur son compagnon, qui n'était pas le brun trapu. Grey s'efforça de ne pas se retourner.

Le dernier étage de la maison était plus calme. Le décor y était également plus chargé. Un large tapis d'Orient occupait tout le couloir, des tableaux de bon goût tapissaient les murs au-dessus de consoles sur lesquelles étaient posés des vases de fleurs.

– Ici, nous avons plusieurs appartements. Parfois, un gentleman vient de province et reste quelques jours, une semaine...

– Je vois. Un petit chez-soi loin de chez soi. Trevelyan vous loue une de ces suites de temps à autre ?

– Oh non !

Caswell s'arrêta devant une porte vernie et dégagea une grosse clef du trousseau qu'il portait.

– Il conserve la sienne à l'année.

La porte s'ouvrit sur une pièce noire, le pâle rectangle d'une fenêtre apparaissant sur le mur en face. Grey devinait la lune, à présent haute et petite, à peine visible derrière un voile de nuages.

Caswell avait amené une bougie. Il l'approcha d'un chandelier près de la porte. Les mèches s'embrasèrent et les flammes grandirent, projetant une lumière vacillante dans une chambre spacieuse dominée par un lit à baldaquin. La pièce était propre et vide. Grey huma l'air mais ne sentit rien d'autre que la cire et l'encaustique, avec une vague odeur de feu éteint depuis longtemps. Le foyer avait été balayé et des bûches étaient prêtes, mais la chambre était froide. Personne ne l'avait occupée récemment.

Grey l'inspecta sans trouver de traces de ses occupants éventuels.

– Reçoit-il toujours la même personne ? demanda-t-il.

Conserver une suite à l'année impliquait une relation durable.

– Oui, je crois.

Le ton de Caswell surprit Grey.

– Vous croyez ? Vous n'avez jamais vu cette personne ?

Caswell fit une moue ironique.

– Non. Notre M. Trevelyan a des exigences très précises. Il arrive toujours le premier, se change, puis descend attendre près de la porte. Il conduit lui-même son invité dans ses appartements dès son arrivée. Les domestiques ont pour consigne de ne pas croiser son chemin.

Grey était déçu. Il avait espéré obtenir un nom. Toutefois, étant d'un tempérament méticuleux, il se tourna de nouveau vers Caswell, bien décidé à lui soutirer d'autres détails.

– Je ne doute pas que vos domestiques suivent vos instructions à la lettre, mais vous, Dickie ? Vous n'espérez tout de même pas me faire croire que quelqu'un fréquente votre maison sans que vous ne sachiez tout ce qu'il y a à savoir sur son compte... À ma connaissance, vous n'avez jamais entendu que mon prénom, et pourtant vous saviez déjà que Trevelyan était fiancé à ma cousine. Forcément, vous savez qui je suis.

– Oh oui, milord.

Caswell sourit, ses lèvres froncées en un point malicieux. Le marché était respecté. Il savourait ses révélations autant qu'il avait aimé jouer les réticents un peu plus tôt.

– Vous avez raison, jusqu'à un certain point. J'ignore réellement le nom de l'*inamorata* de M. Trevelyan. Il est très prudent. En revanche, je connais un détail essentiel à son sujet.

– À savoir ?

– Qu'il s'agit précisément d'une *inamorata,* plutôt que d'un *inamorato*.

Grey le dévisagea un instant, perplexe.

– Quoi ? Trevelyan rencontre une femme ? Une vraie femme ? Ici ?

Caswell inclina la tête, les mains humblement croisées devant ses hanches à la manière d'un majordome.

– Comment le savez-vous ? demanda Grey. En êtes-vous sûr ?

La lueur des chandelles semblait rire dans les petits yeux noirs de Caswell.

– Vous avez déjà senti l'odeur d'une femme ? De près, je veux dire…

Il secoua la tête, faisant trembler les plis flasques de son cou.

– Sans parler d'une chambre où un homme a besogné une de ces créatures des heures durant ! Naturellement, j'en suis sûr !

– Oui, je vous crois, murmura Grey.

Il refoula l'image de Caswell reniflant tel un rat les draps et les oreillers des chambres libérées de sa maison, chapardant des bribes d'informations à partir des vestiges abandonnés derrière eux par les amants imprudents.

– Elle est brune, ajouta Caswell. Les cheveux presque noirs. Votre cousine est blonde, n'est-ce pas ?

Grey ne se donna pas la peine de répondre.

– Et ? demanda-t-il d'une voix tendue.

Caswell fit mine de réfléchir.

– Elle ne lésine pas sur le fard… mais, bien sûr, je ne saurais dire si c'est là son habitude ou uniquement une partie du déguisement qu'elle utilise pour venir ici.

Grey hocha la tête, comprenant ce qu'il voulait dire. Les Molly qui aimaient se travestir en femme se fardaient habituellement à la manière des aristocrates françaises. Une femme cherchant à se faire passer pour un homme travesti en ferait probablement autant.

– Et ?

– Elle porte un parfum coûteux. Civette, vétiver et orange, si je ne m'abuse.

Caswell leva les yeux vers le plafond, fouillant sa mémoire.

– Ah oui... elle a un faible pour ce vin allemand que je vous ai fait goûter.

– Vous m'avez dit qu'il s'agissait de la réserve spéciale d'un de vos membres. Trevelyan, je présume ? Comment savez-vous qu'il n'est pas le seul à en boire ?

Les narines de Caswell frémirent d'amusement.

– S'il buvait seul les quantités considérables qu'il fait monter dans sa suite, il ne serait guère performant. Or, à en juger par les traces...

Il indiqua le lit d'un signe de tête.

– ... c'est loin d'être le cas.

– Elle arrive en chaise à porteurs ? demanda Grey.

– Oui. Différents porteurs chaque fois. Si elle a ses propres hommes, elle ne les utilise pas pour venir ici. Ce qui témoigne d'un haut degré de discrétion, n'est-ce pas ?

Ce devait être une dame qui avait beaucoup à perdre si sa liaison était découverte. Toutefois, la complexité des arrangements de Trevelyan lui en avait déjà fourni la preuve.

– Voilà tout ce que je sais, déclara Caswell sur un ton définitif. À présent, votre part du marché, milord ?...

Encore sous le choc de ces révélations, Grey se souvint néanmoins de sa promesse à Tom Byrd et rassembla ses esprits pour poser une dernière question, extirpée presque à l'aveuglette du tourbillon de faits et de suppositions qui se bousculaient sous son crâne.

– Je veux bien croire que ce soit tout ce que vous savez au sujet de la femme, mais revenons à M. Trevelyan. L'avez-vous déjà vu avec un homme, un domestique ? Légèrement plus grand que moi, le visage mince, le teint mat, avec une canine manquante en haut à gauche ?

Caswell parut surpris.

– Un domestique ?

Il fronça les sourcils, fouillant sa mémoire.

– Non. Je... non, attendez voir. Si... si, je crois me souvenir d'avoir vu cet homme, mais il me semble qu'il n'est venu qu'une seule fois...

Il releva la tête, l'air sûr de lui.

– Oui, c'est cela. Il est venu chercher son maître, avec un billet de quelque sorte, une urgence liée à ses affaires, je crois. Je l'ai envoyé attendre Trevelyan aux cuisines. Un beau garçon, dent en moins ou pas, mais il ne m'a pas semblé disposé pour le genre d'activité auquel il risquait d'assister dans les étages...

Tom Byrd serait soulagé d'entendre l'opinion d'un expert en la matière.

– Quand était-ce ? Vous en souvenez-vous ?

Caswell fronça de nouveau les lèvres et Grey détourna les yeux.

– Je dirais... fin avril, quoique je ne sois pas... Oh, si, c'est bien cela, j'en suis sûr.

Il lui adressa un sourire triomphant, dévoilant une rangée de dents pourrissantes.

– Il lui apportait une missive annonçant la défaite autrichienne à Prague, arrivée par courrier spécial. Les journaux ont publié la nouvelle quelques jours plus tard, mais, naturellement, M. Trevelyan tenait à en être le premier informé.

Grey hocha la tête. Effectivement, pour un homme ayant de tels intérêts financiers et commerciaux, ce genre d'information valait son pesant d'or, voire plus, à condition de la connaître avant tout le monde.

– Encore une chose. Lorsqu'il est parti ce soir-là, précipitamment j'imagine, la femme est-elle partie en même temps que lui ? Et, le cas échéant, sont-ils partis ensemble ou chacun avec son propre moyen de transport ?

– Ils sont partis ensemble. Je me souviens que le domestique est sorti en courant chercher un fiacre et ils sont montés dedans ensemble. Elle était entièrement voilée, bien entendu. Plutôt petite. Je l'aurais facilement confondue avec un jeune garçon, si ce n'était ses rondeurs.

Caswell se redressa et lança un regard dans la chambre vide comme pour s'assurer qu'elle ne recelait plus d'autres secrets.

– Voilà pour ma part de notre accord, mon ange. La vôtre, à présent ?

Sa main flottait au-dessus du chandelier, prête à pincer les mèches. Grey vit les yeux d'obsidienne polie le fixer d'un air aguicheur. Le grand lit à baldaquin se trouvait juste derrière lui.

– Naturellement, dit-il en se rapprochant de la porte. Si nous retournions dans votre bureau ?

Caswell aurait fait une moue boudeuse s'il avait eu assez de lèvres pour se le permettre.

– Si vous y tenez, soupira-t-il.

Il moucha les chandelles, dégageant un nuage odorant.

Lorsque Grey quitta l'antre de Caswell, seul, l'aube pointait au-dessus des toits de Londres. Il s'arrêta au bout du couloir, posa son front contre la vitre froide du croisillon, contempla la ville qui émergeait de son manteau noir par degrés imperceptibles. Etouffée par les nuages qui s'étaient amoncelés pendant la nuit, la lumière augmentait par tons de gris, que rehaussait à peine une ligne rosée au-dessus de la Tamise. Comme les derniers vestiges de vie s'évanouissant des joues d'un cadavre, pensa Grey.

Caswell avait été ravi de sa part du marché, à juste titre. Grey ne lui avait rien caché de ses aventures à Medmenham, hormis le nom de celui qui avait tué George Everett. Il s'était contenté de dire que le coupable était masqué et vêtu d'une grande cape. Impossible à identifier avec certitude.

Il n'avait éprouvé aucun remords à noircir ainsi le nom de George. À sa manière, George s'en était déjà plutôt bien chargé lui-même, et si la révélation posthume de ses actes pouvait contribuer à sauver des vies, cela constituerait peut-être une petite compensation pour toutes celles, innocentes, qu'Everett avait sacrifiées ou piétinées pour satisfaire son ambition.

Quant à Dashwood et les autres... ils n'avaient qu'à se débrouiller. « Celui qui dîne avec le diable a intérêt à se munir d'une longue louche. » Grey sourit faiblement, se souvenant du proverbe écossais. Jamie Fraser le lui avait cité, lors de leur premier dîner en tête à tête... lui attribuant d'office le rôle du diable, apparemment.

Si Grey n'était pas religieux, il était toutefois souvent visité par une image récurrente : un ange vengeur brandissait une balance sur laquelle étaient pesées les actions accomplies par un homme au cours de sa vie, les bonnes d'un côté, les mauvaises de l'autre ; George Everett se tenait nu devant cet ange, ligoté, écarquillant les yeux, attendant de savoir de quel côté la balance pencherait. Grey espérait que le travail de cette nuit serait porté au crédit de George et se demanda brièvement combien de temps encore prendrait cette comptabilité. Les actes d'un homme continuaient-ils de vivre après lui ?

Jamie Fraser lui avait décrit un jour le purgatoire, cette conception catholique d'un lieu avant le jugement, où les âmes patientaient après la mort et où le sort d'un être pouvait encore être modifié par les prières récitées et les messes données en son nom. C'était peut-être vrai. Un lieu où l'âme attendait, alors que toutes les actions accomplies durant sa vie finissaient leur parcours, les conséquences inattendues et les complications se succédant comme un jeu de dominos qui s'effondre à l'infini. Mais cela signifiait qu'un homme était responsable non seulement de ses actes, mais de tout le bien et le mal qui pouvaient en découler éternellement, involontairement et de manière imprévisible : une perspective terrifiante.

Il se redressa, se sentant à la fois vidé et surexcité. Il était épuisé mais totalement alerte, à mille lieux du sommeil. Ses nerfs étaient à vif, ses muscles endoloris par la tension prolongée.

Autour de lui, la maison était silencieuse, ses occupants dormant du sommeil profond provoqué par le vin et le désir assouvi. Il se mit à pleuvoir, le doux clapotis des gouttes contre la vitre s'accompagnant d'un parfum âpre et frais porté par le courant d'air sous la fenêtre, transperçant l'atmosphère rance de la maison et le brouillard dans sa tête.

Rien de tel que de rentrer à pied sous la pluie pour s'éclaircir les idées, pensa-t-il. Il avait laissé son chapeau quelque part, dans la bibliothèque probablement, mais n'avait aucune envie de partir à sa recherche. Il prit l'escalier de service jusqu'au premier étage, puis suivit le couloir vers l'escalier principal qui descendait dans le hall d'entrée.

La porte de l'une des chambres était ouverte et, quand il passa devant, une ombre apparut sur le parquet devant ses pieds. Il releva la tête et croisa le regard d'un jeune homme debout sur le seuil, nonchalamment appuyé contre le chambranle. Il ne portait que sa chemise, ses boucles brunes retombant librement sur ses épaules. Les yeux du jeune homme se promenèrent sur lui. Ils étaient sombres et bordés de longs cils. Il sentit leur chaleur sur sa peau.

Il allait poursuivre son chemin, mais le jeune homme le retint par le bras.

– Entre, dit-il doucement.

– Non, je...

– Entre. Rien qu'un petit moment.

Il sortit dans le couloir, les pieds nus, longs et gracieux. Il se tint si près que sa cuisse toucha celle de Grey. Il se pencha en avant et son souffle lui caressa l'oreille. La pointe d'une langue en suivit la forme, faisant naître un frisson qui parcourut Grey tout entier, comme une décharge d'électricité statique.

– Viens, murmura le garçon.

Il recula, entraînant Grey avec lui.

La chambre était propre et simplement meublée, mais Grey ne voyait rien d'autre que ces yeux noirs, si proches, et cette main qui glissait le long de son bras pour entrecroiser ses doigts avec les siens, sa peau bistre contrastant avec la blancheur de sa propre peau, sa paume large, dure contre la sienne.

Puis le jeune homme se détacha et, lui souriant, retroussa sa chemise et la fit passer par-dessus sa tête.

Grey eut l'impression que sa cravate l'étranglait. Il faisait frais dans la pièce, mais un voile de transpiration recouvrait tout son corps, chaud et moite dans le creux de ses reins, humide dans les plis de sa peau.

– Et toi? chuchota le jeune homme sans cesser de sourire.

Il descendit une main et se caressa, l'encourageant.

Grey se débattit un moment avec sa cravate, puis elle se libéra enfin, laissant son cou nu et vulnérable. L'air frais courut sur sa peau. Il laissa tomber sa veste et déboutonna sa chemise. Il sentit la chair de poule hérisser ses bras puis courir le long de sa colonne vertébrale.

Le jeune homme s'agenouilla sur le lit. Il tourna le dos et s'étira comme un félin, cambrant les reins. La lueur pluvieuse de la fenêtre dansait sur les muscles larges et plats de ses cuisses et de ses épaules, sur le sillon creux de son dos et la fente profonde de ses fesses. Il lança un regard par-dessus son épaule, ses paupières à demi baissées, longues et alanguies.

Le matelas s'enfonça sous le poids de Grey. La bouche du jeune homme se fondit dans la sienne, douce et liquide.

– Tu préfères que je parle?

Grey ferma les yeux, le pressant de ses hanches et de ses mains.

– Non, chuchota-t-il. Ne dis rien. Fais comme... fais comme si je n'étais pas là.

Chapitre 11
Le rouge allemand

Grey estimait qu'il devait y avoir un bon millier de marchands de vins à Londres, mais si on ne comptait que ceux qui vendaient des crus de qualité, ce nombre devenait sans doute plus raisonnable. Cependant, n'ayant pu obtenir des informations satisfaisantes auprès de son propre fournisseur, il décida de consulter un expert.

– Mère, lorsque vous avez reçu le Souabe, l'autre soir, lui avez-vous servi du vin allemand ?

Assise dans son boudoir, la comtesse lisait un livre, ses pieds déchaussés confortablement installés sur le dos de son chien favori, un vieil épagneul prénommé Eustace, qui ouvrit un œil las et pantela aimablement pour saluer l'entrée de Grey. Elle releva le nez et remonta ses lunettes de lecture sur son front, clignant des yeux pour s'accoutumer.

– Du vin allemand ?... Oui, en effet, nous avions un bon petit vin du Rhin, pour accompagner l'agneau. Pourquoi ?

– Pas de rouge ?

– Trois rouges, mais aucun d'Allemagne. Deux français et un espagnol, assez vert mais qui allait bien avec les saucisses.

Benedicta s'humecta les lèvres d'un air songeur.

– Le capitaine von Namtzen ne semblait pas trop apprécier les saucisses, ce qui est assez étrange. D'un autre côté, c'est un Souabe. Je les ai peut-être fait préparer par inadvertance à la mode saxonne ou prussienne, ce qu'il aura pris pour une insulte. Je crois que la cuisinière considère que tous les Allemands sont coulés dans le même moule...

– Mère, votre cuisinière pense que tous ceux qui ne sont pas anglais sont français. Elle ne fait aucune autre distinction.

Écartant les préjugés de la cuisinière pour le moment, Grey extirpa un tabouret de sous une pile de vieux livres et de manuscrits et s'y assit.

– Je suis à la recherche d'un rouge allemand. Avec du corps, un bouquet fruité, une robe de la couleur d'une de ces roses...

Il indiqua un vase débordant de roses cramoisies qui déversaient leurs pétales sur le secrétaire en acajou.

– Vraiment ? Je ne crois pas avoir jamais vu un vin rouge allemand, et encore moins y avoir goûté, même si je suppose que cela peut exister.

La comtesse referma son livre, gardant un doigt à l'intérieur pour marquer sa page.

– Vous préparez votre petite réception ? Olivia m'a dit que vous aviez invité Joseph à dîner avec vous et vos amis. Comme c'est chou de votre part, mon chéri.

Ce rappel lui fit l'effet d'un coup de poing dans le ventre. Diable ! Il avait totalement oublié l'invitation lancée à Trevelyan.

La comtesse inclina la tête sur le côté, intriguée semblait-il.

– Mais pourquoi voulez-vous absolument un vin rouge allemand ?

– Cela n'a rien à voir avec le dîner, c'est pour une tout autre affaire, répondit-il rapidement. Dites-moi, vous approvisionnez-vous toujours en vin chez Cannel ?

– En grande partie, oui. De temps en temps, je passe commande chez Gentry, ou chez Hemshaw and Crook. Mais laisse-moi voir...

Elle se passa l'index sur l'arête du nez, puis appuya sur le bout, étant parvenu à une conclusion.

– Il y a ce nouveau négociant, encore assez petit, dans Fish Street. Le quartier n'est pas vraiment engageant, mais ce magasin propose les crus les plus invraisemblables. Des vins qu'on ne trouve nulle part ailleurs. Si j'étais toi, je m'adresserais à lui. Il s'appelle Fraser et Cie.

– Fraser ?

Certes, c'était un nom écossais assez banal, mais il n'en ressentit pas moins un léger frisson.

– J'irai me renseigner là-bas. Merci, mère.

Il déposa un baiser sur sa joue, se retrouvant enveloppé de son parfum caractéristique : muguet, mélangé à l'odeur de l'encre, cette dernière fragrance étant plus forte que d'habitude en raison du livre neuf sur ses genoux. Il baissa les yeux vers le volume.

– Que lisez-vous donc ?

– Oh, le dernier divertissement léger du jeune Edmund Burke.

Elle lui montra le titre de la couverture : *Une enquête philosophique sur l'origine de nos conceptions du sublime et du beau*.

– Je doute qu'il te plairait, il est bien trop frivole pour toi.

Prenant son coupe-papier, elle libéra la page suivante d'un coup sec, reprenant :

– En revanche, si tu n'as plus rien à lire, j'ai la dernière édition de *Fanny Hill* de John Cleland. Tu sais, les mémoires d'une fille de joie ?

Il gratta Eustace entre les oreilles, lançant à la comtesse un regard indulgent.

– Très amusant, mère. Vous comptez lire le livre de Cleland ou simplement le laisser traîner artistiquement dans le salon afin de provoquer une apoplexie à lady Roswell ?

– Quelle excellente idée ! Je n'y avais pas pensé. Malheureusement, le titre ne figure pas sur la couverture et cette gourde manque par trop de curiosité pour prendre un livre sur une table et l'ouvrir.

Elle se pencha sur le côté et fouilla dans la pile de livres sur son secrétaire, dégageant un beau volume in-quarto relié cuir qu'elle lui tendit.

– C'est une édition offerte en hommage, expliqua-t-elle. Il n'y a rien d'inscrit sur la couverture ni au dos. Je suppose qu'on peut le lire en toute impunité en compagnie quand on s'ennuie, du moins tant que personne ne voit les illustrations à l'intérieur. Prends-le donc ! Je l'ai lu à sa première parution. En outre, il te faudra bien offrir un présent à Joseph pour l'enterrement de sa vie de garçon. Si la moitié de ce que j'entends dire sur ces soirées est vrai, cet ouvrage fera parfaitement l'affaire.

Il allait se lever puis s'arrêta, le livre à la main.

– Mère… au sujet de M. Trevelyan. Pensez-vous que Livy soit très amoureuse de lui ?

Elle haussa des sourcils surpris puis, très lentement, referma son livre, ôta ses pieds de sur Eustace et se redressa en position assise.

– Pourquoi demandes-tu cela ?

Son ton exprimait toute la méfiance et la suspicion blasées que peut ressentir à l'égard de la gent masculine une femme qui avait élevé quatre fils et enterré deux maris.

– J'ai... de bonnes raisons de croire que M. Trevelyan a... un autre attachement. L'affaire n'est pas encore totalement confirmée.

La comtesse inspira profondément, ferma les yeux quelques instants, puis les rouvrit et le dévisagea de ses yeux bleu pâle où pouvait se lire un pragmatisme légèrement teinté de regret.

– Il est de douze ans son aîné. Il n'y aurait là rien d'inhabituel, je dirais même qu'il serait très étonnant qu'il n'ait pas eu quelques maîtresses. Les hommes de ton âge *ont* des liaisons, sais-tu ?

Ses cils se baissèrent brièvement, délicate allusion au scandale étouffé qu'il lui avait valu d'être muté à Ardsmuir, puis reprit :

– On ne peut qu'espérer que ce mariage lui fera abandonner ses à-côtés, mais dans le cas contraire...

Elle haussa les épaules, puis les laissa retomber avec une lassitude soudaine.

– ... je suis sûre qu'il saura faire preuve de discrétion.

Pour la première fois, Grey se demanda si son père ou le premier époux de la comtesse, le capitaine DeVane... Mais le moment était mal choisi pour de telles spéculations. Il s'éclaircit la gorge avant de répondre :

– Je crois pouvoir affirmer que M. Trevelyan est on ne peut plus discret. Je me demandais simplement si... Livy aurait le cœur brisé si... s'il arrivait quelque chose ?

Il aimait sa cousine mais la connaissait mal. Elle était arrivée chez eux alors que lui-même venait tout juste de recevoir sa première affectation militaire.

– Elle a seize ans, répliqua sèchement sa mère. N'en déplaise au *signore* Dante et à sa Béatrice, la plupart des jeunes filles de seize ans sont incapables de grande passion. Elles sont au mieux persuadées du contraire.

– Mais...

– Mais Olivia ne sait absolument rien sur son futur époux, au-delà du fait qu'il est riche, élégant, plutôt bien fait et aux petits soins avec elle. Elle ignore tout de son tempérament, comme de la vraie nature du mariage, et la seule chose dont elle soit amoureuse pour le moment, c'est de sa robe de noces.

Grey se sentit légèrement rassuré. Parallèlement, il était conscient que l'annulation des noces de sa cousine risquait de provoquer un scandale à côté duquel la controverse au sujet du limogeage du premier ministre Pitt deux mois plus tôt ferait pâle figure. En outre, le scandale n'épargnerait personne. Olivia, irréprochable ou pas, pouvait se trouver salie et voir gâchées toutes ses chances de faire un bon mariage.

– Je vois, dit-il. Si j'en apprends davantage sur le sujet, je...

– Tu te tairas, l'interrompit fermement sa mère. Une fois qu'ils seront mariés, si elle vient à découvrir que son nouveau mari n'est pas parfait, elle fermera les yeux.

– Certaines choses sont assez difficiles à ne pas voir, mère.

Il avait parlé sur un ton plus mordant qu'il ne l'avait voulu. Elle lui lança un regard menaçant, et l'air autour d'eux sembla se solidifier un instant, comme s'il n'y avait plus rien à respirer. Ils se regardèrent dans le blanc des yeux en silence. Puis elle se détourna, posa sur le côté l'essai de Burke et déclara :

– Si elle découvre qu'elle ne peut fermer les yeux, alors elle pensera que sa vie est fichue. Puis, avec un peu de chance, elle aura un enfant et s'apercevra que ce n'est pas le cas. Allez ouste, Eustace !

Repoussant du pied son épagneul somnolant, elle se leva et lança un regard vers le petit carillon sur la table.

– File donc chercher ton vin allemand, John. Cette maudite couturière vient à trois heures, pour ce qui devrait être, je l'espère sincèrement, l'avant-dernier essayage de la robe de Livy.

– Oui. Eh bien... euh, oui.

Il se tint maladroitement un moment devant elle, puis tourna les talons. Sur le seuil, il s'arrêta soudain.

– Mère ?

– Mmm ?

La comtesse soulevait des objets au hasard, regardant sous un tas d'ouvrages de broderies en plissant ses yeux myopes.

– Tu n'aurais pas vu mes lunettes, John ? Je suis sûre que je les avais à l'instant...

– Elles sont sur votre bonnet.

Il sourit malgré lui, puis demanda :

– Mère, quel âge aviez-vous quand vous avez épousé le capitaine DeVane ?

Elle plaqua une main sur son crâne comme pour empêcher ses lunettes de s'envoler. Prise de court par la question, elle n'eut pas le temps de contrôler ses traits. Il y lut les vagues de souvenirs qui se succédaient, plaisir et tristesse mêlés. Elle pinça les lèvres puis sourit.

– Quinze ans.

La fossette qui n'apparaissait que lorsqu'elle était profondément amusée creusa sa joue. Elle ajouta :

– Ma robe était divine !

Chapitre 12
Une araignée paraît

Malheureusement, il n'avait pas le temps de passer par Fraser et Cie avant son rendez-vous avec Quarry, qu'il retrouva comme convenu devant l'église de St. Martin-in-the-Fields.

En descendant du fiacre, il demanda :

– Allons-nous à un mariage ou à un enterrement ?

– Ce doit être un mariage, je vois que tu as apporté un présent. À moins que ce ne soit pour moi ?

Quarry indiqua du menton le livre qu'il portait sous le bras.

– Je te le donne, si tu le veux.

Grey lui tendit la copie de *Fanny Hill* avec un certain soulagement. Il avait été obligé de quitter la maison avec, Olivia lui étant tombée dessus alors qu'il sortait du boudoir de sa mère et l'ayant accompagné jusqu'à la porte, brandissant d'autres échantillons de dentelle sous son nez pour connaître son avis.

Quarry ouvrit le livre, écarquilla les yeux puis lança un regard goguenard à Grey.

– Johnny! J'ignorais que je t'inspirais autant d'affection!

Devant le sourire moqueur de son ami, Grey lui arracha le livre des mains, découvrant seulement alors qu'il y avait une dédicace sur la page de garde. Apparemment, la comtesse ne l'avait pas vue non plus... du moins il l'espérait.

C'était un vers de Catulle plutôt salace, dédié à la comtesse et signé de la lettre *J*.

– Dommage que je ne m'appelle pas Benedicta, observa Quarry. Ça m'a l'air d'être un ouvrage fort intéressant!

Serrant les dents et passant mentalement en revue toutes les connaissances de sa mère dont le prénom commençait par un *J*, Grey déchira la page de garde, la fourra dans sa poche puis remit fermement le livre entre les mains de Quarry.

– Qui allons-nous voir? demanda-t-il.

Cette fois-ci encore, il avait revêtu son plus vieil uniforme. Il tira sur un fil qui pendait à sa manche avec une moue critique. Tom Byrd était un excellent barbier, mais pour ce qui touchait à l'entretien de sa garde-robe, il lui restait beaucoup à apprendre.

– Quelqu'un, répondit vaguement Quarry.

Il était absorbé dans la contemplation d'une illustration.

– Je ne connais pas son nom. C'est Richard qui m'a orienté vers lui. Selon lui, il sait tout sur notre affaire de Calais et pourra nous être fort utile.

Richard, c'est-à-dire lord Joffrey, le demi-frère aîné de Quarry et un poids lourd en politique. S'il n'était pas directement impliqué dans l'armée et la marine, il connaissait toutes les personnes qui comptaient dans ces sphères et était généralement au courant de tout scandale couvant dans l'œuf des semaines avant son éclosion sur la scène publique.

– Quelqu'un du gouvernement ? demanda Grey.

Ils venaient de s'engager dans Whitehall Street, qui ne contenait pratiquement que des bâtiments officiels.

Quarry referma le livre et lui lança un regard prudent.

– Je ne sais pas trop.

Grey cessa de poser des questions, espérant qu'ils n'en auraient pas pour longtemps. Il avait eu une journée remplie de frustrations : une matinée passée à poser des questions qui ne menaient nulle part, une après-midi gaspillée à faire des essayages pour un costume destiné à un mariage dont il était presque sûr qu'il n'aurait jamais lieu... Bref, il était surtout d'humeur pour un dîner copieux et un bon remontant, et non pour un énième entretien avec des personnes sans nom occupant des postes fantômes.

Mais il était soldat, et le devoir avant tout.

Au plan architectural, Whitehall Street ne présentait pas grand intérêt, hormis pour les ruines du palais du même nom et le beau Banqueting Hall, vestige du siècle antérieur. Toutefois, ils n'allaient ni à l'un ni à l'autre, pas plus que dans les bâtiments légèrement moisis du quartier qui abritaient divers ministères mineurs. À la surprise de Grey, Quarry se dirigea vers l'entrée de la Croix d'Or, une taverne décrépite qui se trouvait à l'exact opposé de St. Martin-in-the-Fields.

Quarry ouvrit la voie jusque dans la petite arrière-salle, commanda deux pintes au barman, puis tira un banc à lui, se comportant comme s'il était un habitué des lieux. De fait, il y avait plusieurs autres militaires dans la salle, quoique tous sous-officiers dans la marine. Quarry poussa la comédie jusqu'à se lancer dans une conversation enjouée et bruyante avec Grey au sujet des courses de chevaux, sans pour autant cesser d'étudier la salle, notant tous ceux qui entraient et sortaient.

Au bout de quelques minutes de cette pantomime, il dit doucement :

– Attends deux minutes, puis rejoins-moi.

Il vida sa chope d'un trait, la repoussa puis sortit par la porte de derrière, apparemment à la recherche de latrines.

Plutôt perplexe, Grey finit tranquillement sa bière, puis se leva à son tour.

Le soleil se couchait, mais il faisait encore suffisamment clair pour voir que la courette derrière la taverne était déserte, hormis la pile habituelle de détritus, de cendres mouillées et de tonneaux brisés, ainsi qu'un nuage de mouches encouragées par le temps clément. Grey les chassait de la main quand il perçut un léger mouvement dans la pénombre au fond de la petite cour.

Avançant précautionneusement, il découvrit un jeune homme avenant, bien mis mais sans ostentation, qui lui sourit puis lui tourna le dos sans le saluer. Il suivit ce guide et grimpa un escalier branlant coincé entre le mur de la taverne et le bâtiment adjacent et se terminant par une porte qui devait donner sur les appartements privés du tavernier. Le jeune homme l'ouvrit, entra, puis lui fit signe de l'imiter.

En comparaison de ce que cette mystification prélimi-naire l'avait induit, l'espace d'une seconde, à espérer, la réa-lité était franchement décevante. La pièce était sombre, avec des poutres basses et sordides, meublées avec les objets usuels d'une vie mesquine : une console délabrée, une table en bois blanc avec un banc et des tabourets, un pot de chambre ébréché, une lampe enfumée, un plateau sur lequel étaient posés des verres sales et une carafe de vin trouble. Touche décorative incongrue, un petit vase en argent sur la table, dans lequel se trouvait un bouquet de tulipes jaune vif.

Harry Quarry était assis près des fleurs, conversant avec un petit homme poussiéreux et grassouillet qui tournait le dos à Grey. Quarry releva les yeux et arqua un sourcil pour saluer l'arrivée de Grey, mais il lui fit signe de la main d'attendre un instant.

Le jeune homme discret qui l'avait conduit jusqu'ici avait disparu par une seconde porte. Un autre jeune homme s'affairait à l'autre bout de la pièce, triant des papiers et des portfolios sur la console.

Quelque chose chez ce dernier parut familier à Grey et il fit un pas dans sa direction. Le jeune homme se tourna soudain, les mains remplies de paperasses, releva les yeux et se figea, la bouche ouverte comme un poisson rouge. Une perruque impeccable dissimulait ses boucles dorées, mais Grey n'eut aucun mal à reconnaître le visage blême qui était dessous.

– Monsieur Stapleton ?

Le petit homme grassouillet derrière la table ne se retourna pas mais leva une main.

– Vous avez trouvé ?

– Ou-oui, monsieur Bowles.

Les yeux bleus ardents du jeune homme étaient toujours fixés sur Grey. Il déglutit, sa pomme d'Adam remontant dans sa gorge.

– Tout de suite, monsieur Bowles.

Grey, qui n'avait aucune idée de qui était le Bowles en question, ni de ce qui se passait, adressa un petit sourire énigmatique à Stapleton. Le jeune homme parvint enfin à détourner les yeux et alla donner les papiers au petit gros, ne pouvant s'empêcher de lancer un regard incrédule par-dessus son épaule.

Quarry et le miteux M. Bowles continuaient leurs messes basses, leurs têtes penchées l'une vers l'autre. Grey s'approcha d'une fenêtre ouverte, les mains croisées dans le dos, inspirant de grandes goulées d'air comme un antidote à la forte odeur de renfermé dans la pièce.

Le soleil était presque couché, ses derniers feux se reflé-tant sur la croupe de bronze de la monture de Charles Ier dans la rue en contrebas. Il avait toujours eu une certaine affection pour cette statue, ayant appris d'un précepteur dont il avait oublié le nom que le monarque, qui mesurait cinq centimètres de moins que lui, s'était fait représenter sur son cheval afin de paraître plus imposant, profitant discrète-ment de l'occasion pour se grandir jusqu'à un mètre quatre-vingts.

Un léger raclement de gorge derrière lui l'informa que « ce con de Neil » l'avait bien rejoint.

– Un peu de vin, monsieur ?

Il se tourna de trois quarts, en acquiesçant, de sorte qu'il paraisse naturel que le jeune homme s'avance avec son pla-teau et le dépose sur le rebord de la fenêtre. Grey le regarda remplir son verre.

Stapleton s'assura que les autres ne le voyaient pas puis fixa Grey d'un air implorant.

Ses lèvres remuèrent en silence, articulant « Je vous en prie ». Le vin tremblait dans le verre opaque. Grey ne le prit pas tout de suite, lança un bref coup d'œil vers Bowles puis de nouveau vers Stapleton, et haussa des sourcils interroga-teurs.

Une lueur horrifiée traversa les yeux de Stapleton, qui fit légèrement non de la tête.

Grey tendit la main et saisit le verre, touchant le bout des doigts du jeune homme. Il exerça une légère pression, les yeux baissés.

– Je vous remercie, monsieur, dit-il poliment.

– À votre service, monsieur.

Stapleton esquissa une légère courbette avant de reprendre son plateau et de tourner les talons. Grey avait senti son odeur de transpiration, accentuée par la peur, mais la carafe et les verres qu'il portait ne cliquetèrent à aucun moment.

D'où il se trouvait, Grey pouvait voir la potence dressée près de la statue de Charles Ier. Il trempa à peine ses lèvres dans le mauvais vin tant il avait la gorge nouée. Qu'est-ce que c'était donc que cette histoire ? Il ne pensait pas que la réunion avait un rapport avec lui, Harry l'aurait prévenu. Mais peut-être que Stapleton avait... Non, il n'aurait pas été aussi terrorisé en le reconnaissant. Mais dans ce cas, qu'est-ce que...

Un bruit de chaises interrompit ses pensées avant qu'il ait pu y mettre de l'ordre.

Quarry s'était levé et s'adressait à lui avec un vouvoiement formel :

– Lord John ? Permettez-moi de vous présenter M. Hubert Bowles. Le major Grey.

M. Bowles s'était levé lui aussi, même si cela ne se voyait pas vraiment, tant il était petit. Grey inclina courtoisement le chef.

– Votre serviteur, monsieur.

Il s'assit sur le tabouret qu'on lui indiquait, se retrouvant face à une paire d'yeux doux, d'un bleu ardoise comme ceux d'un nouveau-né, au milieu d'un visage qui possédait autant de distinction qu'un pudding à la graisse de bœuf. Il flottait une drôle d'odeur dans l'air, comme de la très vieille sueur, avec un soupçon de putréfaction. Il n'aurait su dire si elle émanait du mobilier ou de l'homme en face de lui.

— Milord, quelle grâce de votre part de nous rendre visite !

Bowles zozotait et parlait dans un filet de voix à peine audible.

Comme si j'avais eu le choix ! pensa cyniquement Grey. Il se contenta néanmoins de hocher la tête et marmonna une amabilité en retour, tout en essayant d'éviter de respirer par le nez.

Bowles retourna une feuille de papier du bout des doigts.

— Le colonel Quarry m'a conté vos découvertes. Vous n'avez pas ménagé vos efforts…

— Vous me flattez, monsieur. Je n'ai encore rien découvert de tangible. Je suppose que nous parlons du décès de Timothy O'Connell ?

— Entre autres.

Bowles sourit, mais son regard restait toujours aussi indéchiffrable.

Grey s'éclaircit la gorge, découvrant l'arrière-goût infâme du vin à peine bu.

— Le colonel Quarry vous a sans doute expliqué que je n'avais trouvé aucune preuve de l'implication d'O'Connell dans… l'affaire qui nous intéresse ?

— En effet.

Le regard de Bowles se posa sur les tulipes jaunes. Elles avaient un cœur orange, et les dernières lueurs du jour les revêtaient de tons dorés. Si elles avaient un parfum, il n'était pas assez fort pour que Grey le perçoive. Bowles reprit :

– Le colonel Quarry pense que votre enquête serait facilitée si nous vous faisions part des résultats de nos autres... recherches.

– Je vois, dit Grey qui ne voyait toutefois rien du tout. *Nos* autres recherches ? Mais qui sommes-*nous*, exactement ?

Harry était assis sur son tabouret, le dos voûté devant son verre de vin intact, les traits soigneusement neutres. Bowles étala sa petite main potelée sur le papier.

– Comme le colonel vous en a sûrement informé, plusieurs personnes ont été suspectées du vol de Calais. Des enquêtes ont été ordonnées sur-le-champ, par l'entremise de diverses filières.

– Oui, je me doutais bien que ce serait le cas.

Il faisait très chaud dans la pièce, en dépit de la fenêtre ouverte. La chemise de Grey était littéralement plaquée à son dos et la sueur lui picotait les tempes. Il aurait voulu s'essuyer le front avec sa manche, mais, étrangement, la présence de cet étrange petit personnage le contraignait à limiter ses mouvements à des hochements de tête, tout en veillant à se tenir droit et attentif.

– Sans entrer dans les détails, attaqua Bowles, un léger sourire lui traversant le visage, je suis en mesure de vous informer, major, qu'il ne fait pratiquement plus aucun doute que le sergent O'Connell était le coupable.

– Je vois, répéta Grey, sur ses gardes.

– Certes, nous avons perdu sa trace lorsque l'homme chargé de le surveiller... Jack Byrd, c'est bien cela ?... s'est volatilisé.

Grey ne doutait pas qu'il connaissait parfaitement le nom du valet, ainsi que, probablement, bien d'autres choses encore.

Bowles effleura d'un doigt un des pétales scintillants, tout en poursuivant :

– Toutefois, nous avons récemment reçu un rapport d'une autre source, situant O'Connell dans un lieu précis le vendredi, la veille de sa mort.

Une goutte de transpiration pendait au bout du menton de Grey. Il la sentait trembler, comme les spores de pollen au bout des anthères noires des tulipes.

Caressant doucement le pétale d'un air songeur, Bowles poursuivit :

– Un lieu plutôt inattendu. Une maison du nom de Lavender House, près de Lincoln's Inn. Vous en avez déjà entendu parler ?

Sacredieu !

C'était donc ça ! Il espéra ne pas avoir juré à voix haute.

Il se redressa encore un peu, essuya la goutte sur son menton du revers de la main, se préparant au pire.

– Oui, en effet. Je me suis rendu moi-même à Lavender House la semaine dernière, dans le cadre de mes recherches...

Bowles ne parut pas étonné (évidemment !). Grey était conscient de la présence de Quarry à ses côtés, l'air intrigué mais pas encore alarmé. Il était plus que probable que le colonel n'avait aucune idée du genre d'établissement qu'était Lavender House. En revanche, il ne faisait aucun doute que Bowles, lui, le savait.

Ce dernier hocha la tête aimablement.

– Vraiment ? Si je peux me permettre, major, sont-ce des informations au sujet du sergent O'Connell qui ont dirigé vos pas vers cette destination ?

– Ce... ce n'était pas sur O'Connell que j'enquêtais.

Quarry s'agita légèrement sur son tabouret, émettant un petit « Hmph ! ».

Pas moyen d'y échapper. Recommandant son âme à Dieu, Grey prit une profonde inspiration et raconta son périple au cœur de la vie et des mœurs de l'honorable Joseph Trevelyan.

— Une robe en velours vert... répéta Bowles, l'air vaguement intéressé.

Il avait cessé de caresser les tulipes, et sa main s'enroulait à présent de manière possessive autour de la petite panse du vase en argent.

La chemise de Grey était trempée, mais son angoisse l'avait quitté. Il ressentait même un calme étrange, comme si son récit l'avait débarrassé de toute responsabilité. Ce qui était arrivé reposait désormais entre les mains du destin, de Dieu... ou de Hubert Bowles, qui qu'il soit.

Stapleton travaillait manifestement pour ce Bowles, dont la fonction était pour le moins obscure. Une fois passée la stupeur de l'avoir retrouvé ici, Grey se demanda s'il n'avait pas été envoyé à Lavender House pour espionner.

Mais le jeune homme avait été terrifié par l'apparition soudaine de Grey. Par conséquent, il devait penser que Bowles ignorait tout de ses penchants. Quelle autre raison pouvait expliquer ce regard implorant ?

En outre, Stapleton n'aurait pu rapporter la présence de Grey à Lavender House sans risquer de s'incriminer lui-même. Ce qui, en retour, signifiait qu'il ne s'y était trouvé que pour des motifs purement personnels. Avec le soulagement du condamné à qui l'on retire le nœud coulant serré autour de son cou, il se rendit compte que M. Bowles ne s'intéressait pas à son propre comportement mais uniquement à tout ce qui concernait l'affaire O'Connell. Ayant donné une raison plausible de sa présence à Lavender House...

– Je... je vous demande pardon ?

Il venait de se rendre compte que Bowles était en train de lui parler.

– Je vous demandais si vous étiez convaincu de l'implication de ces Irlandais. Les... Scanlon ?

– Oui, je crois, répondit-il prudemment. Mais ce n'est qu'une impression, monsieur. J'ai dit au colonel Quarry qu'il serait peut-être opportun de les interroger dans un cadre plus officiel. Non seulement les Scanlon, mais également Mlle Iphigenia Stokes et sa famille.

– Ah, Mlle Stokes !

Ses bajoues s'agitèrent un moment.

– Inutile, nous connaissons déjà la famille Stokes. Ce ne sont que de petits contrebandiers, sans aucun lien avec le monde politique. Ils n'entretiennent pas non plus de liens avec... les personnes de Lavender House.

« Les personnes de Lavender House »... Cela signifiait certainement Dickie Caswell. Pour que Bowles soit au courant de la présence d'O'Connell à Lavender House, quelqu'un sur place avait dû l'en informer. La conclusion logique voulait que Caswell soit la source des informations sur le sergent... ce qui impliquait également que Caswell renseignait régulièrement Bowles et son mystérieux « cabinet ». C'était plutôt inquiétant, mais Grey n'avait pas le temps d'y réfléchir pour le moment. Il lui fallait pour l'heure reprendre le fil de la conversation.

– Vous avez dit que M. O'Connell s'était rendu à Lavender House le vendredi, attaqua-t-il. Savez-vous avec qui il a parlé là-bas ?

– Non. Il s'est présenté à la porte de service et, quand on lui a demandé ce qu'il voulait, il a répondu chercher un certain M. Meyer, ou un nom de ce genre. Le domestique qui l'a reçu lui a demandé d'attendre pendant qu'il allait se renseigner. À son retour, O'Connell avait disparu.

Quarry se pencha en avant, intervenant pour la première fois :

– Meyer ? Un Allemand ? Un Juif ? J'ai déjà entendu ce nom. Le mien est un marchand spécialisé dans la numismatique. Je crois qu'il est basé en France. C'est une excellente couverture pour un agent secret, ne trouvez-vous pas ? Il peut se rendre de maison en maison, portant des valises...

Bowles parut légèrement agacé par son intrusion.

– Peut-être, colonel. Quoi qu'il en soit, il n'y avait personne de cette profession à Lavender House, ni de ce nom. Toutefois, compte tenu des circonstances, cela paraît hautement suspect.

– Je ne vous le fais pas dire, déclara Quarry avec une pointe de sarcasme. Alors, que suggérez-vous ?

Bowles lui lança un regard froid.

– Il est de la première importance que nous découvrions à qui O'Connell comptait vendre ses secrets. Il paraît désormais acquis que les documents ont été volés sur un coup de tête plutôt que dans le cadre d'une opération d'espionnage préméditée. De fait, personne ne pouvait imaginer qu'ils seraient ainsi laissés sans surveillance.

Quarry émit un grognement d'assentiment, puis croisa les bras sur son torse.

– Alors ?

– Ayant compris la valeur des renseignements et ayant subtilisé les documents, le voleur, appelons-le O'Connell pour des raisons pratiques, s'est retrouvé devant la nécessité de trouver un acquéreur...

Bowles sortit plusieurs feuilles en papier grossier de la liasse devant lui et les étala sur la table. Elles étaient couvertes d'une écriture ronde, au crayon, suffisamment illisible pour empêcher Grey de déchiffrer plus d'un mot ou deux à l'envers.

– Voici les rapports que Jack Byrd nous faisait parvenir par l'intermédiaire de M. Trevelyan, expliqua Bowles. Il y décrit les mouvements d'O'Connell et note toutes les personnes avec lesquelles il a vu le sergent converser, citant souvent les noms. Des agents de ce bureau, poursuivit-il sans donner plus de précisions, ont localisé et identifié la plupart de ces interlocuteurs. Certains parmi eux ont effectivement un lien ténu avec des intérêts étrangers, mais aucun n'est personnellement en mesure de mener à bien une affaire de cette importance.

– O'Connell cherchait un acheteur, rappela Grey. Peut-être que quelqu'un parmi ce menu fretin lui a indiqué le nom de ce Meyer qu'il recherchait l'autre soir ?

Bowles inclina sa petite tête ronde de quelques centimètres.

– Telle fut également mon sentiment, major. « Menu fretin », voici une image bien pittoresque et appropriée, si je puis me permettre. Et ce Meyer pourrait bien être un requin dans notre océan d'intrigues.

Du coin de l'œil, Grey perçut les grimaces de Quarry et toussota, tournant légèrement la tête pour entraîner le regard de Bowles dans l'autre direction.

– Votre... euh... source n'a-t-elle pas pu découvrir qui était cette personne, puisqu'elle aurait un lien avec Lavender House ?

Bowles retrouva son ton complaisant.

– J'aurais pensé la même chose, mais ma source affirme ne pas connaître cette personne, ce qui m'induit à penser que soit O'Connell disposait d'informations erronées, soit que ce Meyer utilise un alias. Ce qui n'aurait rien d'extravagant compte tenu de... hum... de la nature du lieu.

Ce « lieu » avait été énoncé avec une intonation entre la condamnation et... la fascination ? De l'humour méprisant ? Grey sentit un frisson le parcourir et se frotta instinctivement le dos de la main, comme pour chasser un insecte inopportun.

Bowles ouvrit un autre dossier. Cette fois, le papier était de meilleure qualité : du bon parchemin, portant le sceau royal.

– Voici, major, une lettre vous donnant pleins pouvoirs pour mener à bien l'enquête sur Timothy O'Connell. Les termes sont délibérément assez vagues, mais je vous fais confiance pour en faire bon usage.

– Merci.

Grey accepta le document avec une profonde réticence. Sans savoir encore pourquoi, son instinct lui disait que ce sceau rouge était signe de danger.

– Quoi, vous voulez que lord John retourne là-bas mettre les lieux sens dessus dessous ? s'impatienta Quarry. Vous voulez qu'on demande à la police de rassembler tous les Juifs et qu'on leur brûle la plante des pieds jusqu'à ce qu'ils nous livrent ce Meyer ? Qu'attendez-vous de nous, au juste ?

M. Bowles n'aimait pas qu'on le bouscule. Il pinça les lèvres mais, avant qu'il ait eu le temps de répliquer, Grey intervint :

– Si vous permettez... J'ai une piste. Ce n'est peut-être rien, bien entendu, mais... il me semble qu'il y a là un lien étrange...

Il leur expliqua, du mieux qu'il put, l'apparition du vin rouge allemand à Lavender House et son lien apparent avec la mystérieuse compagne de Trevelyan.

– Je me demandais s'il serait possible de retrouver les acheteurs de ce vin et, ainsi, peut-être, de retomber sur ce mystérieux Meyer ?

Le petit bourrelet de chair qui faisait office de front chez Bowles entra en convulsion, tel un escargot cogitant, puis se détendit.

– En effet, ce pourrait être là une piste intéressante. En attendant, colonel, fit-il en se tournant vers Quarry avec un air autoritaire, je vous conseille d'appréhender M. Scanlon et son épouse et de leur soumettre les questions qui s'imposent.

– Dois-je les travailler au fer rouge ? demanda Harry en se levant. Ou m'en tiendrai-je au knout ?

– Je laisse cela à votre excellente appréciation professionnelle, colonel. Je m'occuperai d'enquêter plus avant sur Lavender House. Et... major Grey, je pense qu'il est préférable que vous vous penchiez sur la question de l'éventuelle implication de M. Trevelyan dans cette affaire. Vous semblez être le mieux placé pour agir discrètement.

C'est donc moi qui ai « bouc émissaire » gravé sur le front en lettres de feu, pensa Grey. Si les choses tournent mal, on pourra aisément me faire porter le chapeau et m'envoyer définitivement en Écosse ou au Canada, sans que cela représente une grande perte pour la société.

– Merci, dit-il simplement, acceptant le compliment comme s'il s'agissait d'un rat crevé.

Harry pouffa de rire et ils prirent congé.

Toutefois, avant qu'ils aient passé la porte, M. Bowles les rappela :

– Lord John ? Puis-je me permettre un petit conseil amical ?

Grey se retourna. Les yeux bleu pâle semblaient fixer un point au-dessus de son épaule gauche, et il dut faire un effort pour ne pas regarder s'il y avait quelqu'un derrière lui.

– Mais je vous en prie, monsieur Bowles. Faites.

– À votre place, j'hésiterais à laisser M. Trevelyan devenir mon parent par alliance. Je ne parle qu'en mon nom, naturellement, vous comprenez.

– Je vous remercie de votre intérêt, monsieur.

Grey inclina la tête et suivit Harry dans l'escalier branlant. Ils traversèrent la cour silencieuse puis se retrouvèrent dans la rue, où ils marquèrent un temps d'arrêt, respirant profondément.

– Le knout ? demanda Grey.

Quarry tira sur sa cravate ramollie.

– Une flagellation à la russe, expliqua-t-il. Avec un fouet à base de peau d'hippopotame. Je l'ai vu pratiquer une fois. Il a suffi de trois coups pour écorcher le malheureux jusqu'à l'os.

– Intéressant, dit Grey.

Il se sentait soudain plein de sympathie pour son demi-frère Edgar.

– Tu n'aurais pas un knout en plus à me prêter avant que j'aille parler à Trevelyan ?

– Non, mais notre amie Maggie a peut-être quelque chose du même genre dans sa collection. Veux-tu que je lui demande ?

Loin de la tanière oppressante de Bowles, Harry commençait à retrouver son exubérance naturelle.

– Ne te donne pas cette peine, répliqua Grey sur un ton las.

Ils se remirent à marcher, prenant la direction de la Tamise.

– M. Bowles, une fois desséché et empaillé, ne déparerait pas cette collection. Qu'est-ce que c'est que cette créature, au juste ?

Quarry haussa les épaules.

– Ma foi, ce n'est ni du lard ni du cochon, mais je suppose que c'est de la viande quand même. De fait, je crois qu'il vaut mieux ne pas se poser de question.

Grey acquiesça. Il se sentait éreinté… et avait terriblement soif.

– Que dirais-tu d'un verre au Beefsteak, Harry ?

Quarry lui donna une tape dans le dos.

– Disons plutôt un tonneau. Je ne cracherais pas non plus sur un bon dîner. En route !

Chapitre 13
Barbier, rasez-moi ce cochon !

La boutique de vins de Fraser et Cie était petite et sombre mais proprement tenue. À l'intérieur, le parfum des raisins montait à la tête.

– Bienvenue, monsieur. Bienvenue ! Auriez-vous l'obligeance de me dire sincèrement ce que vous pensez de ce cru ?

Un petit homme portant perruque venait de surgir de la pénombre, se matérialisant à ses côtés tel un gnome jailli de terre. Il tenait une tasse contenant une petite quantité d'un liquide sombre.

– Pardon ?

Surprit, Grey prit la tasse par réflexe.

– C'est un nouveau cru. Pour ma part, je le trouve très fin... très fin ! Mais le goût est une affaire tellement personnelle, n'est-ce pas ?

– Ah... oui, assurément.

Grey leva prudemment la tasse. Un arôme incroyablement chaud et épicé s'insinua si profondément dans ses narines qu'il la pressa malgré lui contre ses lèvres pour se rapprocher de ce bouquet fugace.

Il s'étira dans sa bouche et contre son palais puis s'éleva en un nuage magique à l'intérieur de son crâne, se déployant comme une série de fleurs en train d'éclore, chacune libérant sa propre fragrance capiteuse : vanille, prune, pomme, poire... et un arrière-goût des plus délicats, qui ne pouvait se comparer qu'à la succulente sensation laissée sur la langue par une tartine fraîchement beurrée.

– J'en prendrai un fût, annonça-t-il en rouvrant les yeux. Qu'est-ce ?

Le petit homme en applaudit presque de plaisir.

– Oh, vous aimez ! Vous m'en voyez ravi ! Cela dit, si ce cru particulier vous plaît, je suis sûr que celui-ci vous séduira... Ce n'est pas le cas de tout le monde, savez-vous. Il faut un palais éduqué pour apprécier ces subtilités, mais vous, monsieur...

La tasse vide disparut de ses mains et fut remplacée par une autre avant qu'il ait eu le temps dire ouf.

Tout en se demandant combien il avait déjà dépensé, il leva la seconde tasse.

Une demi-heure plus tard, sa bourse vide et la tête agréablement gonflée, il ressortit de la boutique d'un pas léger, se sentant comme une bulle de savon étincelant de couleurs iridescentes. Il portait sous le bras une bouteille de Schilcher, le mystérieux rouge allemand, et avait dans sa poche une liste de tous les clients de Fraser et Cie en ayant acheté.

La liste était courte, quoiqu'elle comptât plus de noms qu'il ne l'aurait cru : une demi-douzaine, dont celui de Richard Caswell, vendeur d'informations. Qu'est-ce que Caswell avait prudemment omis de lui dire d'autre ?

Le fervent négociant en vins, qui avait fini par se présenter sous le nom de M. Congreve, n'avait malheureusement pas pu lui apprendre grand-chose sur les autres amateurs de ce rouge allemand.

– La plupart de nos clients se contentent de nous envoyer un domestique, comprenez-vous. Quel dommage qu'il n'y en ait pas plus qui se dérangent en personne, comme vous, milord !

Néanmoins, à en juger par les noms sur la liste, il savait déjà qu'au moins quatre des six acheteurs étaient allemands, même si aucun ne s'appelait Meyer. Si sa mère ne parvenait pas à les identifier, il y avait de fortes chances que le capitaine von Namtzen le puisse. Les riches étrangers basés à Londres avaient tendance à fréquenter les mêmes clubs, ou du moins à se connaître les uns les autres. La Prusse et la Saxe avaient beau se trouver dans les deux camps opposés du conflit actuel, leurs habitants n'en parlaient pas moins la même langue.

Un tas de haillons affalé sur le trottoir remua et sembla vouloir venir vers lui. Il le fixa d'un regard qui fit se recroqueviller la créature en maugréant. Sa mère ne s'était pas trompée en décrivant le quartier de Fraser et Cie comme « pas vraiment engageant ». Son costume bleu métallique à boutons d'argent, fort utile pour lui attirer dans l'instant les bonnes grâces de M. Congreve, commençait également à attirer l'attention, nettement moins désirable, de la racaille locale.

Il avait pris la précaution de porter son épée au côté, en guise d'avertissement. Il avait également une dague sous sa ceinture, ainsi qu'un gilet en cuir épais sous sa veste, au cas où, même s'il savait, depuis l'âge de huit ans, qu'afficher une propension manifeste à la violence constituait la meilleure des défenses. L'enfant chétif qu'il était alors avait vite compris l'intérêt de la dissuasion pratiquée au quotidien.

Il lança un regard hostile à deux gueux vautrés sur un perron en posant la main sur la garde de son épée. Ils détournèrent les yeux. Il aurait préféré être accompagné de Tom Byrd, mais le temps avait primé sur la sécurité. Il avait envoyé le jeune homme chez les autres marchands de vin cités par sa mère. Peut-être en rapporterait-il d'autres noms sur lesquels enquêter.

Cela représentait une bien faible avancée dans son enquête sur Joseph Trevelyan, mais, à ce stade, n'importe quelle information plus ou moins directe serait la bienvenue. Il avait décidé qu'Olivia ne devait épouser Trevelyan sous aucun prétexte, mais il lui restait encore à trouver le moyen de rompre leurs fiançailles sans nuire à la réputation de sa cousine.

Se contenter d'annoncer la dissolution de leurs accords matrimoniaux ne suffirait pas. Sans une bonne raison proclamée haut et fort, des rumeurs se propageraient comme un feu de forêt, et les rumeurs sont la ruine des jeunes filles à marier. À défaut d'une explication, on penserait que Joseph Trevelyan avait découvert une grave faille chez sa fiancée. Dans les couches supérieures de la société, les promesses de mariage n'étaient ni faites ni retirées à la légère. L'élaboration du contrat de mariage d'Olivia avait nécessité deux mois de tractations et pas moins de quatre avocats.

De même, il ne pouvait rendre publiques les vraies raisons de la rupture. Si les Grey n'étaient pas sans influence, ils n'avaient ni la fortune ni le pouvoir des Trevelyan. Divulguer la vérité leur vaudrait l'inimitié de la famille cornouaillaise à une échelle qui pouvait compromettre leurs affaires pendant des décennies, tout en se retournant quand même contre Livy, car les Trevelyan la considéreraient comme responsable de la disgrâce de Joseph, même si elle n'avait été au courant de rien.

Il pouvait contraindre Joseph Trevelyan à rompre les fiançailles en le menaçant discrètement de tout révéler, mais là encore, si aucune explication plausible n'était avancée, cela jetterait le doute sur la réputation de Livy. Non, Trevelyan devait dissoudre sa promesse volontairement, et d'une façon qui tiendrait Livy à l'abri de tout soupçon. Certes, cela n'éviterait pas les rumeurs et les supputations, mais elles seraient circonscrites et ne sauraient empêcher Livy de dénicher un autre parti raisonnablement intéressant ailleurs et plus tard.

Il n'avait pas encore d'idées sur la manière d'arriver à ses fins, mais il espérait bien que l'*inamorata* de Trevelyan, une fois retrouvée, lui en fournirait. De toute évidence, il s'agissait d'une femme mariée et très probablement dans une position sociale délicate. S'il parvenait à découvrir son identité, une simple visite à son mari pourrait peut-être même lui épargner d'avoir à intervenir directement.

Un raffut l'arracha à ses pensées. Relevant les yeux, il vit un groupe de trois adolescents venir vers lui, plaisantant et se bousculant. Ils paraissaient trop innocents pour ne pas éveiller ses soupçons et, lançant un bref regard autour de lui, il repéra rapidement leur complice : une fille crasseuse d'environ douze ans, qui attendait tapie dans un coin, prête à se précipiter vers lui pour lui couper les boutons de sa veste ou lui arracher sa bouteille de vin dès que son attention serait distraite par ses petits camarades.

Il saisit la garde de son épée d'une main et, serrant sa bouteille par le goulot dans l'autre comme une massue, fixa la fillette d'un air torve. Elle lui adressa une grimace impudente, mais recula. Le gang de pickpockets en herbe passa son chemin, parlant bruyamment en prenant grand soin de ne pas le regarder.

Après leur passage, un silence soudain le fit se retourner et il vit le bout du jupon de la fille disparaître dans une allée sombre. Les garçons avaient disparu aussi, mais il entendait des bruits de course.

Il jura dans sa barbe. Où cette allée débouchait-elle ? Entre là où il se tenait et le croisement de la prochaine rue, il distinguait plusieurs ouvertures sombres. Ils comptaient sûrement le devancer pour revenir plus en avant dans la ruelle et attendre qu'il passe de nouveau devant eux pour l'attaquer par-derrière.

Un homme prévenu en valait deux, mais eux, ils étaient trois, quatre en comptant la fille, et il doutait que les vendeurs de tartes et les chiffonniers dans la rue se précipiteraient à son secours. Se décidant dans la seconde, il tourna sur ses talons et entra dans l'allée où les jeunes voyous s'étaient engagés, remontant le bas de son gilet pour que sa dague soit plus facilement accessible.

Si la ruelle qu'il venait de laisser derrière lui était miteuse, l'allée, elle, était nauséabonde, étroite, sombre, encombrée de détritus. Un rat, troublé par le passage des pickpockets, le siffla depuis une montagne de décombres. Il le balaya d'un coup de bouteille, le projetant contre le mur qu'il percuta avec un bruit juteux satisfaisant avant de retomber inerte à ses pieds. Il le repoussa du bout de sa semelle et poursuivit son chemin, la bouteille dans une main, l'autre sur le manche de sa dague, guettant le moindre bruit de pas devant lui.

L'allée se divisait en fourche, dont la branche droite formait un coude qui revenait vers la ruelle un peu plus loin. Il s'arrêta, tendit l'oreille, lança un bref regard derrière le coin. Effectivement, ils étaient bien là, accroupis, l'attendant avec des bâtons. La petite peste tenait un couteau, ou un morceau de verre tranchant. Il le vit briller quand elle bougea.

Dans quelques minutes, ils allaient se rendre compte qu'il n'arrivait pas. Il recula à pas de loup jusqu'à la fourche, puis s'engagea d'un pas rapide dans la branche de gauche. Il enjamba des tas d'ordures humides, zigzagua entre les lambeaux de feutre nauséabonds suspendus dans la cour d'un fouleur, ruinant son beau costume, mais finit par déboucher dans une artère plus large.

Il ne reconnut pas la rue, mais il pouvait apercevoir le dôme de la cathédrale St. Paul au loin et ainsi s'orienter. Respirant mieux en dépit de la puanteur des crottes de chien et des choux pourris tout autour de lui, il marcha vers l'est, concentrant ses pensées sur la prochaine corvée inscrite à son ordre du jour, à savoir chercher une éclaircie dans les ténèbres qui entouraient la vie et la mort de Timothy O'Connell.

L'énigmatique M. Bowles lui avait envoyé un message le matin même, indiquant qu'il n'avait pu établir d'autres liens entre le défunt sergent et les agents connus à la solde de puissances étrangères. Grey se demandait combien exactement il pouvait y avoir d'agents « inconnus » à Londres.

Le directeur Magruder était venu le trouver en personne la nuit précédente pour lui rapporter l'absence de résultats dans l'enquête sur Turk's Head, scène de la rixe du fameux samedi soir. Le propriétaire de la taverne s'entêtait à affirmer qu'O'Connell avait quitté son établissement ivre mais encore capable de tenir sur ses deux jambes, et s'il admettait qu'une bagarre avait éclaté chez lui le soir en question, il soutenait que les seuls dégâts avaient été le bris d'une vitre, à travers laquelle un de ses clients était passé la tête la première. Personne ne se souvenait d'avoir vu O'Connell plus tard ce même soir, ni même de l'avoir vu à un moment quelconque de la soirée.

Grey poussa un soupir, son entrain s'amenuisant. Bowles était convaincu qu'O'Connell était le traître, et il avait peut-être raison. Mais plus l'enquête avançait, plus il avait l'impression que la mort du sergent avait été une affaire d'ordre privé. Or, dans ce cas, les suspects coulaient de source.

L'étape suivante également : l'arrestation de Finbar Scanlon et de sa femme. Il faudrait bien en passer par là.

Compte tenu des circonstances, ce ne serait pas bien compliqué. Il fallait les appréhender, puis les interroger séparément. Quarry laisserait clairement comprendre à l'apothicaire que Francine serait probablement pendue pour le meurtre de son époux, à moins de prouver son innocence... or, quelle meilleure preuve que les aveux de Scanlon déclarant que c'était lui le coupable ?

Naturellement, la réussite de cette stratégie reposait sur l'hypothèse que si Scanlon aimait cette femme au point de tuer pour elle, il accepterait également de mourir pour elle. Ce qui n'était pas forcément le cas. Loin de là, même. C'était toutefois un bon point de départ. En cas d'échec, ils pourraient toujours essayer l'inverse : exercer des pressions sur la femme pour l'inciter à disculper son nouveau mari.

Tout cela était sordide et ne lui procurait aucun plaisir. Cependant, c'était nécessaire et laissait entrevoir une mince lueur d'espoir. Si O'Connell avait bel et bien volé les documents mais n'avait pas pu les transmettre à un tiers avant sa mort, il y avait de fortes chances pour que Scanlon, Francine, ou même Iphigenia Stokes, sachent où ils étaient, même s'ils ne l'avaient pas tué pour cela.

Si Quarry et lui parvenaient à arracher à leurs suspects quoi que ce soit ressemblant à une confession, ils pourraient éventuellement leur obtenir une clémence officielle sous la forme d'une peine commuée... à condition que les documents volés soient restitués. Il était convaincu qu'à eux trois, lui, Quarry et le mystérieux M. Bowles, ils pourraient s'arranger pour qu'ils soient déportés plutôt que pendus.

Malheureusement, on pouvait aussi craindre que les documents volés ne soient retournés en France, rapportés sur le continent par Jack Byrd. Auquel cas...

En dépit de la nature alambiquée de ses pensées, il était resté en alerte et un bruit de course derrière lui le fit se retourner brusquement, une main sur chaque arme.

Son poursuivant n'était pas un des pickpockets mais son jeune valet de chambre, Tom Byrd.

Celui-ci s'arrêta devant lui, plié en deux, les mains sur les cuisses, hors d'haleine.

– Milord... Je vous cherchais... Je vous ai vu... j'ai couru... Qu'avez-vous... fait... à votre... costume?

– Peu importe. Il est arrivé quelque chose?

Byrd acquiesça, haletant. Il avait le visage rouge vif et dégoulinait de transpiration, mais il était encore capable d'articuler des mots :

– Le directeur Magruder. Il a envoyé un homme... disant de venir le plus vite possible. Il a trouvé une femme. Une femme morte. Dans une robe en velours vert.

Les cadavres non identifiés étaient généralement transportés chez le médecin légiste le plus proche, mais compte tenu de l'importance possible de celui-ci et de la nécessité de se montrer discret, le directeur Magruder avait eu la prévenance de le faire conduire d'abord dans les quartiers du régiment, près de Cadogan Square, où il avait été placé dans la grange à foin, malgré les récriminations horrifiées du caporal Hicks, responsable des chevaux. Harry Quarry, arraché à son dîner pour s'occuper de l'affaire, en informa Grey dès qu'il arriva dans la cour, puis, le conduisant vers les écuries, lança un regard intéressé vers les nombreuses taches sur sa tenue.

– Qu'est-il arrivé à ton costume ?

Il frotta un doigt sous son nez.

– Pouah !

– Peu importe, répondit Grey, laconique. Tu as reconnu la femme ?

– Je serais étonné que sa propre mère la reconnaisse. En revanche, je suis sûr d'avoir déjà vu cette robe, chez Maggie. En tout cas, ce n'est pas Maggie, elle est plate comme une limande.

Le ventre de Grey se noua soudain. Si c'était Nessie ?

– Tu dis que sa mère ne la reconnaîtrait pas, elle est restée dans l'eau longtemps ?

Quarry le regarda, perplexe.

– Elle n'a jamais été dans l'eau. On lui a défoncé le visage.

Il sentit la bile lui remonter dans la gorge. La petite Écossaise était-elle partie en chasse dans l'espoir de l'aider encore un peu et avait-elle été assassinée pour sa curiosité ? Si elle était morte par sa faute, et dans de telles conditions... Il déboucha sa bouteille de vin, but une longue gorgée, puis une autre, la tendit à Quarry.

– Bonne idée ! Elle empeste pire que le cul d'un Français. La mort remonte à un jour ou deux.

Il but au goulot puis parut rasséréné.

– Pas mauvais !

Grey vit Tom Byrd lorgner vers la bouteille, mais Quarry ne semblait pas disposé à la lâcher, ouvrant la voie sur le sol pavé de briques des écuries.

Magruder les attendait devant la porte du hangar, avec un de ses agents. Il salua Grey d'une courbette, lança un regard intrigué vers son costume.

– Bonjour, milord. Qu'est-il arrivé à votre...

– Où l'avez-vous découverte? l'interrompit Grey.

– Dans St. James's Park. Dans les buissons près de la promenade.

– Hein? s'exclama Grey, incrédule.

St. James's Park était la chasse gardée des grands bourgeois et des aristocrates, le jardin où les jeunes, les riches et les gens à la mode paradaient. Magruder haussa les épaules, légèrement sur la défensive.

– Elle a été trouvée par des riverains qui se promenaient de bonne heure... ou plutôt par leur chien.

Il recula d'un pas, s'effaçant pour inviter les soldats à entrer dans la grange tout en les prévenant :

– L'effusion de sang a été assez conséquente.

La première pensée de Grey en voyant le cadavre fut que le directeur était un maître ès euphémismes. La seconde fut un profond soulagement. La victime avait effectivement la poitrine plutôt plate mais était bien trop grande pour être Nessie. Elle avait aussi des cheveux plus foncés, presque noirs, qui, bien qu'ils soient épais et ondulés, n'avaient rien à voir avec les boucles rebelles de Nessie.

Du visage, il ne restait pratiquement plus rien. Les traits avaient été oblitérés par une frénésie de coups, assenés avec quelque chose comme le dos d'une pelle ou un tisonnier. Réprimant son dégoût (Quarry avait dit vrai au sujet de l'odeur), Grey fit lentement le tour de la table sur laquelle le cadavre avait été déposé.

Quarry l'observait et demanda :

– Tu penses que c'est la même ? Je veux parler de la robe. Tu as l'œil pour ce genre de choses.

– J'en suis pratiquement certain. La dentelle...

Il montra la large garniture de la robe, assortie à la frange du fichu. Celui-ci était déchiré et imbibé de sang, mais encore rattaché au col par quelques épingles.

– C'est de la valenciennes. Je l'avais déjà remarquée au bordel parce qu'elle ressemble à celle de la robe de mariée de ma cousine. Nous en avons des rouleaux entiers éparpillés un peu partout à la maison. Toutefois, c'est un article coûteux.

– Donc, qui ne court pas les rues.

Quarry toucha le lambeau du bout d'un doigt.

– Effectivement.

Le colonel hocha la tête puis s'adressa à Magruder :

– Je crois que nous allons devoir toucher deux mots à une certaine Maggie, tenancière de maison close. Celle dans Meacham Street, cela vous dit quelque chose ?

Se tournant vers Grey avec un soupir, il ajouta :

– J'aimais bien cette blonde avec les gros seins.

Grey hocha la tête, l'entendant à peine. La robe elle-même était si incrustée de sang et de crasse que l'on ne distinguait pratiquement plus sa couleur. Seul l'intérieur des plis les plus profonds de la jupe recelait encore des traces de vert émeraude. Dans la grange fermée, l'odeur était étouffante. Comme l'avait dit Quarry, elle empestait comme...

Il se pencha plus près, les mains sur le bord de la table, inspirant profondément. De la civette. De la civette... et autre chose. Le corps était parfumé, mais le sang et les immondices recouvraient les autres effluves.

« Elle porte un parfum coûteux. Civette, vétiver et orange, si je ne m'abuse. » Il entendait encore la voix de Richard Caswell, sèche comme des fleurs de cimetière. « Elle est brune. Les cheveux presque noirs. Votre cousine est blonde, n'est-ce pas ? »

Un mélange d'excitation et d'effroi lui noua le ventre. Il n'y avait aucun doute, ce ne pouvait être que la mystérieuse maîtresse de Trevelyan. Que lui était-il arrivé ? Son mari (si elle en avait eu un) avait-il découvert sa liaison et vengé son honneur ? Ou était-ce Trevelyan lui-même qui...

Il huma encore, cherchant une confirmation.

Où les femmes se mettent-elles du parfum ? Derrière l'oreille ? Celle-ci n'en avait plus qu'une et il n'en restait pas grand-chose. Entre les seins, peut-être ? Il avait souvent vu sa mère enfouir un mouchoir parfumé dans son décolleté avant une réception.

Il se pencha davantage, pour inhaler profondément, et aperçut le petit trou noir au milieu du corsage, pratiquement invisible dans le carnage général.

– Ça par exemple !

Il se redressa brusquement vers l'éventail de visages qui l'observaient, surpris.

– Elle a été tuée d'une balle de pistolet !

– Vous voulez savoir autre chose, milord ? chuchota Tom Byrd.

Commençant à s'habituer aux spectacles répugnants, il s'était rapproché de la table et contemplait, fasciné, le visage écrabouillé.

– Qu'y a-t-il, Tom ?

Le garçon avança un doigt au-dessus de la table, montrant ce que Grey avait d'abord pris pour une traînée de boue derrière la mâchoire.

– Elle a de la barbe.

Le cadavre était celui d'un homme. C'était déjà assez surprenant en soi, mais ce n'était là pas sa seule singularité, comme le révéla un second examen une fois que les lambeaux de robe verte eurent été découpés et écartés pour confirmer cette première découverte.

– Je n'ai jamais rien vu de la sorte ! dit Harry Quarry.

Il contemplait le mort avec un mélange de dégoût et de fascination.

– Et vous, Magruder ?

Le directeur de la police pinça les lèvres d'un air délicat.

– Eh bien, on le voit de temps en temps, sur certaines femmes. Je crois savoir que des prostituées le font régulièrement. Pour ajouter un peu de piquant, je suppose.

– Chez les putains ! Oui, bien sûr.

Quarry hocha la tête, indiquant que cela était effectivement monnaie courante.

– Mais il s'agit là d'un homme, bon sang ! Toi non plus, tu n'as jamais rien vu de pareil, n'est-ce pas, Grey ?

À dire vrai, Grey l'avait déjà vu, et plus d'une fois, même si ce n'était pas une pratique qui lui plaisait particulièrement. Toutefois, il pouvait difficilement le leur dire et se contenta de faire non de la tête, écarquillant des yeux prétendument choqués par l'incompréhensible perversité de l'humanité.

Puis il se tourna vers son valet.

– Monsieur Byrd, en tant qu'expert dans l'art du rasage, qu'en dites-vous ?

Les narines pincées, le fils de barbier fit signe qu'on approche la lanterne et se pencha, plissant les yeux d'un air connaisseur en examinant les recoins du corps.

– Ce que je peux déjà vous dire, c'est qu'il le fait, ou plutôt le faisait, régulièrement. En fait, il se le faisait faire, c'est là un vrai travail de professionnel. Regardez, il n'y a aucune coupure, aucune éraflure. Là, par exemple, vous avez un angle particulièrement difficile à négocier. Plutôt difficile à faire soi-même, je dirais.

Quarry émit un bruit qui aurait pu être un rire mais qui fut rapidement transformé en toussotement.

N'y prêtant pas attention, Byrd tendit une main qu'il fit courir délicatement tout le long de la jambe du cadavre. Puis il hocha la tête d'un air satisfait.

– Oh oui! Vous voyez ça, milord? On sent le picotement dû aux pointes de la repousse quand on va à rebrousse-poil. Cela fait ça quand un homme se rase régulièrement. S'il ne se rase qu'une ou deux fois par mois, vous sentez des petites bosses : le poil s'enroule sur lui-même sous la peau. Mais il n'y a pas de bosses ici.

Effectivement. La peau du mort était lisse, sans le moindre poil sur les bras, les jambes, la poitrine, les fesses et la région génitale. En dehors des traînées de sang séché et du petit trou noir de la balle dans sa poitrine, seuls les deux petits cercles brun violacé de ses mamelons et les tons plus sombres de l'organe relativement imposant entre ses jambes interrompaient la perfection olivâtre de sa peau. Grey se dit que ce gentleman avait dû être très apprécié dans certains cercles.

– Il a un peu de barbe, observa-t-il. Cela signifie que le rasage est intervenu avant la mort?

– Oui, milord. Comme je l'ai dit, il se rase régulièrement.

Quarry se gratta le crâne.

– Fichtre ! Vous pensez que c'est un giton ? Un prostitué pour sodomites ou quelque chose de ce genre ?

Grey aurait sans doute parié que c'était le cas, à un détail près : si l'homme était mince mais bien bâti et musclé, plutôt comme Grey lui-même, ses pectoraux et ses biceps avaient commencé à s'affaisser par manque d'entraînement, et il avait un net bourrelet de graisse autour de la taille. Il fallait ajouter à cela que son cou était assez ridé et que, malgré une manucure impeccable, le dos de ses mains était noueux et parcouru de grosses veines. Grey était donc raisonnablement convaincu qu'il s'agissait d'un homme entre trente-cinq et quarante-cinq ans. Les prostitués masculins dépassaient rarement la vingtaine.

Magruder lui épargna la difficulté qu'il aurait éprouvée à le dire sans expliquer comment il le savait.

– Non, trop vieux ! Il est plus de l'âge de ceux qui payent que de celui de ceux qui se font payer.

Quarry secoua la tête d'un air réprobateur, puis déclara, dans un mélange de regret et de vertu offensée :

– Je n'aurais jamais imaginé que Maggie trempait dans ce genre de choses. Tu es sûr, au sujet de la robe, Grey ?

– Assez. Certes, il est toujours possible qu'un tailleur ait confectionné plus d'une robe à l'identique, mais celui qui a fait celle-ci a également fait celle que portait Magda.

– Magda ? dit Quarry, surpris.

Grey se racla la gorge, se rendant compte avec horreur qu'il avait parlé trop vite. Harry n'était pas au courant.

– La... euh... l'Écossaise que j'ai rencontrée là-bas l'autre soir m'a expliqué que la patronne s'appelait en fait Magda et qu'elle était, euh... en quelque sorte... d'origine teutonne.

Le visage de Quarry se froissa.

– En quelque sorte... répéta-t-il sur un ton morne.

La sorte en question avait son importance, et Quarry n'en était que trop conscient. La Prusse et la maison d'Hanovre, naturellement, s'étaient ralliées à l'Angleterre, alors que le duché de Saxe avait choisi de s'engager aux côtés de la France et de la Russie pour soutenir sa voisine l'Autriche. Un colonel anglais qui fréquentait un bordel appartenant à une Allemande dont on ignorait l'origine et l'allégeance exactes, et de surcroît impliquée dans une affaire criminelle, risquait de se faire taper sur les doigts et avait tout intérêt à ce que cela ne parvienne pas jusqu'aux oreilles des instances supérieures. Ni à celles de l'impavide M. Bowles.

Cela ne serait pas du meilleur effet pour la réputation de Grey non plus. Il se rendit compte qu'il aurait dû en parler tout de suite à Quarry, au lieu de présumer qu'il connaissait déjà la situation de Magda. Il s'était laissé distraire par ses excès éthyliques et les révélations de Nessie au sujet de Trevelyan. À présent, il n'avait plus qu'à espérer qu'il n'allait pas devoir le payer trop cher.

Harry Quarry prit une grande inspiration et souffla, redressant ses épaules. L'une des qualités de Harry était de ne jamais perdre son temps en récriminations et, contrairement à Bernard Sydell, de ne jamais rejeter la responsabilité sur ses subordonnés, même quand ils le méritaient.

Il se tourna vers Magruder.

– Bien ! Je crois qu'il va nous falloir arrêter Mme... Magda et l'interroger sans délai. Il faudra également perquisitionner son établissement. Avez-vous besoin d'un mandat ?

– Oui, colonel, mais compte tenu des circonstances, fit Magruder en désignant le cadavre d'un geste du menton, je ne pense pas que le magistrat nous le refusera.

Quarry hocha la tête et remit de l'ordre dans ses vêtements.

– En effet. Je vais aller de ce pas lui en toucher deux mots.

Il pianota des doigts sur la table, faisant trembler la main molle du corps près de la sienne.

– Grey, nous suivrons tes conseils et allons arrêter les Scanlon par la même occasion. Tu les interrogeras. Passe à la prison demain, une fois que Magruder les aura laissés mariner un peu dans leur jus. Quant à... au gentleman cornouaillais... agis avec discernement, d'accord ?

Grey parvint à esquisser un hochement de tête, se maudissant de sa bêtise. Puis Quarry et Magruder sortirent, laissant le cadavre sans visage nu sous la lumière vacillante de la lanterne.

– Vous êtes dans de sales draps, milord ?

Tom Byrd le regardait d'un air inquiet, ayant visiblement perçu les courants sous-jacents dans les échanges précédents.

– J'espère que non, répondit Grey.

Il resta un moment dans la grange. Qui était cet homme ? Il s'était persuadé que le cadavre était celui de la personne avec laquelle Trevelyan entretenait une liaison secrète. C'était peut-être encore vrai, mais Caswell avait bien précisé que c'était une femme que Trevelyan recevait à Lavender House. Ses capacités olfactives étaient peut-être moins performantes qu'il ne le pensait, à moins que, pour des raisons inconnues, il n'ait menti.

« Agis avec discernement », avait dit Harry. Ce qu'il discernait surtout, c'était que Trevelyan était mouillé jusqu'au cou dans cette affaire... mais il n'avait aucune preuve directe.

Rien ne permettait non plus d'établir un lien entre les Scanlon et ce cadavre. De fait, ils n'avaient pratiquement rien pour les incriminer dans le meurtre d'O'Connell, mais la motivation de Harry en ordonnant leur arrestation était manifeste : au cas où quelqu'un remettrait en question le déroulement de l'enquête, il était plus prudent de montrer que l'on n'avait ménagé aucun effort. Plus les eaux étaient troubles, moins on serait enclin à ergoter sur la malencontreuse nationalité de Magda.

– Major ?

Il se retourna pour découvrir le caporal Hicks sur le seuil.

– Vous ne comptez pas conserver cette *chose* ici, n'est-ce pas ?

– Oh non, caporal. Vous pouvez emporter le corps chez le médecin légiste. Allez chercher des hommes.

– Tout de suite, major.

Hicks disparut rapidement, mais Grey hésita. N'y avait-il rien d'autre que ce cadavre pouvait leur apprendre ?

Tom s'était approché de lui.

– Milord, vous pensez que l'assassin du sergent O'Connell est le même que celui qui a tué celui-là ?

– Rien ne l'indique, dit Grey, légèrement surpris. Pourquoi ?

– Eh bien... euh, son visage.

Tom esquissa un petit geste gêné vers la dépouille et déglutit. Un globe oculaire avait été délogé de son orbite et pendait sur la joue écrasée, lançant un regard accusateur vers les profondeurs obscures de la grange.

– On dirait que celui qui a fait ça ne l'aimait pas beaucoup, comme celui qui a piétiné le sergent.

Grey réfléchit à la question, lèvres pincées, puis secoua la tête.

– Je n'en suis pas si sûr, Tom. À mon avis, celui qui a fait cela, ajouta-t-il avec un geste vague vers le cadavre, voulait avant tout effacer l'identité de sa victime. Écraser un crâne à ce point a dû demander beaucoup d'application et de méthode. Il aurait fallu être pris de folie furieuse pour en arriver à ce résultat sur un coup de tête, mais, dans ce cas, pourquoi l'avoir d'abord abattu d'un coup de pistolet ?

– En êtes-vous sûr, milord ? Je veux dire, au sujet du coup de feu. Vous m'avez dit l'autre jour que les morts ne saignaient pas, alors que celui-là a versé des litres de sang... Donc, il ne pouvait pas être mort quand on lui a fait ça...

Il lança un regard vers la bouillie du visage puis détourna les yeux.

– D'un autre côté, il n'aurait pas pu survivre bien longtemps dans cet état, alors pourquoi cette balle ?

Grey le regarda, surpris. Le jeune homme était pâle mais avait les yeux brillants, enflammés par son argumentation.

– Vous avez un esprit remarquablement logique, Tom. Effectivement, pourquoi ?

Il resta un moment devant la table, essayant d'abouter ensemble les morceaux disparates d'informations dont il disposait. Le raisonnement de Tom paraissait évident, pourtant il était convaincu que celui qui avait tué cet homme n'avait pas écrabouillé son visage par colère, alors que celui qui s'en était pris à O'Connell avait agi précisément sous le coup de l'émotion.

Tom Byrd se tint patiemment en retrait pendant que Grey faisait le tour de la table, examinant le corps sous tous les angles. Toutefois, l'énigme demeurait complète et,

lorsque Hicks revint avec ses hommes, il les laissa enve-
lopper le cadavre dans une bâche.

– Vous voulez qu'on emporte ça aussi, monsieur ?

Un des hommes souleva un pan de la robe souillée du
bout des doigts.

– Même le croque-mort n'en voudra pas ! objecta un
autre en se pinçant le nez.

– Vous ne pourrez pas la vendre à un chiffonnier même
si vous la lavez, dit un troisième.

– Non, laissez-la là pour le moment, répondit Grey.

– Vous n'allez pas la laisser ici, n'est-ce pas, milord ?

Les bras croisés, visiblement offusqué, Hicks contemplait le tas de velours d'un regard noir.

– Non, ne vous inquiétez pas, caporal. Il ne s'agirait pas
de couper l'appétit des chevaux, n'est-ce pas ?

Il faisait nuit quand il quittèrent enfin les écuries, la lune
en était à son troisième quartier. Aucune voiture ne les
aurait pris avec leur fardeau malodorant, si bien qu'ils
durent marcher jusqu'à Jermyn Street.

Ils effectuèrent le trajet en grande partie en silence, Grey
méditant sur les événements de la journée, essayant vainement de replacer le mort dans le tableau. Deux éléments
seulement paraissaient clairs : d'une part, on n'avait pas
lésiné sur les efforts pour dissimuler l'identité du mort ;
d'autre part, il y avait un lien quelconque entre le cadavre et
le bordel de Meacham Street, ce qui signifiait également qu'il
devait y avoir un lien avec Trevelyan.

Quelque chose clochait : si on avait voulu absolument
dissimuler l'identité de la victime, pourquoi avoir déguisé
son cadavre d'une manière si particulière ? La réponse lui
vint d'un coup, quand il se souvint d'un détail qu'il n'avait

pas enregistré consciemment sur le coup. L'homme n'avait pas été revêtu d'une robe après sa mort, il la portait déjà quand il avait été tué.

Cela ne faisait aucun doute. Les bords de l'orifice laissé par la balle dans le velours étaient brûlés et il y avait des particules de poudre tout autour. De même, la plaie dans la poitrine contenait des fibres provenant du vêtement.

Cela éclaircissait plusieurs points. Si la victime portait la robe quand elle avait été abattue et que, pour une raison quelconque, il avait été impossible de la déshabiller, lui écrabouiller le visage constituait un moyen de masquer son identité.

Examinons les faits sous un autre angle, se dit-il. Si Magruder n'avait pas su qu'ils recherchaient une femme en robe de velours vert, que se serait-il passé ?

Après avoir été découvert, le corps aurait été transporté à la morgue la plus proche, qui se trouvait... où exactement ? Près de Vauxhall, peut-être ?

Voilà qui était intéressant : Vauxhall était un quartier haut en couleurs, rempli de théâtres et de foires, très fréquenté par des dames de la nuit et des Molly fardées, venues égayer les nombreux bals masqués qui s'y donnaient. Il devrait demander à Magruder s'il y avait eu un bal dernièrement.

Donc, si le directeur de la police n'avait pas réagi à temps, le corps aurait atterri dans une morgue, où l'on aurait probablement présumé qu'il appartenait à une prostituée, autrement dit à une femme davantage menacée que beaucoup d'autres par une mort violente. D'ailleurs, tous ceux qui avaient vu le cadavre l'avaient pris pour celui d'une femme, jusqu'à ce que Tom ne remarque l'ombre d'une barbe...

Il sentit une petite décharge d'excitation. Voilà pourquoi la robe n'avait pas été enlevée et pourquoi le visage avait été transformé en bouillie : pour déguiser non pas l'identité de la victime mais son sexe !

Il sentit Tom l'observer d'un air intrigué et se rendit compte qu'il avait dû s'exclamer à voix haute. Il secoua la tête vers le garçon et poursuivit sa route, trop absorbé par ses hypothèses pour accepter de se laisser distraire.

Quand bien même on aurait découvert le vrai sexe du cadavre, on en aurait sans doute conclu qu'il s'agissait d'une créature louche du demi-monde, d'un travesti sans importance que personne ne viendrait réclamer.

On se serait rapidement débarrassé du corps, l'envoyant à la salle de dissection ou à la fosse commune, selon son état, mais, dans un cas comme dans l'autre, il aurait disparu sans avoir jamais été identifié.

Tout cela lui laissait une sensation désagréable dans le creux du ventre. Un certain nombre de garçons et d'hommes relativement jeunes évoluant dans ce monde trouble disparaissaient chaque année à Londres. Leur sort, quand on daignait s'en soucier, était généralement escamoté sous une version officielle qui cherchait avant tout à ne pas heurter la sensibilité de l'opinion publique en effaçant toute allusion à l'innommable perversion.

Cela pouvait vouloir dire, puisqu'on s'était donné autant de mal pour empêcher l'identification de la victime, que celle-ci devait être un homme relativement important. Quelqu'un sur le sort duquel on allait immanquablement s'interroger. Le paquet sous son bras lui parut soudain plus lourd, comme s'il portait la tête d'un décapité.

– Milord ?

Tom Byrd avança une main hésitante, offrant de prendre le paquet pour le soulager.

– Non merci, Tom, cela ira. J'empeste déjà comme un abattoir. Inutile que vous gâchiez vos vêtements à votre tour.

Il passa la robe sous l'autre bras, la coinçant sous son coude.

Le garçon retira sa main avec un empressement qui en disait long sur la noblesse de son offre. La puanteur de la robe était effectivement insoutenable. Grey sourit en lui-même.

– Je crains que nous n'ayons raté le dîner, Tom. J'espère que la cuisinière aura veillé à nous laisser quelque chose.

Devant eux pointaient les lumières de Piccadilly. Les rues s'élargissaient, les boutiques de drapiers et de commerçants remplaçant les vieilles pensions délabrées et les tavernes des artères plus étroites proches de Queen Street. À cette heure du soir, les rues étaient remplies de piétons, de chevaux et de voitures. Des bribes de conversations, des cris, tout un joyeux brouhaha les enveloppait.

Il bruinait et une fine brume s'élevait à leur pied. Les allumeurs de réverbères étaient déjà passés. Les flammes vacillantes se reflétaient sur les pavés mouillés, contribuant à dissiper l'horreur de cette rencontre dans la grange à foin.

Le visage rond de Tom paraissait soucieux dans les lueurs dansantes.

– On finit par s'y faire, milord ?

– À quoi donc ? À la mort, vous voulez dire, aux cadavres ?

– Eh bien… surtout à ce genre de mort.

Il esquissa un geste vers la robe.

– Je me disais que ce devait être différent de tout ce que vous avez pu voir sur les champs de bataille, mais je me trompe peut-être ?

Grey ralentit pour laisser passer une troupe de joyeux drilles, traversant la rue en riant aux éclats, se frayant un passage entre les montures aux harnais étincelants d'un détachement de la Garde à cheval.

– Je suppose que, fondamentalement, ce n'est pas si différent, répondit-il enfin. J'ai souvent vu pire, sur le champ de bataille. Oui, on finit par s'y habituer. On est bien obligé.

– Mais c'est quand même différent ? insista Tom.

Grey inspira profondément, resserrant son bras sur son fardeau.

– Oui. Et je n'aimerais pas rencontrer l'homme qui en a fait son ordinaire.

Chapitre 14
Une promesse est rompue

Grey fut brutalement réveillé aux premières lueurs de l'aube par l'arrivée du caporal Jowett, porteur de mauvaises nouvelles. Il lui tendit une missive de Malcolm Stubbs en annonçant :

– Les tourtereaux se sont envolés, major. Le lieutenant Stubbs et moi-même, accompagnés de plusieurs soldats, de ce M. Magruder et de deux agents de police, nous nous sommes présentés avant le lever du jour, espérant surprendre les Scanlon dans leur sommeil.

De bonne humeur, Jowett ressemblait à un bouledogue émacié. Là, son visage était franchement sauvage.

– On a trouvé la porte verrouillée et on l'a forcée. L'intérieur était aussi vide qu'une tombe le matin de Pâques.

Non seulement les Scanlon avaient décampé, mais tout le stock de l'apothicaire avait disparu également. Ils n'avaient laissé derrière eux que des flacons vides et des débris épars.

– Ils savaient qu'on viendrait, déclara Jowett. Quelqu'un les aura prévenus, mais qui ?

Grey noua la ceinture de sa robe de chambre, maussade.

– Vous avez interrogé les voisins ?

Jowett émit un bruit de dépit.

– Pour ce que ça nous a avancés ! Rien que des Irlandais, tous fieffés menteurs de naissance. Magruder en a embarqué quelques-uns, mais on sait déjà que ça ne servira à rien...

– Ont-ils dit au moins *quand* les Scanlon ont pris la fuite ?

– La plupart soutiennent ne pas en avoir la moindre idée, mais on a trouvé une grand-mère habitant au bout de la rue qui affirme avoir vu des gens transporter des caisses hors de la maison mardi.

– Bien. J'irai parler à Magruder plus tard.

Grey lança un regard par la fenêtre. Il pleuvait et la rue au-dehors était d'un gris sinistre. Toutefois, il pouvait distinguer les maisons de l'autre côté. Le jour se levait.

– Voulez-vous prendre un petit déjeuner, Jowett ? Au moins une tasse de thé.

Les yeux rouges du caporal s'illuminèrent légèrement.

– Ce ne serait pas de refus, major. La nuit a été longue.

Grey le fit accompagner aux cuisines par un serviteur bâillant, puis se tint devant la fenêtre, se demandant comment prendre ce nouvel élément.

Assurément, le départ précipité du couple les incriminait clairement, mais de quoi ? Ils avaient eu un mobile pour tuer O'Connell, mais ils s'étaient contentés de nier y être pour quoi que ce soit, Scanlon restant aussi froid qu'une assiette de concombre en tranches. Rien n'était arrivé depuis, qui eût dû les alarmer outre mesure. Pourquoi fuir maintenant ?

Il y avait bien eu la découverte de l'homme en robe de velours vert... mais quel rapport avec les Scanlon ?

Néanmoins, l'homme en question avait vraisemblablement été tué le mardi, le jour où les Scanlon semblaient avoir filé. Grey se passa une main dans les cheveux, essayant de stimuler ses méninges. D'accord. La coïncidence était peut-être trop grosse pour en être une. Ce qui voulait dire... quoi ?

Que les Scanlon – ou du moins Finbar Scanlon – étaient impliqués d'une manière ou d'une autre dans la mort de l'homme en robe de velours vert. Lequel était à l'évidence un gentleman, ou quelqu'un d'un standing équivalent. Certainement pas un ouvrier.

– Milord ?

Tom Byrd était apparu avec un plateau. Il ne s'était pas encore débarbouillé et ses cheveux étaient dressés sur sa tête, mais il paraissait néanmoins parfaitement réveillé.

– Je vous ai entendu vous lever. Voulez-vous du thé ?

– Oh, Seigneur, oui !

Grey saisit la tasse fumante et huma sa vapeur parfumée, la chaleur de la porcelaine réchauffant merveilleusement ses mains glacées.

La pluie se déversait en rideaux des avant-toits. Quand étaient-ils partis ? Scanlon et sa femme étaient-ils quelque part sous ce déluge, ou à l'abri, hors de danger ? Il y avait de fortes chances qu'ils aient déguerpi immédiatement après la mort de l'homme en robe verte... pourtant, ils avaient pris le temps de préparer leurs affaires, de déménager le précieux stock de médicaments de la boutique... Cela ne ressemblait pas au départ précipité d'un couple d'assassins.

Naturellement, il devait bien reconnaître qu'il n'avait encore jamais eu affaire à des meurtriers auparavant, sauf...

Le souvenir s'illumina comme un éclair dans son esprit, comme cela lui arrivait de temps à autre. Si ce que Harry Quarry lui avait dit au sujet de Jamie Fraser et du sergent Murchison à Ardsmuir était vrai (et même Harry n'en était pas certain), alors Fraser était lui aussi resté calme, n'avait pas paniqué. Et il s'en était sorti en toute impunité. Si Scanlon avait un tempérament similaire, la même faculté?

Il chassa aussitôt cette pensée de son esprit. Fraser était peut-être beaucoup de choses, mais ce n'était pas un assassin. Et Scanlon, lui? Grey était bien incapable de le dire.

– C'est sans doute pourquoi nous avons des tribunaux, conclut-il à voix haute avant d'avaler le reste de son thé.

– Pardon, milord?

Tom Byrd, qui venait de faire repartir le feu de cheminée, se redressa et reprit son plateau.

– Rien, je disais simplement que notre système pénal repose sur des preuves tangibles et non des émotions.

Il déposa sa tasse sur le plateau en ajoutant:

– C'est pourquoi je ferais mieux de me mettre en quête des premières...

Un vœu pieu, dans la mesure où il ne savait par où commencer.

– Je vous sors donc votre bel uniforme, milord?

– Non, pas encore.

Grey se gratta la mâchoire d'un air songeur. Sa seule piste pour trouver des indices pour le moment était le vin rouge allemand. Grâce à ce bon Congreve, il savait de quoi il s'agissait, et qui en achetait. S'il ne pouvait trouver les Scanlon, il pourrait peut-être apprendre quelque chose sur le mystérieux homme en robe verte.

– Réservons le bel uniforme pour ma visite au capitaine von Namtzen. Ce matin...

Avant tout, il lui fallait se débarrasser d'une corvée.

– Je porterai le bleu, s'il est en état, décida-t-il. Mais d'abord, j'ai besoin d'un bon rasage.

– Tout de suite, milord, dit Byrd de sa meilleure voix de valet de chambre.

Il fit une profonde courbette, renversant le contenu du plateau par la même occasion.

Tom Byrd était presque parvenu à enlever entièrement l'odeur du costume bleu. Presque.

Grey renifla discrètement son épaule. Non, cela irait. Ce devait être un effluve de l'objet dans sa poche. Il avait découpé un carré de la robe verte, durci par le sang séché, et l'avait enveloppé dans un morceau de toile cirée pour l'emporter avec lui.

Après quelques hésitations, il se munit également d'une canne, une mince tige en ébène surmontée d'un pommeau d'argent ciselé représentant un héron mélancolique. Non qu'il ait eu l'intention de frapper Trevelyan avec, à un moment quelconque au cours de leur entretien, mais il se dit qu'il était toujours bon d'avoir un objet avec lequel s'occuper les mains lorsqu'on se trouvait dans une situation sociale délicate. Or la rencontre promettait beaucoup en la matière.

Naturellement, il avait d'abord songé à son épée, non seulement parce que c'était là son instrument habituel mais également parce que son poids contre son flanc était réconfortant. Malheureusement, l'occasion se prêtait mal au port de l'uniforme.

Il ne passait pourtant pas inaperçu en costume de velours dans la foule de marins, de porteurs, de marchands des quatre-saisons et de vendeuses d'huîtres qui se pressaient dans le quartier des docks, mais il n'était pas le seul gentleman non plus. Il croisa deux bourgeois à l'air prospère, l'un tenant une carte qu'il semblait expliquer à l'autre. Un banquier avançait précautionneusement dans la gadoue et les débris gluants qui jonchaient le sol, serrant son manteau contre lui quand il passa près d'une brouette remplie de moules noires, dégoulinantes d'algues et d'eau.

Il sentait des regards curieux sur son passage, mais ce n'était pas bien grave : rien à voir avec le genre de curiosité malsaine qui débouche ensuite sur des commérages.

Il s'était d'abord rendu chez Trevelyan, où le majordome l'avait informé que son maître était parti à son entrepôt et n'était pas attendu avant le soir. Souhaitait-il laisser sa carte ?

Il avait décliné puis prit un fiacre jusqu'aux docks, incapable d'attendre toute une journée de plus pour faire ce qu'il devait faire.

Et qu'allait-il faire, au juste ? L'entretien qui s'annonçait lui nouait l'estomac par avance, mais il s'accrochait fermement à sa seule résolution : les fiançailles devaient être rompues. De manière officielle. Au-delà, il obtiendrait de Trevelyan les informations qu'il voudrait bien lui donner, mais protéger Olivia passait avant toute autre considération... c'était aussi la seule mesure réellement en son pouvoir.

L'idée de devoir ensuite annoncer et expliquer sa décision à Olivia et à sa mère n'était guère plus réjouissante. Toutefois, l'armée lui avait appris à ne pas s'encombrer la tête de plus d'une éventualité déplaisante à la fois et il chassa résolument de son esprit tout ce qui se situait au-delà de la prochaine demi-heure. Il ferait ce qu'il devait faire, ensuite il assumerait les conséquences de ses actes.

C'était l'un des plus grands entrepôts du quartier et, en dépit de l'aspect habituel de ce genre de bâtiments, l'un des mieux entretenus. L'intérieur était une vraie caverne d'Ali Baba. En dépit de la gravité de sa mission, Grey trouva le temps d'être impressionné. Il y avait là des pyramides de coffres et de caisses portant des symboles cryptiques de propriétés et de destinations peints au pochoir; des ballots enveloppés dans des bâches en jute ou en toile cirée; des rouleaux de feuilles de cuivre; des montagnes de planches; des fûts et des barriques empilés sur cinq ou six niveaux contre les murs.

Plus que par l'abondance partout évidente, il fut frappé par l'impression d'ordre au sein du chaos. Les hommes allaient et venaient, chargés comme des ânes, prenant, emportant, déposant des objets dans un flux ininterrompu. Le sol était tapissé d'une épaisse couche de paille d'emballage et l'air rempli de particules dorées, soulevées par le va-et-vient ininterrompu.

Grey fit tomber quelques brins de paille de sur sa veste, inspirant profondément et avidement : l'air était chargé d'odeurs enivrantes de thé, de vin et d'épices, sous lesquelles on percevait des senteurs plus oléagineuses, huile de baleine et cire de chandelle, avec une note finale de bon goudron. En une autre occasion, il aurait aimé fureter dans ce fascinant bric-à-brac, mais, hélas, ce n'était pas le moment. Après une dernière goulée de cet air envoûtant, il reprit à regret le chemin du devoir.

Il traversa le remue-ménage et arriva devant un petit enclos de clercs, perchés sur de hauts tabourets et griffonnant fébrilement. Des garçons couraient de l'un à l'autre comme des filles de ferme au milieu d'un troupeau de vaches, leur soutirant leur production et emportant des liasses de papier à travers une porte dans le mur, derrière laquelle un escalier laissait deviner la présence de bureaux à l'étage.

Son cœur se mit à battre plus fort quand il aperçut Trevelyan en personne, plongé dans une conversation intense avec un employé taché d'encre.

Il se fraya un chemin entre le dédale de tabourets et tapota sur l'épaule de Trevelyan. Celui-ci se retourna, clairement habitué à être interrompu, puis sursauta, surpris de voir Grey.

– John ! s'exclama-t-il avec un sourire. Qu'est-ce qui vous amène ici ?

Légèrement décontenancé par l'usage de son prénom, Grey inclina formellement la tête.

– Une affaire d'ordre privé, monsieur. Pourrions-nous...

Il haussa les sourcils vers les rangées de clercs, puis indiqua l'escalier du menton.

– Naturellement.

Légèrement perplexe, Trevelyan renvoya d'un geste un employé qui approchait puis ouvrit la voie vers l'escalier et son propre bureau.

C'était une pièce étonnamment simple, grande mais dépouillée, les seuls ornements étant un encrier en ivoire et cristal et une petite statue en bronze représentant une divinité hindoue aux bras multiples. Grey s'était attendu à un décor plus chargé, en rapport avec la fortune de Trevelyan. D'un autre côté, cette sobriété expliquait peut-être pourquoi il était si riche !

Trevelyan lui indiqua une chaise et contourna une grande table délabrée pour s'asseoir en face. Grey resta debout, droit comme un piquet, son pouls battant contre ses tympans.

– Non merci, monsieur, je n'en ai pas pour longtemps.

Trevelyan lui lança un regard surpris. Ses yeux se plissèrent, semblant remarquer pour la première fois sa raideur.

– Quelque chose ne va pas, lord John ?

– Je suis venu vous informer que vos fiançailles avec ma cousine sont rompues, annonça-t-il de but en blanc.

Trevelyan tiqua, mais son visage resta neutre.

Qu'allait-il faire ? Dire « Ah bon » et tirer un trait sur l'affaire ? Exiger des explications ? Exploser de colère et le provoquer en duel ? Appeler ses domestiques pour le faire jeter à la rue ?

– Asseyez-vous, John.

Son ton était toujours aussi cordial. Il s'assit lui-même et se pencha en arrière, lui faisant signe de prendre place.

Ne voyant pas d'autre solution, Grey s'exécuta, posant sa canne en travers de ses genoux.

Trevelyan caressa son long menton étroit, le dévisageant comme s'il s'agissait d'un chargement particulièrement intéressant de porcelaines chinoises.

– Naturellement, je suis un peu surpris, dit-il poliment. En avez-vous déjà discuté avec Hal ?

– En l'absence de mon frère, je suis le chef de famille, répondit fermement Grey. Or il m'est apparu que, compte tenu des circonstances, vos fiançailles avec ma cousine ne pouvaient être maintenues.

– Vraiment ?

Trevelyan conservait un ton respectueux mais arqua un sourcil dubitatif.

– Je me demande ce qu'en dira votre frère à son retour. Dites-moi, n'est-il pas attendu bientôt ?

Grey posa le bout de sa canne sur le sol et prit appui dessus, serrant fort son pommeau.

Une épée, tu parles ! J'aurais dû apporter un knout, pensa-t-il en s'efforçant de contrôler sa mauvaise humeur.

– Monsieur Trevelyan, dit-il d'une voix tranchante. Je vous ai informé de ma décision. Celle-ci est irrévocable. Vous cesserez dès aujourd'hui de faire la cour à Mlle Pearsall. Ce mariage n'aura pas lieu. Me suis-je bien fait comprendre ?

– Eh bien non, en vérité, je ne comprends toujours pas.

Trevelyan croisa les doigts et les plaça sous le bout de son nez, fixant Grey par-dessus ce triangle. Il portait une chevalière surmontée d'une émeraude en cabochon taillée en forme de crave de Cornouailles.

– S'est-il passé quelque chose qui justifie une décision aussi... pardonnez-moi ce terme mais je n'en trouve pas d'autre... primesautière ?

Grey le fixa un moment sans répondre, réfléchissant. Puis il glissa une main dans sa poche et en sortit le petit carré de toile cirée. Il le déposa sur la table devant Trevelyan, le déplia, libérant une puanteur qui étouffa aussitôt toutes les senteurs de paille et d'épices dans la pièce.

Trevelyan baissa les yeux vers le fragment de velours vert, toujours aussi impassible. Ses narines frémirent et il prit une profonde inspiration, semblant inhaler quelque chose.

– Je vous prie de m'excuser un instant, John, dit-il en se levant. Je vais juste m'assurer que nous ne serons pas dérangés.

Il disparut sur le palier, laissant la porte se refermer derrière lui.

Le cœur de Grey battait encore fort, mais il se sentait déjà mieux, maintenant que le processus était enclenché. Trevelyan avait reconnu le bout d'étoffe, cela ne faisait aucun doute.

D'une certaine manière, c'était un grand soulagement. Ainsi, il n'aurait pas besoin de mentionner sa maladie. D'un autre côté, il fallait être méfiant. Il devait soutirer le plus d'informations possible au Cornouaillais. Comment ? Impossible de savoir ce qui serait le plus efficace. Il devait se fier à l'inspiration du moment. Si Trevelyan se montrait obstiné, une allusion aux Scanlon se révélerait peut-être fructueuse.

Il ne s'écoula que quelques minutes qui lui parurent une éternité avant que Trevelyan ne réapparaisse, portant avec lui une cruche et deux tasses en bois.

Il les posa sur la table, déclarant :

– Buvons un verre, John, et parlons entre amis.

Grey faillit refuser puis se dit que c'était peut-être une bonne idée. Plus détendu, Trevelyan en dirait sans doute plus long. Le vin avait bien rendu Nessie coopérative.

Il acquiesça brièvement, accepta la tasse puis attendit que Trevelyan se serve à son tour. Celui-ci se cala confortablement contre le dossier de sa chaise, l'air toujours imperturbable, et leva sa tasse.

– À quoi trinquons-nous, John ?

Cet homme avait un toupet hallucinant, et plutôt admirable, il devait bien le reconnaître. Grey leva sa tasse, sans l'ombre d'un sourire.

– À la vérité, monsieur !

– Ah ! Soit. Alors... à la vérité !

Toujours souriant, Trevelyan but sa tasse cul sec. Grey l'imita.

C'était un xérès fauve, et du bon, quoique encore un peu vert.

– On vient juste de le débarquer d'un navire en provenance de Jerez, déclara Trevelyan d'un air désolé. C'est le mieux que j'aie à offrir, malheureusement.

– Il est très bon, merci. Maintenant, si nous...

– Encore un peu ? l'interrompit Trevelyan.

Sans attendre sa réponse, il remplit de nouveau les deux tasses. En reposant sa cruche, il sembla enfin remarquer le fragment de velours décoloré, attendant sur la table tel un crapaud. Il le poussa un peu du bout d'un doigt.

– Je... euh... j'avoue être un peu perdu, John. Cet objet a-t-il un sens dont je devrais être conscient ?

Grey se maudit de l'avoir laissé quitter la pièce. Sacrebleu ! Il avait eu le temps de réfléchir et avait apparemment décidé que feindre l'ignorance serait sa meilleure défense.

– Ce bout d'étoffe a été découpé dans le vêtement d'un cadavre, dit-il d'un voix calme. Le cadavre d'une femme assassinée.

Aha ! L'œil gauche de Trevelyan tiqua, à peine, mais assez pour conforter Grey dans son impression. L'homme savait !

– Qu'elle repose en paix, la malheureuse créature ! dit Trevelyan. Qui était-ce ? Que lui est-il arrivé ?

Il replia très délicatement le morceau de tissu, cachant la partie la plus imprégnée de sang.

– Le juge préfère garder cette information confidentielle pour le moment.

Grey nota avec satisfaction que le muscle de la mâchoire de Trevelyan avait tressailli à la mention du mot « juge ».

– Toutefois, certains des indices relevés suggèrent un lien entre cette femme et vous. En de telles circonstances, je crains de ne pouvoir vous autoriser à continuer à fréquenter ma cousine...

– Quels indices ?

Trevelyan avait repris le contrôle de lui-même et affichait une expression outragée d'une intensité parfaitement calculée.

– Il ne peut absolument rien y avoir qui me lie à... cette malheureuse, qui qu'elle soit !

– Je regrette, mais je ne peux vous donner les détails de l'instruction, dit Grey non sans un certain plaisir, sachant lui aussi jouer les ignorants. Toutefois, sir John Fielding est un ami de la famille. Il se préoccupe naturellement du bonheur et de l'avenir de ma cousine.

Il esquissa un haussement d'épaules, suggérant que le juge lui avait révélé l'affaire sans lui en dévoiler les détails, assurément sordides et compromettants.

– J'ai donc jugé préférable de rompre vos fiançailles avant qu'un scandale n'éclate. Je vous assure que...

– Mais c'est... C'est invraisemblable ! Je n'ai rien à voir avec le meurtre d'une femme !

Ce qui était techniquement vrai... puisque la victime était un homme.

– Comme je vous l'ai dit, je ne suis pas en mesure de vous communiquer de détails, dit Grey. Toutefois, j'ai entendu un nom qui semble associé à cette affaire. Un certain M. Scanlon... Cela vous dit-il quelque chose ? Un apothicaire ?...

Il prit sa tasse et but dans une indifférence feinte, tout en observant attentivement Trevelyan sous ses cils.

Ce dernier pouvait contrôler son visage, mais pas son sang. Il conserva son expression de confusion outragée, mais son teint était devenu livide.

– Non, je ne connais pas ce monsieur.

– Ni un établissement du nom de Lavender House?

– Non plus.

Les os du visage étroit de Trevelyan saillaient et ses yeux luisaient d'une lueur sombre. Grey eut la nette impression que s'il s'était trouvé seul avec lui dans une allée sombre, il aurait essayé de l'étrangler à mains nues.

Ils restèrent silencieux un moment. Trevelyan pianotait nerveusement sur la table, serrant ses lèvres minces, réfléchissant. Le sang commençait à remonter dans ses joues. Il souleva la cruche et resservit Grey sans lui demander son avis. Puis il se pencha légèrement en avant.

– Écoutez, John, j'ignore à qui vous avez parlé, mais je peux vous assurer que toutes les rumeurs que vous avez pu entendre sont totalement fausses.

– Je ne m'attendais pas à ce que vous disiez le contraire.

– C'est ce que dirait tout innocent...

– Ou tout coupable.

– John, m'accusez-vous d'avoir assassiné quelqu'un? Car, si c'est le cas, je vous jure – sur la Bible, sur la tête de votre cousine, celle de votre mère, ou sur tout ce que vous voudrez – que je n'ai rien fait de la sorte!

Un ton légèrement différent teintait sa voix. Il parlait avec passion, les yeux brillants. L'espace d'un instant, Grey fut pris d'un doute. Soit cet homme était un acteur hors pair, soit il disait la vérité. Ou alors en partie.

Il fallait trouver un autre moyen de contourner ses défenses.

– Je ne vous accuse pas de meurtre. Toutefois, il est très préoccupant que votre nom soit associé à cette affaire, vous en conviendrez.

Trevelyan poussa un petit grognement de dépit.

– N'importe quel idiot peut salir le nom de quelqu'un pour une raison ou une autre... la plupart ne s'en privent pas. Sincèrement, je ne vous aurais pas cru aussi crédule, John.

Grey but une nouvelle gorgée de xérès, résistant à l'envie de répondre à l'insulte.

– Quant à moi, j'aurais pensé que vous bondiriez sur-le-champ pour aller vous renseigner sur ces allégations, puisque vous les prétendez fausses.

Trevelyan émit un petit rire.

– Oh, je suis prêt à bondir, croyez-le bien. D'ailleurs, je serais sans doute déjà dans ma voiture, en route pour aller trouver sir John et lui demander une explication face à face, s'il n'était actuellement à Bath, où il séjourne depuis plus d'une semaine...

Grey se mordit l'intérieur de la joue jusqu'au sang. Quel sot il était! Comment avait-il pu oublier que Joseph Trevelyan connaissait tout le monde!

Il tenait toujours sa tasse de xérès et la vida d'un trait, sentant l'alcool brûler l'endroit qu'il avait mordu, puis il la reposa avec un bruit sourd. Enfin, il déclara d'une voix rauque :

– Soit. Vous ne me laissez guère le choix. J'aurais préféré vous épargner cet embarras...

– M'épargner ? M'épargner ? Après ce que...

– ... mais, apparemment, c'est impossible. Je vous interdis d'épouser Olivia...

– Vous croyez pouvoir m'interdire quoi que ce soit ? Vous ? Quand votre frère apprendra...

– ... parce que vous êtes syphilitique.

Trevelyan se tut si abruptement qu'il aurait pu s'être transformé en statue de sel. Il était totalement immobile. Ses yeux noirs fixaient Grey d'un regard si pénétrant qu'il semblait vouloir lire à travers sa chair et ses os, extirper la vérité de son cœur et de son cerveau par la seule force de sa volonté.

Le pommeau d'argent de la canne de Grey était poisseux de transpiration. Il remarqua que Trevelyan avait saisi la statue en bronze et la serrait si fort que ses phalanges étaient blêmes. Il glissa son autre main sur sa canne pour faire levier. Si Trevelyan essayait de l'assommer, il serait prêt à riposter.

Comme si ce petit geste avait rompu un enchantement, Trevelyan cligna des yeux et lâcha la petite déesse de bronze. Il fixait toujours Grey, cette fois avec une expression préoccupée.

– Mon cher John, dit-il calmement. Mon cher ami.

Il s'enfonça contre le dossier de sa chaise, se massant le front, semblant terrassé.

Toutefois, il n'en dit pas plus, laissant Grey planté là, son accusation résonnant encore dans ses oreilles.

– Vous n'avez donc rien à répondre à cela, monsieur Trevelyan ? demanda-t-il enfin.

– À répondre ?

Trevelyan laissa retomber sa main et le dévisagea, la bouche entrouverte. Il la referma, secoua légèrement la tête, versa deux nouvelles tasses de xérès, puis poussa celle de Grey vers lui.

– Ce que j'ai à répondre ? répéta-t-il dans les profondeurs de sa propre tasse. Certes, je pourrais nier... et c'est ce que je fais. Toutefois, vu votre état d'esprit actuel, j'ai bien peur que rien de ce que je pourrais dire ne vous satisfasse. Je me trompe ?

Il releva des yeux interrogateurs.

Grey hocha la tête.

– Alors à quoi bon ? soupira Trevelyan presque avec tendresse. J'ignore où vous êtes allé pêcher de telles allégations, John. Naturellement, si vous êtes convaincu qu'elles sont fondées, je n'ai guère d'autre choix que celui de m'incliner, j'en suis bien conscient.

– Vraiment ?

– Oui.

Trevelyan hésita, cherchant soigneusement ses mots.

– Est-ce... Avez-vous... demandé conseil à une tierce personne, avant de venir me trouver ?

Que diable voulait-il dire par là ?

– Si vous voulez savoir si quelqu'un sait où je suis en ce moment, la réponse est oui. Plusieurs personnes, même.

C'était un mensonge. Personne ne savait qu'il s'était rendu à l'entrepôt. D'un autre côté, une dizaine de clercs et une armée d'ouvriers l'avaient vu au rez-de-chaussée. Seul un fou oserait s'en prendre à lui ici... et Trevelyan ne lui paraissait pas fou. Dangereux, oui, mais pas dément.

Trevelyan écarquilla les yeux.

– Quoi ? Vous avez pensé que je voulais... Grands dieux !

Il détourna les yeux, se passant le dos de la main sur les lèvres. Il se racla la gorge, deux fois, puis se tourna de nouveau vers Grey.

– Je vous demandais juste si vous aviez fait part de vos incroyables... délires à quelqu'un. J'en doute. Si tel avait été le cas, on aurait certainement tenté de vous dissuader d'entreprendre une démarche aussi désastreuse.

Trevelyan secoua la tête, l'air consterné.

– Êtes-vous venu avec votre voiture ? Non, bien sûr que non. Peu importe. Je vais faire appeler mon cocher. Il vous raccompagnera chez votre mère. Puis-je vous recommander le docteur Masonby, sur Smedley Street ? Il a eu d'excellents résultats sur les troubles nerveux.

Grey était tellement interloqué qu'il se sentit à peine indigné.

– Êtes-vous en train de laisser entendre que je n'ai pas toute ma raison ?

– Non, non ! Bien sûr que non, certainement pas !

Néanmoins, Trevelyan continuait de le regarder avec cet air soucieux, presque empreint de pitié. Peu à peu, Grey se remit de sa stupéfaction. Il aurait peut-être dû se sentir furieux, mais il avait surtout une forte envie de rire. Il se leva et déclara, laconique :

– Je suis ravi de l'entendre. Je me souviendrai de votre conseil en temps voulu. En attendant, vos fiançailles sont rompues.

Il était sur le seuil quand Trevelyan le rappela :

– Lord John ! Un instant !

Il s'arrêta et regarda par-dessus son épaule.

– Oui ?

Le Cornouaillais se mordait la lèvre supérieure, le jaugeant comme on évalue une bête sauvage. Allait-elle attaquer ou prendre la fuite ? Il fit un geste vers la chaise que Grey venait de libérer.

– Venez vous rasseoir un moment. Je vous en prie.

Grey hésita. Il entendait les va-et-vient en bas. Il avait un pressant désir d'échapper à cette pièce, à cet homme, de se perdre dans les allées et venues, redevenant un élément du rouage et non plus le grain de sable qui bloquait le mécanisme. Mais le devoir lui dictait le contraire. Il fit marche arrière, serrant fermement sa canne.

Trevelyan attendit qu'il se soit rassis puis fit de même.

– Lord John. Vous dites vous préoccuper avant tout de la réputation de votre cousine. Moi aussi. Des ruptures aussi brutales ne pourraient que faire naître le scandale. Vous en êtes conscient, n'est-ce pas ?

Effectivement, mais Grey se retint d'acquiescer, se contentant de l'observer impassiblement. Trevelyan reprit, son élocution soudain plus précipitée :

– Vous semblez convaincu de la sagesse de votre décision, et je ne peux rien faire pour vous persuader du contraire. Mais, dans ce cas, laissez-moi un peu de temps pour trouver un mobile raisonnable à la dissolution de notre contrat, une justification qui ne jette le discrédit sur aucun des partis.

Grey inspira profondément, commençant à ressentir quelque chose qui ressemblait à du soulagement. C'était l'aboutissement auquel il aspirait depuis l'instant où il avait aperçu le chancre sur la verge du Cornouaillais. Certes, la situation avait entre-temps présenté bien plus d'aspects qu'il n'aurait pu l'imaginer, et cette solution ne les résoudrait pas tous. Toutefois, Olivia serait protégée.

Trevelyan le sentit se radoucir et profita de son avantage :

– Vous savez qu'en vous contentant d'annoncer la rupture, vous feriez jaser. Il faut proposer une raison publique, quelque chose de plausible, pour contrecarrer d'emblée les médisances.

Il avait sans doute une autre raison derrière la tête. Fuir à l'étranger ? Puis Grey sentit de nouveau les vibrations sous ses pieds, le grondement des tonneaux que l'on faisait rouler, les coups sourds des caisses que l'on posait à terre, les interpellations étouffées des hommes de peine. Un homme aussi riche abandonnerait-il tous ses intérêts uniquement pour éviter des accusations, quelles qu'elles soient ?

Probablement pas. Il voulait plutôt utiliser cette période de grâce pour effacer ses traces, nettoyer la place, se débarrasser de dangereuses scories tel le couple Scanlon. Si ce n'est pas déjà fait, se dit-il soudain.

Mais il n'avait aucune raison valable de rejeter sa requête. En outre, il n'aurait qu'à prévenir Magruder et Quarry, le faire suivre.

– Soit. Je vous laisse trois jours.

Trevelyan sembla sur le point de protester, puis hocha la tête.

– Je vous remercie.

Il souleva la cruche et remplit les tasses en en renversant un peu.

– Trinquons à notre accord.

Grey n'avait aucun désir de s'attarder en sa compagnie et ne but qu'une petite gorgée du bout des lèvres avant de repousser sa tasse et de se lever. Il prit congé mais se retourna brièvement sur le pas de la porte. Trevelyan le suivait des yeux, d'un regard qui aurait creusé un trou dans les portes de l'enfer.

Chapitre 15
Poison

Si le capitaine von Namtzen fut surpris de voir débarquer Grey et son valet de chambre, il n'en laissa rien paraître.

– Major Grey ! Quel immense plaisir vous me faites ! Je vous en prie, un peu de vin, quelques biscuits ?

Le grand Souabe lui pétrit la main et l'avant-bras avec un sourire radieux, puis envoya Tom aux cuisines et fit asseoir Grey dans le salon avec des rafraîchissements avant qu'il ait eu le temps de poliment décliner l'offre, et encore moins expliquer le motif de sa visite. Cependant, une fois tout le monde confortablement installé, le capitaine se montra tout ouïe.

– Mais certainement, certainement ! Laissez-moi voir cette liste...

Il prit le papier que lui tendait Grey et l'approcha de la fenêtre pour mieux la lire. L'heure du thé était passée, mais, si près de la Saint-Jean, la lumière de fin d'après-midi inondait la pièce, auréolant von Namtzen tel un saint dans une enluminure médiévale.

Il ressemble d'ailleurs tout à fait à un saint allemand, songea soudain Grey en admirant les lignes nettes et ascétiques de son visage, son front large et ses grands yeux calmes. Sa bouche manquait peut-être de sensibilité, mais les petites rides à la commissure de ses lèvres témoignaient d'un certain sens de l'humour.

– Je connais ces noms, en effet. Vous souhaitez que je vous dise... quoi au juste ?

– Tout ce que vous pourrez.

Bien qu'écrasé de fatigue, il se leva et vint se placer à côté du capitaine, regardant la liste.

– Tout ce que je sais sur ces gens, c'est qu'ils ont acheté un vin particulier. Je ne sais pas précisément quel est le lien exact, mais ce vin semble avoir un rapport avec... une affaire confidentielle. Je suis désolé de ne pouvoir en dire plus pour le moment.

Von Namtzen lui lança un bref regard intrigué puis acquiesça et se concentra de nouveau sur la feuille de papier.

– Un vin, vous dites ? Voilà qui est singulier...

– Singulier, pourquoi ?

Le capitaine pointa un long doigt impeccable vers la liste.

– Ce nom, Hungerbach. Il appartient à une maison noble. Zu Egkh und Hungerbach. Ils ne sont pas allemands, mais autrichiens.

– Autrichiens ?

Le cœur de Grey fit un bond. Il se pencha en avant pour s'assurer que c'était bien le nom écrit sur la feuille.

– Vous en êtes sûr ?

Von Namtzen parut amusé.

– Bien sûr. Les terres près de Graz sont célèbres pour leurs vignobles, c'est pourquoi je trouve singulier que vous me montriez ce nom en me disant qu'il a un rapport avec le vin. Le plus grand cru de Saint Georgen – Saint Georgen, c'est le nom du château, là-bas – est très connu. C'est un excellent vin rouge, de la couleur du sang frais.

Grey sentit ses oreilles bourdonner comme si son propre sang évacuait soudain sa tête. Il posa une main sur la table pour retrouver son équilibre. Ses lèvres semblaient légèrement insensibilisées.

– Ne me dites pas que ce vin s'appelle le Schilcher ?

– Mais si, comment le savez-vous ?

Grey fit un petit geste de la main pour lui indiquer que cela n'avait pas d'importance. Il n'avait pas remarqué plus tôt que la pièce était envahie de moucherons. Il y en avait tout un nuage, dansant dans la lumière de la fenêtre.

– Ces... euh... Hungerbach... certains d'entre eux, donc, vivent à Londres ?

– Oui. Le chef de famille est le baron Joseph zu Egkh und Hungerbach, mais il a pour héritier un cousin éloigné, Reinhardt Mayrhofer. Ce dernier possède un bel hôtel particulier sur Mecklenberg Square. J'y suis allé plusieurs fois, mais, naturellement, la situation alors était différente...

Il haussa les épaules pour indiquer les délicats problèmes diplomatiques en cours.

– Et ce... Reinhardt... Il est... petit ? Brun ? Avec de longs... cheveux... bouclés ?

Les moucherons s'étaient faits soudain encore plus nombreux et lumineux, formant une masse solide de lumières clignotantes devant ses yeux.

– Comment, vous le connaissez ? Ma... major ? Vous vous sentez bien ?

Laissant tomber le papier, il rattrapa Grey par le bras et l'entraîna vers le sofa.

– Asseyez-vous, je vous en prie. Je vais faire apporter de l'eau et du cognac. Wilhelm! *Mach schnell!*

Un serviteur apparut brièvement sur le seuil et repartit au pas de course sur un geste impérieux de von Namtzen.

– Je vais... tout à fait... bien, protesta Grey. Je vous assure, ce n'est... ce n'est vraiment pas la peine de...

Le capitaine posa une grande main à plat sur sa poitrine et le plaqua contre le sofa. Se penchant d'un mouvement souple, il lui attrapa les chevilles et remonta ses pieds, tout en hurlant des ordres incompréhensibles en allemand.

– Je... vraiment, capitaine... je...

Une brume grise se levait devant ses yeux et le tournoiement dans sa tête rendait difficile toute réorganisation de sa pensée. Il avait un goût de sang dans la bouche, comme c'était étrange... il se mêlait à une odeur de sang de cochon, et il sentit son estomac se soulever.

– Milord! milord!

La voix de Tom Byrd transperça la brume, rendue aiguë par la panique.

– Que lui avez-vous fait, espèce de sauvage de Hun?

Un brouhaha de voix confuses tournoyait autour de lui, libérant des paroles éparses qui s'éclipsaient avant qu'il ait eu le temps de les comprendre. Il fut pris d'un spasme, qui lui tordit les entrailles avec une telle brutalité qu'il fléchit inconsciemment les genoux vers sa poitrine pour le refouler.

– Doux Jésus! dit la voix désolée de von Namtzen tout près de lui. Bah, ce n'était pas un si beau sofa, après tout. Vous, le garçon... il y a un docteur, deux maisons plus loin dans la rue. Courez vite le chercher, *ja*?

Après cela, les événements prirent une tournure cauchemardesque et plutôt bruyante. Des visages monstrueux l'observaient à travers un brouillard nacré, des mots tels que «vomissements» et «blancs d'œufs» fusaient près de ses oreilles comme des petits poissons. Sa bouche et sa gorge le brûlaient, des crampes lui lacéraient périodiquement les viscères, si intenses parfois qu'il perdait connaissance quelques instants, pour être de nouveau réveillé par un torrent de bile sulfureuse qui jaillissait avec une telle violence qu'il en recrachait également par les narines en une écume incandescente.

Ces crises étaient suivies par des épisodes de salivation abondante, d'abord bienvenue car elle diluait les montées de souffre, mais devenant très vite une source d'horreur quand elle menaçait de l'étouffer. Dans un moment de lucidité, il se vit couché sur le sofa, la tête dans le vide, bavant comme un chien enragé, avant que quelqu'un vienne le redresser et tente de verser une substance dans sa gorge. Elle était fraîche et visqueuse, mais, quand elle entra en contact avec son palais, ses tripes se rebellèrent de nouveau. Enfin, un parfum capiteux de pavot se répandit comme un bandage sur les muqueuses à vif de ses narines. Il téta faiblement la cuillère apparue dans sa bouche et sombra avec soulagement dans des ténèbres traversées de langues de feu.

Il se réveilla quelque temps plus tard, s'extirpa péniblement de la confusion provoquée par les visions induites par l'opium, pour découvrir un des visages monstrueux de ses cauchemars encore penché sur lui : un faciès blême, avec deux yeux jaunâtres exorbités et des lèvres couleur de foie cru. Une main moite tripotait ses parties intimes.

– Souffrez-vous d'une affection vénérienne chronique, milord ? demanda le faciès.

Un pouce s'enfonça familièrement dans son scrotum.

– Pas du tout !

Grey se redressa d'un bond et tira le bas de sa chemise entre ses jambes pour protéger sa vertu. Le sang lui monta précipitamment à la tête et il tangua dangereusement. Il se rattrapa au coin de la petite table près du lit tout en remarquant qu'outre des mains moites le faciès avait une perruque démesurée et un corps ratatiné drapé dans une robe brun-roux qui empestait le médicament.

– On m'a empoisonné ! s'exclama Grey. Quel genre de charlatan êtes-vous pour ne pas reconnaître la différence entre un dérangement des organes internes et la vérole, sacrebleu !

– Empoisonné ?

Le médecin parut légèrement perplexe.

– Vous voulez dire que vous n'avez pas abusé délibérément de cette substance ?

– Quelle substance ?

– Mais le sulfure de mercure, pardi ! C'est un remède contre la syphilis. Les résultats de votre lavage d'estomac… Mais que faites-vous, monsieur ? Vous ne devez pas faire d'effort, je suis sérieux. Monsieur, recouchez-vous !

Grey avait basculé ses jambes hors du lit et tenta de se lever, avant d'être pris d'un nouvel étourdissement. Le médecin lui agrippa le bras, autant pour l'empêcher de tomber la tête la première que pour prévenir toute tentative de fuite.

– Je vous en prie, monsieur, rallongez-vous. Voilà, comme ça. À la bonne heure ! Vous l'avez échappé belle, monsieur. Ne mettez pas vos jours en danger en…

– Von Namtzen !

Grey résista aux mains qui le repoussaient dans le lit, appelant à l'aide. Il avait l'impression qu'on lui avait raboté l'intérieur de la gorge.

– Von Namtzen ! Mais où êtes-vous donc ?

– Ici, major.

Une grande main se plaqua fermement sur son autre épaule. Il se tourna pour découvrir les beaux traits du Souabe. Celui-ci l'observait, le front soucieux.

– Vous avez été empoisonné, vous dites ? Mais qui a fait une chose pareille ?

– Un certain Trevelyan. Il faut que j'y aille. Voulez-vous bien me rendre mes vêtements ?

– Major, vous venez tout juste de...

Grey saisit le poignet de von Namtzen, le serrant fort. Ses mains tremblaient, mais il parvint à rassembler les forces nécessaires.

– Je dois y aller, au plus vite, dit-il d'une voix rauque. Il en va de mon devoir.

Le visage du Souabe changea aussitôt. Il hocha la tête et se leva.

– Fort bien. Dans ce cas, je vous accompagne.

Avec cette déclaration d'intention, Grey avait épuisé les maigres réserves d'énergie qu'il possédait encore. Fort heureusement, le capitaine prit les choses en main, congédiant le médecin, envoyant chercher sa propre voiture et appelant Tom Byrd. Celui-ci partit aussitôt chercher l'uniforme de Grey, nettoyé entre-temps, et revint aider son maître à l'enfiler.

– Je suis vraiment content que vous soyez toujours en vie, milord, lui dit-il sur un ton de reproche. Mais vous n'êtes vraiment pas soigneux ! C'était votre meilleur uniforme !

Il inspecta une tache sur le devant du gilet d'un œil critique avant de le tenir pour que Grey puisse passer ses bras dans les manches.

Grey, vidé de ses forces, ne dit mot tandis que la berline de von Namtzen bringuebalait dans les rues. Le Souabe avait lui aussi revêtu son grand uniforme, y compris son casque à plumes, pour l'heure posé sur la banquette à ses côtés. Il avait également emporté un grand bol en porcelaine rempli d'œufs frais, qu'il tenait délicatement sur ses genoux. Grey fit un signe de tête vers le bol.

– Qu'est-ce que ?...

– Le médecin a dit que vous deviez avaler des blancs d'œufs, fréquemment et en grandes quantités, expliqua le capitaine sur un ton détaché. C'est un antidote au sulfure de mercure. Vous ne devez boire ni eau ni vin non plus, pendant deux jours, uniquement du lait. Tenez.

Avec une dextérité remarquable compte tenu des soubresauts de la voiture, il prit un œuf, le brisa contre le bord du bol et déversa le blanc dans un gobelet en étain. Il le tendit à Grey, avala le jaune d'un trait et jeta la coquille vide par la fenêtre.

L'étain était frais contre sa paume, mais Grey considéra le blanc d'œuf à l'intérieur avec un enthousiasme des plus mitigés. Tom Byrd, assis en face, lui lança un regard menaçant.

– Avalez, milord !

Grey lui renvoya un regard tout aussi noir, mais obtempéra, la mort dans l'âme. La sensation était assez déplaisante, mais au moins il découvrit avec soulagement qu'il n'avait plus de nausées.

Il lança un regard par la fenêtre. Il était arrivé chez von Namtzen en fin d'après-midi le jeudi. À présent, c'était le milieu de la matinée. Mais de quel jour ?

– Combien de temps je... ? demanda-t-il succinctement.

– Nous sommes vendredi, répondit le capitaine.

Grey se détendit légèrement. Ayant perdu toute notion du temps, il était soulagé d'apprendre que l'expérience n'avait pas duré l'éternité qu'elle lui avait paru. Trevelyan avait peut-être eu le temps de fuir, mais pas au point d'être irrattrapable.

Von Namtzen toussota avec tact.

– J'espère ne pas abuser – pardonnez-moi si c'est le cas –, mais si nous rencontrons bientôt Herr Trevelyan, il serait peut-être opportun que je sache pourquoi il a voulu vous tuer ?

Grey accepta un second blanc d'œuf sans plus de manière qu'une vague grimace de dégoût, puis répondit :

– Je ne sais pas s'il a vraiment voulu ma mort. Il cherchait peut-être à me neutraliser un moment, afin d'avoir le temps de fuir.

Von Namtzen hocha la tête mais fronça légèrement les sourcils.

– Possible. Si tel est le cas, le trouverons-nous encore chez lui ?

– Aucune idée.

Grey ferma les yeux, essayant de réfléchir. Ce n'était pas facile. Les nausées avaient disparu, mais les vertiges tendaient à revenir périodiquement. Son cerveau lui semblait à la fois fragile et liquide.

Si Trevelyan avait voulu le tuer, il pouvait fort bien encore être chez lui. Car, Grey mort, il avait tout loisir de poursuivre son plan originel, quel qu'il soit. Dans le cas contraire, ou s'il n'était pas certain que le sulfure de mercure avait eu un effet fatal, il avait probablement décampé au plus tôt. Auquel cas...

Grey rouvrit les yeux et se redressa.

– Demandez au cocher de nous conduire à Mecklenberg Square, demanda-t-il soudain. Si vous voulez bien.

Von Namtzen ne posa pas de question sur ce changement de programme. Il se contenta de passer la tête par la fenêtre et de crier ses instructions à son cocher en allemand. La lourde berline ralentit, puis décrivit un grand virage.

Six œufs plus tard, elle s'arrêtait devant la maison de Reinhardt Mayrhofer.

Von Namtzen bondit littéralement hors de la voiture, coiffa son casque et partit, tel Achille, d'un pas martial vers la porte d'entrée, ses plumes s'agitant au vent. Grey mit son propre chapeau, mesquin et insignifiant par comparaison, s'accrocha fermement au bras de Tom Byrd de peur que ses jambes ne cèdent sous son poids.

Le temps qu'il ait rejoint le perron, la porte était ouverte et von Namtzen déversait sur le majordome un torrent de paroles menaçantes. L'allemand de Grey se limitait à la conversation de salon, mais il comprit néanmoins que le capitaine ordonnait au majordome d'aller chercher Reinhardt Mayrhofer sur-le-champ, sinon plus vite encore.

Le majordome, un homme carré d'âge moyen avec un front obstiné, affrontait stoïquement ce déluge en se bornant à répéter que son maître était sorti. Apparemment, le malheureux n'imaginait pas la vraie nature des forces déchaînées contre lui.

Le Souabe se dressa de toute sa hauteur, que Grey estima à environ deux mètres en comptant les plumes, et annonça sur un ton hautain :

– Je suis Stephen, landgrave von Erdberg. J'entre.

Ce qu'il fit aussitôt, inclinant la tête juste ce qu'il fallait pour éviter d'être décoiffé. Le majordome recula, postillonnant et agitant les mains en vaines protestations. Grey le salua d'un signe de tête en passant devant lui et réussit à ne pas ternir la dignité de l'armée de Sa Majesté en traversant tout le hall d'entrée sans aide. Parvenu dans le petit salon, il mit le cap sur le fauteuil le plus proche et parvint à s'y asseoir plus qu'à s'y s'effondrer.

Pendant ce temps, von Namtzen pilonnait au mortier les positions du majordome, ces dernières semblant sur le point de céder. Tout en se tordant les mains, il répétait que non, son maître n'était vraiment pas à la maison et que non, sa maîtresse non plus, hélas, mille fois hélas...

Tom Byrd avait suivi Grey et inspectait la pièce, bouche bée, contemplant les deux tables avec leurs plateaux en malachite et leurs pieds en bronze doré, les grands doubles rideaux en soie blanche damassée, les murs recouverts de gigantesques tableaux dans leurs cadres dorés.

L'effort avait mis Grey en nage et sa tête s'était remise à tourner. Il rassembla toutes ses forces et se redressa.

– Tom, dit-il à voix basse. Fouille la maison et reviens me dire ce que tu auras trouvé... ou pas.

Byrd le dévisagea d'un air circonspect, soupçonnant apparemment un stratagème pour l'éloigner afin de mourir tranquillement en son absence, mais, constatant que Grey gardait le dos droit et la mâchoire volontaire, il finit par acquiescer. Il se glissa discrètement hors du salon, passant inaperçu du majordome aux abois.

Grey poussa un long soupir et ferma les yeux, se raccrochant fermement à ses genoux en attendant que le malaise passe. Ses vertiges semblaient déjà durer moins longtemps.

Quelques instants plus tard, il fut en mesure de rouvrir les yeux.

Entre-temps, von Namtzen avait enfin vaincu le majordome et obtenu d'une voix de stentor que toute la maisonnée soit immédiatement rassemblée. Il lança un regard vers Grey par-dessus son épaule et interrompit un instant sa tirade pour demander à la cantonade :

– Oh, et apportez-moi trois blancs d'œufs dans une tasse, je vous prie.

– *Bitte ?* demanda le majordome d'une voix faible.

– Des œufs ! Vous êtes sourd ? Uniquement le blanc. *Schnell !*

Touché par cette sollicitude, Grey se releva péniblement et vint rejoindre le Souabe qui, constatant la débâcle totale du majordome, avait ôté son casque et paraissait assez content de lui. Tapotant délicatement son front moite avec un mouchoir, il demanda :

– Vous vous sentez mieux, major ?

– Beaucoup mieux, merci. Si j'ai bien compris, ni Reinhardt ni sa femme ne sont chez eux ?

Pour ce qui était de Reinhardt, le contraire eût été étonnant.

– C'est ce que prétend leur majordome. S'il n'est pas sorti, c'est un lâche. Mais je l'arracherai à son trou comme un navet, puis... que comptez-vous faire, au juste ?

– Probablement rien. Je soupçonne Reinhardt d'être mort. Ce ne serait pas là le gentleman en question ?

Il indiqua un petit portait posé sur un guéridon près de la fenêtre, dans un cadre incrusté de perles.

– Oui, c'est Mayrhofer et son épouse, Maria. Ils sont cousins.

Cette dernière précision n'était guère utile tant les deux visages sur le portrait se ressemblaient.

Si tous deux avaient des traits délicats, de longs cous et des mentons ronds, Reinhardt se distinguait par un nez imposant et une mine renfrognée des plus aristocratiques. En revanche, Maria était ravissante. Elle posait en perruque mais avait le même teint mat et les mêmes yeux marron que son mari. Elle était sans doute brune, comme lui.

Von Namtzen regarda le portrait d'un air intéressé.

– Reinhardt est mort ? Mais comment ?

– Tué d'une balle, répondit Grey. Probablement tirée par l'homme qui a voulu m'empoisonner.

– Voilà un homme très actif !

L'attention de von Namtzen fut distraite par l'entrée d'une servante, le visage livide d'angoisse, serrant contre elle un bol contenant les blancs d'œufs. Elle lança un regard vers un des hommes puis vers l'autre, tendit timidement le bol à von Namtzen.

– *Danke.*

Il passa le récipient à Grey et entreprit aussitôt d'interroger la servante, se penchant vers elle d'une manière qui la fit se plaquer contre le mur le plus proche, muette de terreur et parfaitement incapable de répondre autrement que par des signes de tête affirmatifs ou négatifs.

Peu désireux de percer les subtilités de cette conversation unilatérale, Grey regarda le contenu du bol avec répugnance. Un bruit de pas dans le couloir et des éclats de voix indiquèrent que le majordome était en train de réunir la maisonnée, comme on le lui avait ordonné. Déposant le bol sur un secrétaire derrière un vase en albâtre, il sortit du petit salon, pour se retrouver face à une petite foule de domestiques jacassant avec agitation en allemand.

En l'apercevant, ils se turent brusquement et le fixèrent, avec un mélange de curiosité, de suspicion et, pour certains, ce qui semblait être simplement de la frayeur. Pourquoi ? se demanda-t-il. Était-ce son uniforme ?

– *Guten Tag*, déclara-t-il en souriant. Y a-t-il des Anglais parmi vous ?

Il y eut des échanges de regards çà et là, semblant désigner deux jeunes femmes de chambre. Il leur adressa un sourire rassurant, leur fit signe de le rejoindre à l'écart. Elles le dévisageaient avec de grands yeux ronds, telles deux biches acculées par un chasseur, mais un coup d'œil vers von Namtzen, qui venait de réapparaître à son tour, les convainquit que lord John représentait un moindre péril. Elles le suivirent docilement dans le petit salon, tandis que von Namtzen prenait en charge la foule rassemblée dans le hall d'entrée.

Après moult balbutiements et rougissements, elles admirent s'appeler Annie et Tab. Amies intimes, elles venaient toutes deux de Cheapside et étaient au service de Herr Mayrhofer depuis trois mois.

Sans cesser de sourire, Grey demanda :

– Je sais que Herr Mayrhofer n'est pas chez lui aujourd'hui. Quand est-il sorti ?

Les filles échangèrent un regard perplexe.

– Hier ? suggéra Grey. Ce matin ?

– Oh non, monsieur, répondit Annie.

Elle semblait un poil plus courageuse que son amie, mais pas au point de soutenir son regard plus d'une fraction de seconde.

– Le maître est p-p-parti depuis mardi.

Les hommes de Magruder avaient découvert le cadavre le mercredi matin.

– Je vois. Savez-vous où il est allé ?

Naturellement, elles l'ignoraient. En revanche, après de nombreuses hésitations et contradictions, elles déclarèrent que Herr Mayrhofer avait l'habitude de s'absenter pour de courts voyages durant plusieurs jours, parfois plusieurs fois pas mois.

– Vraiment ? Mais quelle est l'activité de Herr Mayrhofer, au juste ?

Regards déconcertés, suivis de haussements d'épaules. Herr Mayrhofer avait de l'argent, cela crevait les yeux. D'où il venait ne les concernait pas. Grey sentait un goût métallique de plus en plus fort à l'arrière de sa langue et déglutit, essayant de le refouler.

– Quand a-t-il quitté la maison, mardi ? Au matin ? Ou plus tard dans la journée ?

Les filles plissèrent le front et échangèrent des murmures de concertation avant de conclure que, en fait, ni l'une ni l'autre ne l'avait vu sortir, et que non, elles n'avaient pas entendu l'attelage s'arrêter devant la porte, même si...

Tab, suffisamment absorbée par la discussion pour surmonter un peu sa timidité, déclara :

– Le cocher a pourtant bien dû venir le chercher, parce que monsieur n'était pas dans sa chambre l'après-midi. Herr Reinhardt aime faire une petite sieste après le déjeuner. C'est moi qui ai fait sa chambre mardi et, quand je suis montée à l'heure du thé, son lit n'était pas défait. C'est donc qu'il a dû partir le matin, non ?

Les questions et les réponses se poursuivirent laborieusement pendant un moment, mais Grey ne parvint qu'à leur soutirer quelques bribes d'informations, la plupart sous forme de dénégations.

Non, elles ne pensaient pas que leur maîtresse possédait une robe en velours vert, même si, naturellement, elle pouvait en avoir commandé une. Sa camériste devait être au courant. Non, madame n'était pas à la maison aujourd'hui, du moins pas à leur connaissance. Non, elles ignoraient à quelle heure elle était sortie, mais, oui, elle était là la veille, et la nuit dernière aussi. Si elle était restée à la maison mardi dernier ? Elles le pensaient, mais ne s'en souvenaient pas vraiment.

Un gentleman du nom de Joseph Trevelyan était-il déjà venu dans cette maison ?

Les filles haussèrent les épaules et le regardèrent, décontenancées. Comment le sauraient-elles ? Elles travaillaient principalement dans les étages et voyaient rarement les visiteurs, hormis ceux qui restaient pour la nuit.

– Vous dites que votre maîtresse était à la maison hier soir. Quand l'avez-vous vue pour la dernière fois ?

Elles froncèrent les sourcils en parfaite synchronisation. Annie lança un regard vers Tab, qui lui adressa une petite moue incertaine. Toutes deux haussèrent les épaules.

– C'est que... je ne sais pas trop, milord, répondit Annie. Madame ne se sentait pas bien. Elle a gardé la chambre toute la journée, se faisant monter ses repas. Je suis allée changer ses draps régulièrement, mais elle était toujours dans son boudoir ou au petit coin. En fait, je crois bien que je ne l'ai pas vue en chair et en os depuis... quand ça ?... lundi ?

Elle arqua un sourcil interrogateur vers Tab, qui haussa de nouveau les épaules.

– « Pas bien »... répéta Grey. Vous voulez dire qu'elle était souffrante ?

Tab, puisant son courage dans le fait qu'elle avait enfin une véritable information à transmettre, intervint :

– Oui, milord. Le docteur est venu, et tout ça.

Il posa encore quelques questions, en vain. Ni l'une ni l'autre n'avait vu le médecin, ni ne savait de quoi souffrait leur maîtresse. Elles n'en avaient entendu parler, de fait, que par la cuisinière, ou était-ce par Ilse, la camériste personnelle de madame ?

Inspiré par cette allusion aux potins entre domestiques, Grey abandonna provisoirement cette piste pour en revenir au maître de maison. Il effaça son sourire pour prendre un air contrit.

– Naturellement, vous ne pouvez le savoir d'expérience, mais le valet de pied de Herr Mayrhofer vous aura peut-être confié que... Je me demandais si votre maître n'aurait pas présenté des signes distinctifs, je ne sais pas... quelque chose qui sorte un peu de l'ordinaire ? Sur son corps, je veux dire...

Le visage des deux filles se vida de toute expression, puis s'empourpra à une telle vitesse qu'en quelques secondes on eût dit une paire de tomates trop mûres prêtes à exploser. Elles échangèrent un bref regard, puis Annie laissa échapper un petit cri aigu et étranglé, qui était peut-être un rire étouffé.

Il n'avait pas besoin d'autre confirmation, mais les filles, non sans de nombreuses mimiques nerveuses, finirent par confesser qu'effectivement le valet de pied de monsieur, Herr Waldemar, avait expliqué à Hilde, la servante, pourquoi le maître requérait de telles quantités de savon à barbe.

Il congédia les deux femmes de chambre, qui sortirent en pouffant, et se laissa tomber sur une marquise tapissée de brocart pour souffler un instant. Il posa sa tête sur ses bras pliés en attendant que les battements de son cœur ralentissent.

L'identité du cadavre était donc établie. Ainsi qu'un lien, encore vague, entre Reinhardt Mayrhofer, la maison close de Meacham Street et Joseph Trevelyan. Toutefois, il se rappela que ce lien reposait entièrement sur le témoignage d'une prostituée et de sa propre identification de la robe en velours vert.

Et si Nessie s'était trompée, si l'homme qui sortait du bordel en robe verte n'était pas Trevelyan ? Mais ce ne pouvait être que lui. Richard Caswell l'avait confirmé. À présent, voilà qu'un riche Autrichien avait été retrouvé mort, vêtu de la même robe verte que celle portée par Magda, la maquerelle de Meacham Street, qui devait probablement être aussi celle qu'avait portée Trevelyan. En outre, Mayrhofer était un Autrichien qui disparaissait souvent de chez lui pour de mystérieux voyages.

Grey était raisonnablement sûr d'avoir trouvé le requin de M. Bowles. Or, si Reinhardt Mayrhofer était un acheteur de secrets d'État, alors l'assassinat de Tim O'Connell relevait de l'univers obscur de la politique et de la haute trahison ; et non du monde sanglant de la vengeance et du crime passionnels.

Oui, mais pourquoi les Scanlon s'étaient-ils enfuis ? Quant à Joseph Trevelyan, que venait-il donc faire dans cette galère ?

Son cœur commençait à battre moins fort. Il refoula une fois de plus le goût métallique dans sa bouche et releva la tête. Devant lui se trouvait un grand tableau qu'il avait entrevu sans l'enregistrer consciemment. De facture médiocre, il représentait un sujet érotique. Les initiales *RM*

282

étaient astucieusement dissimulées dans un bouquet de fleurs dans un coin.

Il se leva en essuyant ses paumes moites sur les pans de sa veste et balaya rapidement le salon du regard. Il y avait deux autres toiles du même genre, indiscutablement de la même main qui avait peint les œuvres suspendues dans le boudoir de Magda, toutes signées *RM*.

Cela constituait autant de liens supplémentaires entre Mayrhofer et le bordel, mais Trevelyan dans tout cela ? Grey ne disposait que du témoignage de Caswell selon lequel l'*inamorata* de Trevelyan était une femme, autrement, il aurait parié que c'était Mayrhofer que le Cornouaillais rencontrait secrètement dans sa suite de Lavender House... pour une raison ou une autre.

– Mais depuis quand prends-tu la parole de Richard Caswell pour argent comptant, pauvre sot ? marmonna-t-il.

Il se hissa debout. Au moment de sortir de la pièce, il aperçut le bol de blancs d'œufs en train de se figer et fit un bref détour pour le cacher en hâte dans un tiroir du secrétaire.

Von Namtzen avait rabattu le reste des domestiques dans la bibliothèque pour poursuivre ses interrogatoires. En entendant Grey entrer, il se tourna vers lui pour lui faire son compte rendu.

– Ils sont tous deux partis, cela ne fait plus aucun doute. Lui, il y a quelques jours, elle, cette nuit. Personne n'a rien vu. Du moins, c'est ce qu'affirment les serviteurs.

Il se tourna légèrement pour fusiller du regard le majordome, qui tressaillit.

– Interrogez-les au sujet d'un médecin, s'il vous plaît... commença Grey.

– Le médecin ? Vous vous sentez de nouveau mal ?

Von Namtzen claqua dans ses doigts et fit signe à une dame corpulente en tablier, probablement la cuisinière.

– Vous ! Encore des œufs !

– Non, non ! Je vais très bien, merci ! Les femmes de chambre m'ont dit que Mme Mayrhofer avait été souffrante cette semaine et qu'un médecin était venu. Je voudrais savoir si l'un d'eux l'a vu.

– Ah ?

Von Namtzen parut trouver l'information intéressante et, une fois de plus, mitrailla de questions le rang aligné devant lui. Grey s'accouda discrètement à une étagère, prenant un air attentif en attendant que passe un nouveau vertige.

Le majordome et la première camériste avaient vu le médecin, rapporta le capitaine. Il était venu plusieurs fois au chevet de Mme Mayrhofer.

Grey déglutit. Il aurait peut-être dû avaler la dernière cargaison de blancs d'œufs. Ils ne pouvaient pas être plus écœurants que ce goût de cuivre froid dans sa bouche.

– Le médecin a-t-il laissé son nom ? demanda-t-il.

Non. Le majordome ajouta qu'il ne s'habillait pas non plus comme un médecin mais qu'il en avait l'assurance.

– Comment ça, « il ne s'habillait pas comme un médecin » ? Que veut-il dire par là ? demanda Grey en se redressant.

Suivirent d'autres questions, auxquelles le majordome répondit par des haussements d'épaules impuissants. Il ne portait pas un costume noir mais plutôt un manteau bleu taillé dans un drap épais et des culottes en tissu écossais. Le majordome plissa le front, cherchant à se remémorer d'autres détails.

– Il ne sentait pas le sang ! traduisit von Namtzen. Il dégageait plutôt une odeur de... plantes ? Est-ce possible ?

Grey ferma brièvement les yeux et vit des bouquets de plantes séchées suspendues à des poutres, leurs feuilles faisant pleuvoir une poussière dorée et odorante à chaque pas sur le plancher. Il rouvrit les yeux et demanda :

– Le médecin était-il irlandais ?

Cette fois, même von Namtzen parut légèrement perplexe.

– Comment pourraient-ils différencier un Anglais d'un Irlandais ? Ils parlent la même langue.

Grey réfléchit et, plutôt que de poursuivre dans cette voie apparemment sans issue, changea de tactique et décrivit brièvement Finbar Scanlon. Cela, une fois traduit, suscita de grands hochements de tête affirmatifs de la part du majordome et de la camériste.

Von Namtzen observait le visage de Grey et demanda :

– C'est important ?

– Très.

Grey serra les poings, essayant de réfléchir.

– Il est essentiel que nous découvrions où se trouve Mᵐᵉ Mayrhofer. Ce « médecin » est très probablement un espion à la solde des Mayrhofer, et je soupçonne fort la dame d'être en possession de documents que Sa Majesté aimerait beaucoup récupérer.

Les domestiques échangeaient des messes basses, lançant vers les deux officiers des regards d'angoisse, d'agacement et de confusion.

– Êtes-vous vraiment convaincu qu'ils ignorent où se trouve leur maîtresse ?

Von Namtzen plissa les yeux, méditant la question, mais, avant qu'il soit parvenu à une conclusion, Grey perçut un mouvement de surprise parmi les domestiques. Plusieurs d'entre eux fixaient la porte derrière lui.

Il pivota sur ses talons et découvrit Tom Byrd sur le seuil, frémissant d'excitation, ses taches de rousseur ressortant sur son visage rond. Il brandissait une paire de souliers usés.

– Milord ! Regardez ! Ce sont celles de Jack !

Grey saisit les souliers, grands et très usés, le cuir du bout éraflé et craquelé. En effet, les initiales *JB* avaient été brûlées dans la semelle. Un des talons se détachait, ne tenant plus que par un clou. Il était en cuir, avec le dos rond, comme l'avait dit Tom.

– Qui est Jack ?

Le regard perplexe de Von Namtzen allait de Tom Byrd aux chaussures.

– Le frère de M. Byrd, expliqua Grey. Nous le recherchons depuis quelque temps. Pourriez-vous leur demander où se trouve l'homme à qui appartiennent ces chaussures ?

Von Namtzen était décidément un équipier admirable. Une fois de plus, tout en se gardant d'émettre des commentaires personnels, il se contenta de hocher la tête avant de se tourner de nouveau vers les domestiques. Pointant le doigt vers les souliers, il reprit son interrogatoire, d'une manière sèche mais professionnelle, comme s'il ne doutait pas d'obtenir promptement des réponses.

De fait, il les obtint. La maisonnée, d'abord alarmée puis démoralisée, était à présent tombée sous sa coupe et semblait l'avoir accepté comme maître temporaire, sinon de la maison du moins de la situation.

Après un bref échange avec le majordome et la cuisinière, il se tourna vers Grey.

– Les souliers appartiennent à un jeune homme, un Anglais. Il a été amené dans la maison il y a plus d'une semaine, par un ami de Frau Mayrhofer. La Frau a annoncé à Herr Burkhardt, fit-il en désignant d'un geste le majordome qui s'inclina en retour, que le jeune homme devait être traité comme un domestique de la maison, nourri et logé. Elle n'a pas expliqué ce qu'il faisait ici, précisant uniquement que la situation était temporaire.

À ce stade, le majordome ajouta quelque chose. Von Namtzen acquiesça, levant une main pour arrêter d'autres observations.

– Herr Burkhardt ajoute que le jeune homme ne s'est pas vu attribuer de tâches précises, mais qu'il aidait les femmes de chambre. Il ne sortait pas de la maison et s'aventurait rarement loin des quartiers de Frau Mayrhofer, tenant absolument à dormir dans la petite pièce au bout du couloir, près de ses appartements. Herr Burkhardt a le sentiment qu'il était là pour protéger Frau Mayrhofer, mais il ignore de quoi.

Tom Byrd avait écouté en rongeant son frein et ne pouvait plus contenir son impatience.

– Au diable ce qu'il fichait ici, où est Jack à présent ?

Grey avait lui aussi une question urgente :

– Cet ami de Frau Mayrhofer... connaissent-ils son nom ? Peuvent-ils le décrire ?

Respectant scrupuleusement l'ordre social, von Namtzen traduisit d'abord la question de Grey.

– Ce monsieur se fait appeler M. Joseph. Toutefois, le majordome ne pense pas qu'il s'agisse là de son vrai nom.

L'homme a hésité quand on lui a demandé de se présenter. Il était très...

Le capitaine hésitait, cherchant le mot juste.

– *Fein vehausgeputet...* très soigné, tenta-t-il.

– Élégant, comprit Grey.

Il semblait faire très chaud dans la pièce, la transpiration lui coulait le long du dos.

Von Namtzen hocha la tête.

– Une veste en soie vert bouteille, avec des boutons dorés. Une bonne perruque.

– Trevelyan, conclut Grey.

L'obstination des principaux protagonistes à se trouver à tous les détours de cette affaire était à la fois un soulagement et une consternation. Il prit une grande goulée d'air. Ses palpitations recommençaient.

– Et Jack Byrd?

Von Namtzen haussa les épaules.

– Disparu. Ils pensent qu'il est parti avec Frau Mayrhofer, car personne ne l'a vu depuis la nuit dernière.

– Pourquoi il a laissé ses chaussures derrière lui, hein? Demandez-leur ça!

Dans son emportement Tom Byrd en oubliait ses manières, mais le capitaine, voyant le désarroi du garçon, n'en prit pas ombrage.

– Il a échangé ses souliers contre ceux de ce valet de pied.

Le Souabe désigna un grand jeune homme qui suivait la conversation avec intérêt, les sourcils froncés par l'effort de comprendre.

– Il n'a pas dit pourquoi il souhaitait faire cet échange. Peut-être à cause du talon endommagé. L'autre paire était également très usée mais utilisable.

– Pourquoi ce jeune homme a-t-il accepté l'échange ?

Grey fit un signe de tête vers le valet, ce qui se révéla une grave erreur, les vertiges réapparaissant dans l'instant.

– Parce que celles-ci sont en cuir, avec des boucles en métal. Les siennes étaient de simples sabots, avec des semelles et des talons en bois.

À ce stade, les genoux de Grey capitulèrent et il se laissa tomber dans un fauteuil, se couvrant les yeux des mains. Il respirait avec peine, ses pensées tournoyant dans sa tête comme les sphères du planétaire de son père. Des éclats lumineux accompagnaient chaque souvenir. Il entendit Harry Quarry déclarer : « Les marins portent tous des semelles en bois. Le cuir glisse trop sur les ponts mouillés... » Puis : « L'honorable Trevelyan ? Un père baronnet, un frère au Parlement, une fortune dans l'étain de Cornouailles, des parts à n'en plus finir dans la Compagnie des Indes orientales... »

Laissant retomber ses mains, il gémit :

– Seigneur ! Ils ont pris la mer !

Chapitre 16
Le prix de la luxure

Persuader von Namtzen et Tom Byrd qu'il était capable de marcher seul sans s'étaler la tête la première ne fut pas une mince affaire, d'autant qu'il n'en était pas convaincu lui-même. Finalement, Tom Byrd accepta à contrecœur de retourner à Jermyn Street lui préparer un sac de voyage, et von Namtzen, encore plus réticent, de rester sur place pour examiner le contenu du bureau de Mayrhofer.

– Personne d'autre ne pourra déchiffrer les papiers importants qu'on pourrait y trouver, insista Grey. L'homme est mort et était très probablement un espion. J'enverrai plus tard quelqu'un du régiment prendre possession des lieux, mais, en attendant, il y a peut-être quelque chose à découvrir d'urgence...

Von Namtzen pinça les lèvres mais finit par acquiescer. Il posa sa grande main chaude sur la nuque de Grey et se pencha vers lui pour scruter son visage. Il avait des yeux d'un gris troublé, bordés de petits plis soucieux.

– Vous ferez attention ? demanda-t-il.

Grey s'efforça de le rassurer par un sourire.

– Oui, je vous le jure.

Puis il tendit à Tom un billet à l'attention de Harry Quarry, lui demandant d'envoyer au plus vite un officier germanophone à Mecklenberg Square, et partit de son côté.

Tout en grimpant dans un fiacre, inspirant profondément pour contrôler ses vertiges, il se dit qu'il avait trois destinations possibles. Les bureaux de la Compagnie des Indes orientales, dans Lamb's Conduit Street ; ceux du principal homme d'affaires de Trevelyan, un certain Royce, dans Temple ; ou chez « ce con de Neil ».

Le soleil était presque couché. La brume du soir en ternissait les derniers feux, telle la fumée dans le sillage d'un boulet de canon. Cela lui simplifia le choix. Le temps qu'il arrive à Westminster ou à Temple, il n'y aurait plus personne dans les bureaux. Il savait où habitait Stapleton, s'étant renseigné après sa troublante rencontre chez Bowles.

– Vous voulez quoi ?

Stapleton devait être en train de dormir lorsque John avait frappé à sa porte. Il était pieds nus et en chemise. Il se frotta les yeux, dévisagea, incrédule, son visiteur.

– Les noms et les dates de départ de tous les navires affrétés par la Compagnie des Indes orientales quittant l'Angleterre ce mois-ci. Il me les faut tout de suite.

Cette fois, Stapleton entreprit de se gratter les côtes.

– Comment voulez-vous que je le sache ?

– Je me doute bien que vous l'ignorez. Mais il y a sûrement quelqu'un au service de Bowles qui détient ces informations, et je voudrais que vous me les procuriez, et ce, dans les plus brefs délais. C'est urgent.

– Rien que ça ?

Neil tordit les lèvres puis esquissa une moue boudeuse. Il changea subtilement de position, se retrouvant soudain plus près.

– Urgent... à quel point ?

– Beaucoup trop urgent pour jouer à de petits jeux, monsieur Stapleton. S'il vous plaît, habillez-vous. Une voiture nous attend.

Neil ne répondit pas, se contentant de sourire. Il leva une main et effleura la joue de Grey, son pouce s'attardant langoureusement sur la courbe de sa lèvre. Sa peau était brûlante et il sentait les draps chauds.

– Nous ne sommes quand même pas si pressés que ça, hein ?

Grey saisit sa main et l'écarta de son visage, la serrant si fort qu'il sentit les articulations craquer sous ses doigts.

– Dépêchez-vous ou j'informerai M. Bowles officiellement des circonstances dans lesquelles nous nous sommes rencontrés la première fois. Me suis-je bien fait comprendre ?

Il fixait Stapleton dans le blanc des yeux. Le jeune homme était bien réveillé, cette fois. Il libéra sa main d'un geste sec et recula d'un pas, tremblant de colère.

– Vous n'oseriez pas.

– Vous voulez parier ?

Stapleton se passa la langue sur la lèvre supérieure, dans un geste non plus de séduction mais de désespoir. La lumière faiblissait, mais pas au point de dissimuler la peur viscérale qui pointait sous sa fureur.

Il lança un regard à la ronde pour s'assurer que personne ne les entendait. Puis il saisit Grey par la manche et l'attira à l'abri dans l'embrasure de la porte. De si près, il était évident qu'il ne portait rien sous sa chemise. Grey avait une vue plongeante sur son torse lisse par son col ouvert, sa peau dorée se fondant plus bas en ténèbres grisantes.

– Savez-vous ce que je risque si vous parlez ? siffla-t-il.

Grey le savait. La perte de son emploi et la ruine de sa réputation étant le moindre de ce qui pouvait lui arriver. La prison, la flagellation publique et le pilori étaient tout aussi probables. En outre, si l'on découvrait que ses mœurs répréhensibles l'avaient conduit à violer son devoir de discrétion, ce qui était précisément ce que Grey lui demandait de faire, il pourrait s'estimer heureux s'il échappait à la pendaison pour haute trahison.

– Je sais surtout ce qui vous arrivera si vous ne faites pas ce que je vous demande, répliqua froidement Grey.

Il libéra sa manche et recula.

– Faites vite. Je n'ai pas de temps à perdre.

Moins d'une heure plus tard, ils arrivèrent dans une ruelle miteuse, devant un bâtiment délabré qui abritait une imprimerie, fermée pour la nuit. Sans un regard vers Grey, Stapleton sauta hors du fiacre et frappa à la porte. Au bout d'un moment, une lumière apparut par les fentes des volets et la porte s'ouvrit. Le jeune homme murmura quelque chose à la vieille femme qui se tenait sur le seuil, puis se glissa à l'intérieur.

Grey était assis au fond de la voiture, un chapeau mou lui cachant le visage. Le fiacre avait beau être vieux et bringuebalant, on ne devait pas en voir souvent dans ce quartier. Il ne pouvait qu'espérer que Stapleton fasse vite et qu'ils puissent repartir avant d'attirer les curieux et les voleurs.

Le bruit et la puanteur de matières fécales d'une carriole chargée de tinettes lui parvinrent ensemble et il referma la fenêtre.

Il était soulagé que Stapleton ait cédé sans plus se débattre. Il était suffisamment malin pour avoir compris que l'épée que Grey brandissait au-dessus de sa tête était à double tranchant. Certes, Grey prétendait ne s'être rendu à Lavender House que dans le cadre de son enquête, et la seule personne qui pourrait affirmer le contraire était un jeune homme aux boucles brunes, mais cela, Stapleton l'ignorait.

Ce qu'il ne pouvait ignorer, en revanche, c'était qu'en cas de litige entre lui et Grey, sa parole n'aurait aucun poids.

Ce qu'il ne savait pas non plus, c'était que Richard Caswell était l'une des mouches prises dans la toile de M. Bowles. Grey était prêt à parier une demi-année de solde que cette petite araignée dodue au regard bleu ardoise connaissait le nom de tous les hommes à avoir franchi un jour le seuil de Lavender House, et ce qu'ils y avaient fait. Cette idée le fit frissonner et il remonta le col de sa veste en dépit de la température douce de la nuit.

Un bruit sec contre la fenêtre le fit sursauter et sortir son pistolet. Il n'y avait personne, uniquement l'empreinte d'une main souillée d'excréments, laissant de longues traînées nauséabondes sur le carreau. Un fragment abject glissa lentement le long de la vitre tandis que les rires des vidangeurs se mêlaient aux imprécations du cocher.

Le cocher se leva d'un bond sur son perchoir, faisant balancer le fiacre, puis Grey entendit le claquement d'un fouet suivi du cri de surprise de quelqu'un au sol. Pour ce qui était de ne pas attirer l'attention, c'était réussi ! Grey se recroquevilla sur sa banquette tandis qu'une pluie de matières fécales s'écrasait contre le flanc de la voiture, les vidangeurs huant comme des magots, le cocher jurant et tirant sur ses rênes pour empêcher l'attelage de partir au galop.

Un autre coup contre la porte le fit dégainer de nouveau son pistolet, mais ce n'était que Stapleton, de retour, essoufflé et échevelé. Il se jeta sur la banquette face à Grey et lui lança un bout de papier sur les genoux.

– Il n'y en a que deux, dit-il abruptement. L'*Antioch*, qui quitte le port de Londres dans trois semaines, et le *Nampara*, qui part de Southampton après-demain. C'est ce que vous vouliez ?

Ayant entendu Stapleton revenir, le cocher s'empressa de lâcher la bride à ses chevaux. Trop content de fuir le brouhaha, l'attelage démarra à fond de train, projetant les deux occupants de la voiture pêle-mêle sur le plancher.

Grey se dégagea rapidement sans lâcher la feuille de papier et remonta sur sa banquette. Toujours à quatre pattes sur le plancher, Neil le dévisagea d'un regard noir.

– J'ai demandé : c'est ce que vous vouliez ?

Sa voix était à peine audible dans le vacarme de la voiture, mais Grey l'entendit distinctement.

– Oui, je vous remercie.

Il aurait pu tendre une main à Stapleton pour l'aider à se relever mais ne le fit pas. Le jeune homme se redressa seul, chancelant dans le noir, et se laissa tomber sur son siège.

Ils n'échangèrent plus un mot pendant le trajet qui les ramenait à Londres. Stapleton, les bras croisés sur la poitrine, regardait fixement par la fenêtre. La lune était pleine et une lumière blanche illuminait son nez aquilin, ses lèvres sensuelles et boudeuses. Il est beau, pensa Grey, et il le sait.

Devait-il le mettre en garde ? Il se sentait coupable de l'avoir utilisé de cette manière. D'un autre côté, le prévenir que Bowles était certainement au courant de ses activités nocturnes ne changerait rien. L'araignée conserverait cette information, bien rangée dans ses stocks, jusqu'au jour où elle pourrait lui être utile. Le cas échéant, quel que soit l'usage qu'il en ferait, rien ne pourrait libérer Stapleton des fils gluants de sa toile.

Le fiacre s'arrêta devant la maison du jeune homme et celui-ci descendit sans un mot. Il lança juste un bref regard furieux vers Grey avant que la porte ne se referme entre eux.

Grey donna un coup dans le plafond et le cocher ouvrit la petite trappe derrière lui.

– À Jermyn Street, ordonna-t-il.

Puis il s'enfonça dans la banquette, perdu dans ses pensées, remarquant à peine l'odeur d'excréments qui l'enveloppait.

Chapitre 17
L'instrument de la vengeance divine

En pleine crise de rébellion, Grey refusait d'avaler un seul autre blanc d'œuf. Intraitable, Tom Byrd lui interdisait de boire une goutte de vin. Le temps qu'ils atteignent le premier relais de poste, un difficile compromis avait été trouvé et Grey y dîna de pain et de lait, pour le plus grand amusement de ses compagnons de diligence.

Faisant la sourde oreille à leurs railleries et refoulant tant bien que mal ses haut-le-cœur et ses étourdissements, armé d'une plume émoussée qu'on lui avait prêtée et d'une mauvaise encre, il se mit fébrilement à l'ouvrage tout en tenant dans sa main libre un morceau de pain trempé dans le lait.

D'abord un mot à Quarry, puis un autre à Magruder, au cas où la première missive se perdrait. Il n'avait pas le temps d'écrire en code, ni d'imaginer des formulations contournées. Les faits, rien que les faits, ainsi qu'une demande de renforts dans les meilleurs délais.

Il signa les billets, les relut, les replia, les cacheta avec deux pâtés de cire de chandelle contre lesquels il pressa sa chevalière, imprimant la moitié de lune souriante de son blason. Cela lui rappela Trevelyan et son émeraude en cabochon. Arriveraient-ils à temps ?

Pour la énième fois, il se creusa les méninges en quête d'un moyen plus rapide. Pour la énième fois, il conclut à contrecœur qu'il n'y en avait pas. Il était bon cavalier, mais, dans son état actuel, il n'avait aucune chance de parcourir le trajet Londres-Southampton au grand galop, même avec la meilleure monture au monde.

Ce ne pouvait être que Southampton, se répétait-il pour se rassurer. Trevelyan avait accepté un délai de trois jours. Cela ne suffisait pas pour se disculper... à moins qu'il n'ait compté sur la mort de son accusateur ? Mais, dans ce cas, pourquoi l'avoir imploré de lui accorder un peu de temps ? Pourquoi ne pas l'avoir tout simplement congédié, sachant qu'il serait bientôt hors d'état de le poursuivre ?

Non, il avait forcément raison. À présent, il ne pouvait que prier que la malle-poste aille plus vite, et espérer qu'il se serait suffisamment rétabli avant la fin du trajet pour faire ce qu'il avait à faire.

– Vous êtes prêt, milord ? Il est temps de repartir.

Tom Byrd était réapparu à ses côtés, ouvrant sa cape afin de la lui draper sur les épaules.

Grey laissa retomber son morceau de pain dans le bol de lait et se leva. Il tendit les missives au marmiton, y joignit une pièce.

– Assure-toi qu'elles repartent pour Londres, s'il te plaît.

– Vous n'allez pas finir ça, milord ?

Byrd pointait un doigt sévère vers le bol à moitié rempli de lait où surnageaient des bouts de pain.

– Vous allez avoir besoin de toutes vos forces si vous voulez...

– Oui, oui, c'est bon !

Grey repêcha un morceau de pain et se le fourra dans la bouche tout en prenant la direction de la diligence.

La haute silhouette du *Nampara* se détachait au loin sur un ciel de nuages fugitifs, ses mâts dominant la circulation portuaire alentour. Beaucoup trop gros pour accoster, il était ancré au large. L'homme qui les conduisait dans sa chaloupe interpella un collègue sur son skiff qui rentrait vers la terre ferme, recevant en retour un braillement incompréhensible. Il se tourna vers Grey, secouant la tête d'un air désolé.

– Il ne sait pas non plus, monsieur. Le navire est censé appareiller à la prochaine marée. Or la marée a déjà commencé.

Il souleva une rame dégoulinante, indiquant les eaux grises, même si Grey était bien incapable de dire dans quel sens allait le courant.

Après une nuit et une demi-journée passées à se faire secouer en tous sens dans la malle-poste de Londres à Southampton, il ne tenait pas trop à regarder la mer. Autour de lui, tout semblait bouger, chaque élément partant dans une direction bien à lui : l'eau, les nuages, le vent, l'embarcation qui se soulevait sous eux. Craignant de vomir s'il ouvrait la bouche, il se contenta de grimacer vers le rameur en lui montrant sa bourse, ce qui sembla suffisamment éloquent.

– Il lèvera peut-être l'ancre avant qu'on arrive, mais on peut toujours essayer, monsieur. Je fais mon possible.

L'homme redoubla ses efforts, plongeant plus profondément ses rames. Grey ferma les yeux et s'accrocha à la latte incrustée d'écailles sur laquelle il était assis, tentant d'oublier la puanteur de poisson crevé qui imprégnait ses culottes.

– Ohé ! Ohé !

Les cris du rameur lui firent rouvrir les yeux et il vit le flanc du grand navire marchand se dresser devant eux telle une falaise. Ils étaient encore à plusieurs perches de distance, et pourtant la structure massive leur masquait le soleil, projetant sur eux son ombre froide.

Même un néophyte comme lui pouvait voir que le *Nampara* s'apprêtait à partir. Une armée de petites embarcations, sans doute venues l'approvisionner, repartaient vers la grève, fuyant comme un banc de petits poissons ce monstre marin sur le point de s'éveiller.

Une échelle de corde pendait encore contre son flanc. Le passeur se mit en panne, faisant adroitement pivoter sa chaloupe d'une rame. Grey se leva, lui lança sa paye et saisit un échelon. L'embarcation fut aspirée sous lui par le creux d'une vague, et il se retrouva suspendu dans le vide, montant et descendant avec le grand navire.

Une flottille d'étrons passa à ses pieds, recrachée par la proue. Il regarda résolument vers le ciel et se mit à grimper, raide et lent. Tom Byrd montait derrière lui en le serrant de près, au cas où il tomberait. Il parvint au sommet ruisselant de transpiration, un goût métallique de sang dans la bouche.

Un officier s'extirpa de la confusion de mâts et de cordages et courut vers eux.

– Je veux voir le propriétaire, déclara Grey. Tout de suite, ordre de Sa Majesté.

Guère impressionné, l'officier fit non de la tête, cherchant surtout à ce qu'ils ne gênent pas les préparatifs.

– Le capitaine est occupé, monsieur. Nous sommes sur le point d'appareiller, ajouta-t-il en se détournant déjà et en faisant signe à quelqu'un d'approcher. Henderson, venez ici !...

Grey ferma les yeux une seconde pour ne pas voir le tournoiement vertigineux des gréements au-dessus de sa tête. Il glissa une main dans sa poche, cherchant son ordre de mission, désormais passablement froissé.

– Je ne veux pas voir le capitaine, mais l'armateur, M. Trevelyan. Tout de suite.

L'officier tourna brusquement la tête vers lui, l'examinant d'un air suspicieux. Grey le voyait se balancer à l'unisson avec le grand mât derrière lui.

– Vous vous sentez mal, monsieur ?

Ses paroles semblaient sortir du fond d'une citerne. Grey humecta ses lèvres, s'apprêtant à répondre, mais Byrd le devança :

– Bien entendu qu'il se sent mal, bougre d'andouille ! Mais là n'est pas la question. Conduisez le major là où il vous l'a demandé, et vite !

L'officier bomba le torse, fusillant Byrd du regard.

– D'où sors-tu, mon garçon ?

Loin d'être impressionné, celui-ci répliqua :

– Ce n'est pas non plus la question ! Il a une lettre signée du roi, qu'est-ce qu'il vous faut de plus ?

L'officier arracha la lettre des mains de Grey, aperçut le sceau royal et la lâcha comme si elle était en feu. Tom Byrd posa le pied dessus avant qu'elle ne s'envole et la ramassa tandis que l'officier marchait à reculons en marmonnant des excuses, à moins qu'il ne s'agisse de jurons. Les oreilles de Grey bourdonnaient tant qu'il n'entendait plus rien.

Tout en essayant d'effacer l'empreinte de sa semelle sur le papier, Tom Byrd le regardait d'un air inquiet.

– Vous ne voulez pas vous asseoir, milord ? Il y a un tonneau, là, dont personne ne semble avoir l'usage pour le moment...

303

– Non merci, Tom. Je me sens déjà mieux.

Après l'effort de l'escalade, ses forces commençaient effectivement à lui revenir, la brise fraîche séchant sa sueur et lui éclaircissant les idées. Le navire était nettement plus stable que la chaloupe. Ses oreilles bourdonnaient encore, mais il banda les muscles de son ventre et indiqua du menton la direction dans laquelle l'officier était parti.

– Suivons-le. Il vaut mieux que Trevelyan ne soit pas prévenu trop à l'avance.

Le pont semblait sens dessus dessous, mais là aussi, comme dans les entrepôts de Trevelyan, Grey devinait un certain ordre sous la confusion ambiante. Des marins couraient dans tous les sens, laissant tomber des gréements ici et là comme des fruits mûrs. Leurs cris remplissaient l'air au point qu'on avait du mal à imaginer que quelqu'un puisse s'y retrouver. L'un des avantages de ce chaos était que personne ne tenta de les arrêter, ni même ne sembla faire attention à eux. Tom Byrd ouvrait la voie. Il franchit une paire de portes basses, descendit un escalier menant dans les entrailles sombres du navire. Grey avait l'impression de s'enfoncer dans un terrier. Tom et lui étaient-il les furets ?

Une petite coursive, un autre escalier... Tom suivait-il l'officier à l'odeur ? Derrière un virage, effectivement, ils le retrouvèrent. Il se tenait devant une porte étroite d'où émergeait une forte lumière. Il parlait à quelqu'un de l'autre côté.

– Le voilà, milord ! s'exclama Tom Byrd, hors d'haleine. Ce doit être l'homme que vous cher...

– Tom ? Tom, c'est toi ?

La voix incrédule derrière eux les fit se retourner, et Grey vit son valet disparaître dans les bras d'un grand jeune homme dont les traits trahissaient leur lien de parenté.

– Jack ! Jack ! Je t'ai cru mort ! Ou devenu assassin !

Tom se libéra de l'étreinte de son frère, le visage rayonnant mais anxieux.

– Tu es un assassin, Jack?

– Bien sûr que non! Qu'est-ce que tu racontes là, misérable petit morveux!

– Ne me parle pas sur ce ton. Je t'informe que je suis valet de chambre chez un lord, alors que tu n'es qu'un valet de pied!

– Tu es un quoi!? Allez, tu me fais marcher!

Grey aurait beaucoup aimé entendre la suite de cette émouvante conversation, mais le devoir l'appelait ailleurs. Le cœur battant, il tourna le dos aux Byrd et, repoussant l'officier en dépit de ses protestations, franchit la porte de la cabine.

Une cabine spacieuse, en vérité, inondée de lumière par les grandes fenêtres de la poupe. Il cligna des yeux, momentanément aveuglé. Il y avait d'autres personnes dans la pièce – il sentit vaguement leur présence –, mais toute son attention était concentrée sur Trevelyan.

Celui-ci était assis sur une malle-cabine, en chemise, une manche retroussée, une main pressant un linge souillé de sang contre son avant-bras.

– Juste ciel! dit-il en le fixant. Si ce n'est l'instrument de la vengeance divine en personne!

Grey déglutit un excès de salive et prit une grande inspiration.

– Si c'est vous qui le dites... Je vous arrête, Joseph Trevelyan, pour le meurtre de Reinhardt Mayrhofer, en vertu des pouvoirs qui me sont...

Il glissa une main dans sa poche, mais Tom Byrd avait gardé sa lettre. Peu importait, il n'était pas bien loin.

305

Une vibration sourde fit trembler les planches sous ses pieds et, avant qu'il ait pu finir sa phrase, le sol sembla se dérober sous lui. Il chancela, se rattrapant au bord d'un meuble. Trevelyan sourit d'un air contrit.

– Nous voilà partis, John. C'est la chaîne de l'ancre que vous entendez en ce moment. Bienvenue à bord.

Grey prit une autre inspiration, son erreur lui apparaissant soudain, avec toutes ses conséquences. Il aurait dû insister pour voir le capitaine, quelles que soient les objections. Il aurait dû lui présenter sa lettre et s'assurer avant tout que le navire ne lèverait pas l'ancre. Dans sa hâte à coincer Trevelyan, il avait mal estimé la situation. Il n'avait pensé qu'à retrouver l'assassin et à l'obliger à s'expliquer. À présent, il était trop tard.

Il était seul, avec Tom Byrd. Harry Quarry et le directeur Magruder ne tarderaient pas à apprendre où il était, mais ils ne pourraient plus rien pour lui maintenant qu'ils avaient levé les voiles, s'éloignant de l'Angleterre et des renforts espérés. Et il doutait que Trevelyan ait l'intention de revenir répondre de ses actes devant la justice de Sa Majesté.

D'un autre côté, ils n'allaient pas le balancer par-dessus bord tant que les côtes seraient en vue. Il pourrait peut-être encore parler au capitaine, ou Tom Byrd pourrait le faire à sa place. Le fait que le garçon ait gardé la lettre était finalement une bénédiction. Trevelyan ne pourrait la détruire sur-le-champ. Mais le capitaine mettrait-il l'armateur de son navire aux fers et arrêterait-il la course d'un tel mastodonte, en vertu d'un simple ordre de mission, même arborant le cachet royal ?

Il détourna les yeux du regard ironique de Trevelyan et constata, non sans surprise, que l'homme qui se tenait dans un coin de la cabine n'était autre que Finbar Scanlon, occupé à ranger tranquillement ses instruments et ses fioles dans un coffre.

– Mais où se trouve donc Mme Scanlon ? demanda-t-il en faisant le brave. Également à bord, je présume ?

Scanlon esquissa un léger sourire.

– Non, milord. Elle est en Irlande, en sécurité. Je ne l'aurais pas laissée risquer sa santé, vous pouvez en être sûr.

Grey supposa qu'il voulait parler de son état. Aucune femme n'aurait voulu accoucher sur un bateau, aussi gros soit-il.

– Je suppose que vous prévoyez un long voyage ?

Dans sa confusion, il n'avait pas pensé à demander à Stapleton la destination du *Nampara*. S'il était arrivé plus tôt, cela n'aurait pas eu d'importance. Mais, à présent, cela en avait.

– Assez long, en effet.

La réponse venait de Trevelyan, qui avait ôté le linge sanglant et examinait la plaie. La peau tendre de l'intérieur du bras avait été scarifiée. Grey pouvait voir le sang suinter d'un réseau rectangulaire de fines entailles.

Trevelyan se tourna pour prendre un linge propre et Grey aperçut le lit derrière lui. Une femme était allongée derrière des voilages en mousseline, immobile. Il s'en approcha en quelques pas hésitants, le navire prenant le vent.

Bien qu'elle paraisse trop profondément endormie pour l'entendre, il demanda d'une voix calme :

– Madame Mayrhofer, je présume ?

– Maria, répondit doucement Trevelyan derrière lui.

Il enroulait un bandage autour de son bras tout en contemplant l'endormie.

Elle avait les traits tirés et émaciés par la maladie et ressemblait peu à son portrait. Toutefois, Grey devinait qu'elle était probablement très belle… quand elle était en bonne santé. À présent, les os de son visage saillaient, mais leurs courbes demeuraient gracieuses. Sa longue chevelure brune, bien qu'emmêlée par la transpiration, était luxuriante, tirée en arrière sur son front haut. Elle avait été saignée, elle aussi. Un bandage enveloppait le creux de son coude. Sur sa main ouverte sur le couvre-lit, Grey reconnut la chevalière de Trevelyan, le crave cornouaillais incisé sur l'émeraude en cabochon.

Scanlon était venu les rejoindre devant le lit.

– Qu'a-t-elle ? lui demanda Grey.

– Paludisme, répondit-il sur un ton détaché. La fièvre tierce. Vous vous sentez bien, monsieur ?

De si près, il pouvait sentir la maladie autant que la voir. La femme avait la peau jaunâtre et une fine pellicule de sueur faisait luire ses tempes. Une étrange odeur musquée lui parvenait à travers le voile de parfum qu'elle portait, le même parfum qu'il avait senti sur son mari, gisant dans une robe en velours vert imbibée de sang.

– Vivra-t-elle ? demanda-t-il.

Quelle ironie du sort si Trevelyan avait tué son mari afin d'être avec elle, pour se la voir enlevée aussitôt par une maladie mortelle !

Scanlon fit une moue incertaine.

– Désormais, elle est entre les mains de Dieu. Tout comme lui.

Il désigna Trevelyan du menton, faisant sursauter Grey.

– Que voulez-vous dire ?

Trevelyan soupira tout en rabattant sa manche sur son bras.

— Buvez donc un verre avec moi, John. À présent, nous avons tout notre temps. Je vous dirai tout ce que vous voulez savoir.

— Si cela ne vous fait rien, monsieur, je préférerais un bon coup sur la tête plutôt que d'être de nouveau empoisonné...

Au grand agacement de Grey, Trevelyan se mit à rire. Il se reprit presque aussitôt, avec un regard vers la femme dans le lit.

— J'avais oublié. Pardonnez-moi, John. Même si je sais que cela ne change pas grand-chose pour vous, je n'avais pas l'intention de vous tuer, juste de gagner du temps.

— Ce n'était peut-être pas votre intention, mais je soupçonne que cela ne vous aurait pas gêné outre mesure.

— C'est vrai. J'avais besoin de temps, voyez-vous, et je ne pouvais courir le risque que vous ne respectiez pas votre part du marché. Si vous aviez parlé à votre mère, tout Londres aurait été au courant avant la tombée de la nuit. Or je ne pouvais prendre du retard.

Furieux de sa propre stupidité, Grey s'emporta :

— Mais après tout, pourquoi auriez-vous hésité à m'assassiner ? Vous n'êtes plus à un meurtre près !

Trevelyan venait d'ouvrir un cabinet à liqueurs. Il s'arrêta et lança un regard surpris à Grey.

— Que voulez-vous dire ? Je n'ai assassiné personne, John. En outre, je suis content de ne pas vous avoir tué. Je l'aurais regretté.

Il se replongea dans le cabinet, en sortit une bouteille et deux coupes en étain.

– Vous n'avez rien contre le cognac ? J'ai du vin, mais il est encore un peu vert.

En dépit de sa colère et de son angoisse, Grey acquiesça. Trevelyan les servit, s'assit puis but une gorgée, gardant le liquide ambré en bouche, les yeux mi-clos de plaisir. Au bout d'un moment, il déglutit et dévisagea Grey qui l'observait debout d'un air mauvais.

Avec un léger haussement d'épaules, il ouvrit le tiroir de son secrétaire, en sortit un petit rouleau de papier sale, le poussa vers Grey.

– Asseyez-vous donc, John. Si je puis me permettre, vous êtes un peu pâle.

Se sentant surtout sot, maugréant intérieurement tant pour ce sentiment que pour la faiblesse dans ses genoux, Grey s'assit sur le tabouret qu'on lui indiquait et saisit le rouleau.

Il s'agissait de six feuilles d'un papier grossier et usé. Arrachées à un journal intime ou à un cahier, couvertes d'écrits sur les deux faces. Le papier en avait été plié, déplié puis étroitement roulé. Grey dut le tenir des deux mains à plat sur la table pour le lire, mais un seul regard lui suffit pour comprendre de quoi il retournait.

Il releva les yeux. Trevelyan l'observait avec un léger sourire mélancolique.

– C'est ce que vous cherchiez ? demanda-t-il.

Grey lâcha les papiers qui s'enroulèrent aussitôt.

– Vous le savez très bien. Où les avez-vous obtenus ?

– Auprès de M. O'Connell, bien entendu.

Le petit cylindre de papier roulait doucement d'un côté à l'autre de la table, en suivant les mouvements du navire. La lumière provenant des fenêtres de proue semblait soudain très vive.

Trevelyan continuait à déguster son cognac, absorbé par ses propres pensées, semblant avoir oublié Grey.

– Je croyais... que vous alliez me dire tout ce que je voulais savoir ?

Trevelyan ferma brièvement les yeux, puis hocha la tête en les rouvrant.

– Bien sûr. Je n'ai aucune raison de vous cacher quoi que soit... désormais.

– Vous prétendez n'avoir tué personne... commença prudemment Grey.

– Jusqu'à maintenant.

Trevelyan lança un regard vers le lit avant d'ajouter :

– Reste à savoir si je n'ai pas tué ma femme.

– *Votre* femme ?

Trevelyan hocha la tête, et Grey entr'aperçut sur son visage la fierté féroce de cinq siècles de pirates cornouaillais, jusque-là cachée derrière la façade suave du gentleman marchand.

– Oui, la mienne. Nous avons été mariés mardi dernier... par un prêtre irlandais que nous a amené M. Scanlon.

Grey pivota sur son tabouret. Scanlon haussa les épaules avec un petit sourire mais ne dit rien.

– Je suppose que ma famille, en bons protestants qu'ils sont depuis l'époque du roi Henry, serait scandalisée, reprit Trevelyan. Ce n'est peut-être pas tout à fait légal non plus, mais nécessité fait loi et elle est catholique. Elle a tenu à ce que nous nous marions avant que...

Il n'acheva pas sa phrase, se tournant vers la femme dans le lit. Elle commençait à s'agiter, ses membres remuant sous le couvre-lit, tournant la tête d'un côté puis de l'autre dans son sommeil.

— Ça ne devrait plus tarder, dit doucement Scanlon en suivant son regard.

— Quoi donc ? demanda Grey.

Il redoutait déjà la réponse à sa question.

— La fièvre, répondit l'apothicaire. Les crises sont récurrentes. Elles viennent, disparaissent, reviennent trois jours plus tard. Encore et encore. Madame était en mesure de voyager hier, mais, aujourd'hui, comme vous pouvez le constater... J'ai de l'écorce de saule blanc pour elle, cela aura peut-être de l'effet.

Grey se tourna vers Trevelyan.

— Je suis navré.

Trevelyan accepta sa compassion d'un signe de tête, puis Grey s'éclaircit la gorge.

— Puisque ce n'est pas vous qui l'avez tué, auriez-vous l'amabilité de m'expliquer qui a abattu Reinhardt Mayrhofer ? Et comment ces papiers sont entrés en votre possession ?

Trevelyan resta assis en silence un moment, respirant lentement, puis il tourna lentement son visage vers la lumière des fenêtres, fermant les yeux tel un homme savourant ses derniers instants de vie avant son exécution.

— Je suppose que je ferais mieux de commencer par le commencement, dit-il enfin sans rouvrir les yeux. À savoir, l'après-midi où mes yeux se sont posés pour la première fois sur Maria. C'était le neuvième jour du mois de mai, l'année dernière, lors d'un des salons de lady Bracknell.

Un léger sourire traversa son visage, comme s'il revivait la scène. Il ouvrit enfin les yeux et regarda Grey.

– Je ne vais jamais dans ce genre de manifestations. Jamais. Mais un gentleman avec lequel j'étais en affaires était venu déjeuner avec moi au Beefsteak. Le repas terminé, nous nous sommes rendu compte que nous avions encore beaucoup de détails à régler et il m'a proposé de l'accompagner chez lady Bracknell, à qui il avait promis de venir. J'ai accepté et... elle était là.

Il se tourna de nouveau vers le lit, poursuivant sur un ton surpris :

– J'ignorais que cela fût possible. Si on me l'avait raconté, j'en aurais ri, et pourtant...

Apercevant cette femme assise dans un coin, il avait été frappé par sa beauté... mais encore plus par sa tristesse. L'honorable Joseph Trevelyan n'était pas homme à se laisser émouvoir facilement, mais le chagrin qu'il lut sur ses traits l'attira autant qu'il le troubla.

Il ne l'avait pas abordée directement mais avait été incapable d'arracher son regard d'elle. Son intérêt ne passant pas inaperçu, son hôtesse, inquiète de voir sa ravissante invitée si mélancolique, informa Trevelyan qu'elle s'appelait Frau Mayrhofer et était l'épouse d'un petit noble autrichien.

« Allez donc lui parler ! l'incita-t-elle. C'est sa première sortie dans le monde depuis son deuil – son premier bébé, la pauvre enfant ! Je suis sûre qu'un peu d'attentions lui fera le plus grand bien. »

Il avait traversé la salle, ne sachant quoi dire ou faire. Il ne savait pas comment présenter ses condoléances, n'avait aucun talent pour la conversation de salon. Son métier était les affaires et la politique. Pourtant, après que leur hôtesse l'eut présenté et se fut éclipsée, il se retrouva à tenir la main qu'il venait de baiser, regardant dans ses grands yeux marron où son âme se noyait. Sans aucune arrière-pensée ni hésitation, il avait dit : « Que Dieu me vienne en aide, je vous aime. »

Le visage de Trevelyan s'illumina à ce souvenir.

– Elle a ri ! Elle a ri et m'a répliqué : « Dans ce cas, ce serait plutôt à moi d'implorer l'aide de Dieu ! » Elle s'est métamorphosée, là, sous mon nez. J'étais tombé amoureux de la *Dolorosa*, je fus conquis par l'*Allegretta*. J'aurais fait n'importe quoi pour que le chagrin ne revienne jamais dans ses yeux.

Il regarda de nouveau le lit et serra les poings en ajoutant :

– J'aurais fait n'importe quoi pour qu'elle soit à moi.

Elle était catholique et mariée. Elle avait résisté plusieurs mois avant de lui céder. Mais il était habitué à obtenir ce qu'il voulait. Quant à son mari...

Les traits de Trevelyan se durcirent.

– Reinhardt Mayrhofer était un dégénéré. Un coureur de jupons, et pire encore.

Ainsi avait débuté leur liaison.

D'une voix cinglante, Grey s'étonna :

– Mais... c'était avant que vous ne demandiez la main de ma cousine ? !

Trevelyan parut légèrement surpris.

– Oui. Si j'avais eu le moindre espoir de convaincre Maria de quitter Mayrhofer, alors, naturellement, je n'aurais jamais demandé la main d'Olivia. Mais elle ne voulait rien entendre. Elle m'aimait, mais ne pouvait en toute conscience se résoudre à quitter son mari. Cela étant...

Il haussa les épaules.

Cela étant, il n'avait vu aucune contradiction à épouser Olivia, renforçant ainsi sa fortune et établissant les fondations de sa future dynastie avec une épouse à la lignée impeccable... tout en poursuivant sa liaison passionnelle avec Maria Mayrhofer.

– Ne prenez pas cet air réprobateur, John. J'aurais été un bon époux pour Olivia. Je l'aurais rendue heureuse... et satisfaite.

C'était sans doute vrai. Grey connaissait une bonne dizaine de couples dont les maris entretenaient une maîtresse, avec ou sans l'accord tacite de leur épouse. Sa propre mère n'avait-elle pas dit...

– Je subodore que Reinhardt Mayrhofer n'était pas un mari complaisant ?

Trevelyan émit un petit rire cynique.

– Nous étions très discrets. Toutefois, cela lui aurait sans doute peu importé... s'il n'y avait vu une source non négligeable de profits.

– Il a découvert la vérité et entrepris de vous faire chanter ?

– Oh non, ce n'est pas aussi simple.

Maria Mayrhofer avait appris à Trevelyan des détails sur les intérêts et les activités de son mari. Intrigué, il avait cherché à en savoir plus.

– Mayrhofer était un intrigant, et plutôt doué. Il savait évoluer en société et flairer des bribes d'informations qui, en elles-mêmes, ne signifiaient pas grand-chose mais qui, mises bout à bout, pouvaient prendre de l'importance et être soit vendues, soit, si elles présentaient un intérêt militaire, transmises aux Autrichiens.

– Naturellement, il ne vous est pas venu à l'esprit d'en faire part aux autorités ? Il s'agit d'espionnage, après tout.

Trevelyan prit une grande inspiration, humant sa coupe de cognac.

– Je comptais juste l'observer un moment. Pour voir ce qu'il trafiquait exactement, vous comprenez.

– Vous voulez dire, pour voir si vous pouviez en tirer profit vous-même...

Trevelyan pinça les lèvres, puis secoua lentement la tête.

– Vous avez décidément un esprit très soupçonneux, John. On vous l'a déjà dit ?

Sans attendre la réponse, il poursuivit :

– En tout cas, c'est pour cela que quand Hal est venu me trouver pour me faire part de ses soupçons sur le sergent O'Connell, je me suis demandé si je ne pouvais pas faire d'une pierre deux coups, si vous voyez ce que je veux dire.

Hal avait immédiatement accepté son offre de lui prêter Jack Byrd. Trevelyan avait toute confiance en son valet et lui avait ordonné de filer le sergent. Si O'Connell détenait les documents dérobés à Calais, il s'arrangerait ensuite pour que Mayrhofer l'apprenne.

– Il m'a paru intéressant de voir ce qu'il ferait face à une telle découverte. Je veux dire, de voir à qui il s'adresserait.

– Hmm... fit Grey, sceptique.

Il examina son cognac mais n'aperçut aucun dépôt suspect. Il but une petite gorgée prudente et constata qu'il lui réchauffait agréablement le palais, effaçant les odeurs désagréables de mer, de maladie et d'eaux usées. Il se sentit immédiatement revigoré.

Trevelyan avait ôté sa perruque. Ses cheveux lissés contre son crâne étaient d'un châtain quelconque, mais son apparence en était considérablement modifiée. Certains hommes, comme Quarry par exemple, étaient toujours les mêmes quelle que soit la manière dont ils se présentaient, mais pas Trevelyan. Avec sa perruque, c'était un gentleman élégant. Tête nue et en bras de chemise, avec un bandage ensanglanté autour du coude, on aurait dit un boucanier préparant l'abordage de sa prochaine proie, son visage étroit illuminé par la détermination.

– J'ai donc ordonné à Jack Byrd de surveiller O'Connell, comme Hal me l'avait demandé... mais ce bougre de sergent ne faisait rien ! Il vaquait à ses occupations comme si de rien n'était, et le reste du temps, il le passait à boire et à courir la gueuse, avant de rentrer chez cette petite couturière avec laquelle il s'était mis en ménage !

– Hum... fit de nouveau Grey.

Il essaya, vainement, de visualiser Iphigenia Stokes en « petite » quoi que ce soit.

– J'ai donc demandé à Byrd de séduire cette Stokes, pour voir s'il pouvait la convaincre d'inciter son homme à agir. Étonnamment, elle s'est montrée insensible aux avances de Jack.

– Peut-être aimait-elle sincèrement Tim O'Connell ? suggéra Grey.

Cette observation suscita un haussement de sourcils surpris et une moue dubitative. Visiblement, pour Trevelyan, l'amour était l'apanage des classes supérieures.

Il écarta ces considérations farfelues d'un geste de la main et reprit :

– Quoi qu'il en soit, Jack Byrd m'a finalement rapporté un jour qu'O'Connell avait fait la connaissance d'un homme louche dans une taverne. L'homme en question était lui-même sans importance, mais il était connu pour être vaguement lié à des partisans de la France.

– Connu par qui ? Pas par vous, je suppose.

Trevelyan lui lança un bref regard, méfiant mais intéressé.

– Non, pas par moi. Connaîtriez-vous par hasard un certain Bowles ?

– Oui en effet, mais vous, comment diable le connaissez-vous ?

Trevelyan esquissa un petit sourire.

– Le gouvernement et le commerce marchent main dans la main, John. Ce qui affecte l'un concerne l'autre. Depuis quelques années, M. Bowles et moi-même avons un arrangement concernant l'échange d'informations...

Il allait reprendre le fil de son récit, mais Grey eut soudain une illumination.

– Un « arrangement », dites-vous ? Cet arrangement n'aurait-il pas un rapport avec un établissement du nom de Lavender House ?

Trevelyan arqua un sourcil, à la fois surpris et amusé.

– Quelle perspicacité, John ! Dickie Caswell m'avait prévenu que vous étiez beaucoup plus intelligent que vous n'en aviez l'air.

Voyant la mine offensée de Grey, il s'empressa de préciser :

– Non que vous ayez l'air d'un sot, loin de là. Mais Dickie étant plutôt sensible à la beauté masculine, il tend à surestimer les autres qualités de tout homme trop avenant. Toutefois, ce n'est pas pour faire ce genre de distinctions que je l'emploie, après tout. Il me rapporte simplement tout ce qui est susceptible de m'intéresser.

– Fichtre !

Grey sentit les vertiges le reprendre et ferma les yeux un instant. « Tout ce qui est susceptible de m'intéresser... » Le seul fait de se rendre à Lavender House, sans parler de ce qu'on y faisait, était déjà « susceptible de l'intéresser ». Fort de ces informations, M. Bowles, ou ses agents, pouvait exercer des pressions considérables sur les clients de l'établissement, leur faire faire n'importe quoi en les menaçant de tout dévoiler de leurs agissements coupables. Combien d'hommes l'araignée tenait-elle englués dans sa toile de maître chanteur ?

– Ainsi, vous employez Caswell ? demanda-t-il en rouvrant les yeux. C'est vous le propriétaire de Lavender House, n'est-ce pas ?

– Ainsi que du bordel de Meacham Street, confirma Trevelyan, de plus en plus amusé. C'est très pratique dans les affaires. Vous n'avez pas idée de ce que les hommes laissent échapper sous l'emprise du désir ou de la boisson, John.

Grey but une autre petite gorgée de cognac.

– Vraiment ? Ce qui m'étonne, c'est que Caswell m'ait fait des révélations sur vos propres activités. C'est lui qui m'a appris que vous receviez une femme dans la maison.

– Ah oui ? Il ne m'en a rien dit...

Trevelyan parut mécontent. Il fronça les sourcils, puis se mit à rire.

– Bah, comme me disait ma vieille nounou : « Quand on se couche avec les chiens, on se réveille avec des puces ! » Il est vrai que Dickie a tout à gagner à me faire arrêter, emprisonner, ou même pendre. Il a dû penser que le moment était bien choisi. Il s'imagine que Lavender House lui reviendra s'il m'arrive malheur. C'est même probablement cette idée qui l'a maintenu en vie si longtemps !

– Il se l'imagine, mais ce n'est donc pas le cas ?

Trevelyan haussa les épaules, soudain indifférent.

– Peu importe, désormais.

Il se leva et retourna près du lit. Il ne pouvait s'empêcher de la toucher. Ses doigts écartèrent une boucle de cheveux moites étalée sur sa joue et la lissèrent derrière son oreille. Elle bougea dans son sommeil, ses globes remuant sous ses paupières. Trevelyan prit sa main et s'agenouilla pour lui murmurer quelque chose, caressant doucement ses doigts de son pouce.

Scanlon l'observait, lui aussi. L'apothicaire faisait bouillir une potion au-dessus d'une lampe à alcool. Une vapeur amère s'en dégageait, se condensant sur les vitres. Lançant un regard par les fenêtres, Grey constata que les côtes anglaises étaient déjà loin. On ne voyait plus qu'une étroite bande de terre au-dessus des vagues.

Il se leva à son tour et s'approcha de l'apothicaire, sa coupe à la main.

– Et vous, monsieur Scanlon, comment vous êtes-vous trouvé mêlé à cette affaire ?

L'Irlandais lui lança un regard ironique.

– Ah, ce que nous ne ferions pas par amour !

– Je ne vous le fais pas dire. Je suppose que vous faites allusion à la nouvelle Mme Scanlon ?

– À Francine, en effet.

Une lueur chaude s'alluma au fond de ses yeux quand il prononça le prénom de sa femme.

– Nous nous sommes mis ensemble quand son maudit mari l'a quittée. Peu importait que nous ne puissions pas nous marier, même si elle l'aurait préféré. Puis, tout à coup, l'autre enfant de putain est revenu !

Les grandes mains lisses de l'apothicaire se contractèrent.

– Il a attendu que je sois sorti soigner une fièvre, l'ordure. À mon retour, j'ai trouvé ma pauvre Francine étendue sur le sol, baignant dans son sang, son joli minois défiguré.

Il s'interrompit, tremblant de rage.

– Il y avait un homme penché sur elle. J'ai d'abord cru que c'était lui le coupable. Je l'aurais tué, pour sûr, si Francine n'avait pas repris connaissance à ce moment pour me dire entre deux crachats de sang que ce n'était pas lui mais Timothy O'Connell qui l'avait rouée de coups !

L'homme en question était Jack Byrd. Il avait suivi le sergent jusqu'à la boutique de l'apothicaire et, entendant des cris et des bruits de coups, s'était précipité dans l'escalier, surprenant O'Connell et le faisant fuir.

Scanlon se signa.

– Que Dieu le bénisse, il est arrivé juste à temps pour la sauver. Je lui ai dit qu'il pouvait me demander tout ce qu'il voulait et que tout ce que j'avais lui appartenait, mais il n'a accepté aucune récompense.

Grey se tourna vers Trevelyan, qui avait quitté le chevet de sa propre femme et était venu les rejoindre.

– Un garçon bien utile, ce Jack Byrd. Décidément, ce doit être un trait de famille.

Trevelyan acquiesça.

– J'en conviens. C'est bien Tom Byrd que j'ai entendu dans la coursive, tout à l'heure ?

Grey hocha la tête mais se dépêcha de revenir au récit principal :

– Oui. Mais pourquoi diable O'Connell est-il retourné chez sa femme, le savez-vous ?

Trevelyan et l'apothicaire échangèrent un regard, mais ce fut le Cornouaillais qui prit la parole :

– Nous n'en sommes pas sûrs, mais compte tenu de la suite des événements, je suppose qu'il n'y est pas allé pour revoir sa femme mais pour chercher une cachette où placer les documents volés. Vous ai-je dit qu'il avait pris contact avec un espion de second ordre ?

Jack Byrd en avait informé Harry Quarry (et donc M. Bowles), mais, en fidèle serviteur, il l'avait également rapporté à son maître. C'était une habitude de longue date : outre ses fonctions de valet, il avait pour mission de lui transmettre tous les commérages glanés dans les tavernes et, s'ils intéressaient Trevelyan, de creuser pour en savoir un peu plus.

– Donc, vous ne traitez pas uniquement du fer cornouaillais et des épices indiennes, dit Grey sur un ton narquois. Mon frère savait-il que vous faisiez également commerce de renseignements quand il vous a demandé son aide ?

– C'est possible, répondit Trevelyan platement. Il m'est déjà arrivé d'attirer l'attention de Hal sur quelques affaires intéressantes et inversement.

Grey ne fut pas vraiment surpris d'apprendre que les hommes riches considéraient les affaires d'État principalement en termes d'intérêts privés, mais il avait rarement fait face aussi brutalement à cette réalité. Toutefois, il ne pouvait croire que Hal ait quoi que ce soit à faire avec ces chantages. Il refoula cette pensée, revenant avec obstination sur le sujet en cours.

– Donc, O'Connell a fait des propositions à cet intrigant mineur et vous l'avez su. Ensuite ?

– O'Connell n'avait pas clairement spécifié quelles informations il détenait, uniquement que cela valait probablement de l'argent auprès de certains partis.

– Cela correspond bien à ce que soupçonne l'armée, dit Grey. O'Connell n'était pas un espion professionnel. Il a simplement compris l'importance des documents et saisi sa chance au vol, si je puis dire. Peut-être connaissait-il quel-qu'un en France à qui il comptait les vendre, mais le régiment a été rapatrié en Angleterre avant qu'il ait pu contacter son acheteur.

– Possible, convint Trevelyan. Naturellement, je connaissais, moi, la nature de ces documents. Mais il m'a semblé qu'il serait plus intéressant de chercher à savoir qui étaient les partis intéressés plutôt que d'essayer de les récupérer.

– Il ne vous est pas venu à l'esprit de partager cette idée avec Harry Quarry ou un autre officier du régiment? demanda poliment Grey.

Les narines de Trevelyan frémirent.

– Quarry, cet empoté? Non, je suppose que j'aurais pu en parler à Hal, mais il n'était pas là. Il m'a semblé préférable de m'en occuper seul.

Pardi! pensa cyniquement Grey. Peu lui importait que la sécurité de la moitié des troupes anglaises dépende de ces informations. Naturellement, un marchand s'estimait au-dessus de ce genre de considérations!

Toutefois, la suite du propos de Trevelyan allait lui faire comprendre que ce n'était pas qu'une question d'argent ou de stratégie militaire:

– Maria m'avait appris que son mari vendait des renseignements. J'ai pensé utiliser O'Connell et ses documents comme un appât pour attirer Mayrhofer dans une tractation compromettante. Une fois démasqué comme espion...

– Il serait banni ou exécuté, vous laissant le champ libre auprès de sa femme. Je vois...

Trevelyan lui lança un regard piqué mais préféra ne pas relever, poursuivant:

– Si vous voulez. Toutefois, arranger une rencontre entre O'Connell et Mayrhofer ne fut pas une mince affaire. O'Connell était une fripouille prudente. Il avait attendu longtemps avant de chercher un acheteur et se montrait très méfiant dès qu'on tentait de l'aborder.

Agité, Trevelyan se leva de nouveau et retourna auprès du lit.

– J'ai été contraint de rencontrer O'Connell moi-même, me faisant passer pour un intermédiaire. Mais j'y allai déguisé et sous un faux nom, naturellement. Parallèlement, j'étais parvenu à intéresser Mayrhofer dans l'affaire. C'est alors que ce dernier a décidé de se passer de moi, le fourbe, et d'envoyer un de ses propres serviteurs trouver O'Connell.

En entendant citer le nom de Mayrhofer par une autre source, et comprenant que l'homme auquel il parlait agissait sous une identité d'emprunt, le sergent en avait logiquement déduit que Trevelyan *était* Mayrhofer, négociant incognito dans l'espoir d'obtenir un meilleur prix. Après son entretien suivant avec Trevelyan, il le suivit donc en douce et, à force de patience et d'adresse, finit par aboutir à Lavender House.

Après avoir posé quelques questions dans le voisinage, il comprit la nature de l'établissement et en conclut qu'il avait un net avantage sur l'homme qu'il pensait être Mayrhofer. Il pouvait le surprendre sur la scène de ses débauches ignominieuses et exiger de lui ce qu'il voudrait sans nécessairement lui céder quoi que ce soit en échange.

Naturellement, ses plans avaient été quelque peu contrecarrés quand il s'aperçut que personne à Lavender House n'avait jamais entendu parler de Mayrhofer. Décontenancé mais tenace, il avait traîné suffisamment longtemps dans les parages pour voir Trevelyan sortir de la maison, et il l'avait alors suivi jusqu'au bordel de Meacham Street.

– Je n'aurais jamais dû aller directement à Lavender House après mon rendez-vous avec O'Connell, admit Trevelyan avec un haussement d'épaules. Mais l'entrevue avait duré plus longtemps que prévu et j'étais pressé.

Le Cornouaillais ne cessait de regarder la femme allongée. De là où il était, Grey pouvait voir la rougeur fiévreuse qui envahissait ses joues.

– En temps normal, vous seriez allé d'abord au bordel, puis de là à Lavender House, pour ensuite retourner à Meacham Street dans votre déguisement ?

– Oui, c'était ainsi que nous procédions. Personne ne questionne un gentleman qui se rend au bordel, ni une putain qui en sort. On suppose qu'elle a été appelée chez un client. Toutefois, pour des raisons évidentes, Maria refusait de me retrouver là-bas. Inversement, personne ne questionne une dame qui entre à Lavender House, en tout cas pas ceux qui savent de quel genre de maison il s'agit.

– Une solution ingénieuse, convint Grey en cachant à peine son sarcasme. Autre chose : pourquoi portiez-vous toujours une robe en velours vert ? Ou des robes ? Mme Mayrhofer et vous-même utilisiez-vous le même déguisement ?

Trevelyan sourit.

– Oui, en effet. Pour ce qui est du vert, c'est ma couleur préférée.

Au bordel, O'Connell avait de nouveau posé des questions au sujet d'un monsieur portant une robe verte, peut-être appelé Mayrhofer, pour s'entendre répondre par Magda et ses gens qu'il était fou. Naturellement, cela avait laissé le sergent quelque peu désorienté.

– En matière d'espionnage, il manquait singulièrement d'expérience, soupira Trevelyan. Déjà soupçonneux de nature, il se convainquit qu'on projetait de lui jouer un tour perfide...

– Ce qui était le cas, intervint Grey.

Trevelyan lui lança un regard agacé mais poursuivit néanmoins :

– Il dut donc se dire qu'il lui fallait trouver une autre cachette plus sûre pour les documents, ce pour quoi il retourna à Brewster's Alley, là où habitait sa femme.

En découvrant l'épouse abandonnée dans un état de grossesse avancée et vivant avec un autre homme, la jalousie lui était montée à la tête et il l'avait rouée de coups.

Grey se massa le front, fermant les yeux un instant pour empêcher sa tête de tourner.

– Soit, dit-il. Jusqu'ici, l'affaire me paraît relativement claire. Mais il reste deux cadavres à expliquer. Apparemment, Magda vous a informé qu'O'Connell vous avait démasqué. Pourtant, vous affirmez ne pas l'avoir tué ? Pas plus que Mayrhofer ?

– C'est moi qui ai tué mon mari, monsieur.

La voix provenant du lit était douce et rauque, avec un soupçon d'accent étranger, mais les trois hommes sursautèrent en même temps, comme si un coup de trompette avait retenti. Maria Mayrhofer était allongée sur le flanc, ses cheveux retombant sur l'oreiller. Ses yeux étaient immenses, voilés par la fièvre montante mais encore lumineux d'intelligence.

Trevelyan s'agenouilla aussitôt à son chevet, posant sa paume sur sa joue puis sur son front. Sur un ton autoritaire où se mêlait une pointe de supplication, il lança :

– Scanlon !

L'apothicaire le rejoignit, palpant délicatement la malade sous la mâchoire, examinant le blanc de ses yeux. Elle détourna la tête, fermant les paupières.

– Je vais bien pour le moment.

Elle agita la main vers Grey.

– Qui est cet homme ?

Grey se leva maladroitement, le pont se soulevant sous ses pieds, et s'inclina.

– Je suis le major Grey, madame. J'ai été appointé par la Couronne pour enquêter sur une affaire...

Il hésita un instant, ne sachant plus comment expliquer, ni s'il le devait.

– Une affaire qui se trouve empiéter sur les vôtres. Vous ai-je bien entendue déclarer que vous aviez assassiné Herr Mayrhofer ?

– Oui.

Scanlon se retira pour surveiller sa décoction infernale et elle laissa sa tête rouler sur le côté pour regarder Grey. Elle était trop faible pour la soulever et pourtant ses yeux dégageaient une impression de fierté, presque d'insolence. L'espace d'un instant, il comprit ce qui avait tant envoûté le Cornouaillais.

– Maria...

Trevelyan posa une main sur son bras pour la mettre en garde, mais elle n'y prêta pas attention, continuant à fixer Grey.

D'une voix toujours douce mais cette fois claire comme du cristal, elle demanda :

– Qu'est-ce que cela peut faire, maintenant ? Nous sommes en mer. Je sens les vagues qui nous portent. Nous sommes saufs. Ici, c'est ton domaine, n'est-ce pas, Joseph ? La mer est ton royaume, nous sommes donc hors de danger.

Un léger sourire effleura ses lèvres, accentuant le malaise de Grey.

– J'ai envoyé des messages, se sentit-il obligé de préciser. On sait où je suis.

Le sourire s'accentua.

– Bien, ainsi on sait que vous êtes en route vers les Indes. Vous suivra-t-on jusque là-bas, pensez-vous ?

Les Indes. Elle ne l'avait pas invité à se rasseoir, mais il le fit quand même. La faiblesse dans ses genoux était due autant au tangage du navire et aux effets secondaires de son empoisonnement au mercure qu'à la nouvelle de leur destination.

Sa première pensée fut un soulagement en se félicitant d'avoir envoyé le message à Quarry : au moins, je ne serai pas fusillé pour désertion à mon retour, si je parviens à rentrer un jour. Il secoua sa tête pour remettre de l'ordre dans ses idées, puis se redressa, serrant la mâchoire.

Il ne pouvait rien faire, à part s'acquitter de son devoir de son mieux. Pour le reste, il devrait s'en remettre à la providence.

– Quoi qu'il en soit, madame, dit-il fermement, j'ai pour mission de découvrir la vérité sur la mort de Timothy O'Connell et toutes ses implications. Si votre état le permet, je vous saurai gré de me dire ce que vous savez.

– O'Connell ? murmura-t-elle. Je ne connais pas ce nom, cet homme. Joseph ?

– Non, ma chère, il n'a rien à voir avec vous, ni avec nous.

Il lui parlait sur un ton apaisant, une main sur ses cheveux, mais son regard angoissé fouillait son visage. Grey pouvait voir pourquoi. Elle était de plus en plus pâle, comme si une force quelconque aspirait le sang de sa peau.

Tout à coup, des ombres grises apparurent dans les creux de ses os. La courbe sensuelle de sa bouche pâlit et se plissa. Ses yeux aussi semblaient se recroqueviller, devenant ternes et s'enfonçant dans leurs orbites. Trevelyan lui parlait. Grey percevait l'inquiétude dans sa voix, mais ne prêtait plus attention à ses paroles, son attention étant entièrement concentrée sur la malade.

Scanlon s'était approché et disait quelque chose. « Quinine... »

Parcourue par un violent frisson, elle ferma les yeux et blêmit. Sa chair elle-même sembla se flétrir sur ses os et elle s'enfonça dans le matelas, grelottante. Grey avait déjà vu des crises de paludisme, mais, même ainsi, il fut saisi par la soudaineté et la brutalité de l'attaque.

– Madame...

Il tendit une main vers elle, impuissant. Il ne savait pas quoi dire mais ressentait le besoin de faire quelque chose, de lui offrir une forme de réconfort. Elle était si fragile, si vulnérable, déchirée ainsi par la maladie.

– Elle ne peut pas vous parler, dit sèchement Trevelyan. Scanlon !

L'apothicaire avait préparé un petit brasero sur le côté. Il avait déjà saisi une longue pince avec laquelle il cueillit une pierre qu'il avait fait chauffer au milieu des charbons ardents. Il la laissa tomber dans une serviette en lin, replia celle-ci puis, la tenant délicatement, se précipita vers le lit et l'enfouit sous les draps aux pieds de la malade.

Trevelyan prit Grey par le bras et l'attira à l'écart.

– Venez ! M. Scanlon doit s'occuper d'elle. Elle ne peut rien vous dire pour le moment.

C'était flagrant. Pourtant, elle ouvrit péniblement les yeux, les mâchoires crispées par les tremblements qui l'agitaient des pieds à la tête.

– J-j-j-jos-seph !

Il lâcha aussitôt Grey et se précipita vers elle, tombant à genoux.

– Quoi, ma chérie ? Que puis-je faire ?

Elle saisit sa main et la serra de toutes ses forces, luttant contre les frissons qui glaçaient ses os.

– D-d-ites-lui... Si nous m-m-mourons tous les deux... ce ne s-s-s-sera que justice !

« Tous les deux » ? Grey n'eut pas le temps de s'interroger sur le sens de cette phrase. Scanlon revint à la charge avec une coupe fumante et souleva la tête de la malade. Il tint le récipient contre ses lèvres, murmurant des encouragements, l'incitant à boire. Le liquide dégoulinait sur son menton. Elle leva ses longues mains et les referma sur la coupe, se raccrochant à sa chaleur fugitive. La dernière chose qu'il vit avant que Trevelyan le pousse hors de la cabine fut l'émeraude en cabochon pendant à son doigt osseux.

Il suivit Trevelyan à travers les coursives sombres jusque sur le pont supérieur. Le chaos de l'appareillage avait pris fin et la moitié de l'équipage avait disparu. La première fois, Grey avait à peine remarqué le décor. À présent, il voyait les voiles neigeuses gonflées au-dessus de sa tête, le bois briqué, les cuivres polis du navire. Le *Nampara* naviguait toutes voiles dehors, semblant littéralement voler au-dessus des vagues. Il le sentait vibrer sous ses pieds, tel un être vivant, et fut envahi par une euphorie inattendue.

Les eaux grises du port avaient cédé la place au lapis-lazuli du grand large et un vent frais faisait voleter ses cheveux, emportant les odeurs de maladie et de renfermé. Les derniers vestiges de ses propres maux semblaient aussi s'être envolés, mais peut-être uniquement parce qu'ils paraissaient bien inconséquents par rapport aux tourments de la femme qu'ils venaient de quitter.

Il y avait encore de l'activité alentour. Des hommes s'interpellaient, entre le pont et le royaume mystérieux des gréements, mais tout paraissait organisé, presque rassurant. Trevelyan se fraya un chemin jusqu'à la proue, trouva un endroit où ils ne gêneraient pas le travail des marins, et ils restèrent là accoudés au bastingage, laissant le vent les laver, contemplant les derniers vestiges de la côte anglaise s'estompant au loin dans la brume.

Finalement, Grey demanda :

– Vous pensez qu'elle va mourir ?

C'était la question qui hantait le plus son esprit. Il en allait forcément de même pour Trevelyan.

– Non, répliqua-t-il sur un ton sec. Elle ne mourra pas.

Il se pencha au-dessus de la rambarde, regardant d'un air sombre l'eau filer contre la coque.

Grey ne dit plus rien, ferma les yeux. Le reflet scintillant du soleil sur les vagues dessinait des motifs dansants, noirs et rouges sur ses paupières. Il n'avait pas besoin d'insister. Désormais, ils avaient tout leur temps.

Incapable de supporter le silence plus longtemps, Trevelyan dit enfin :

– Son état a empiré. Ce ne devrait pas être le cas. J'ai souvent vu des cas de paludisme. La première crise est généralement la pire. Lorsque l'on traite le malade au quinquina, les attaques suivantes se font moins fréquentes, moins aiguës. Scanlon est d'accord avec moi là-dessus.

– Est-elle malade depuis longtemps ?

Ce n'était pas une maladie qui affectait fréquemment les citadins, mais elle avait pu la contracter lors d'un voyage avec Mayrhofer.

– Deux semaines.

Grey ouvrit les yeux. Trevelyan se tenait droit, ses cheveux courts hérissés en crête par la brise, le menton levé. Ses yeux étaient remplis de larmes, mais ce pouvait être le vent.

– Je n'aurais jamais dû le laisser faire, marmonna-t-il.

Il serrait le bastingage dans un accès futile de rage teintée de désespoir.

– Seigneur, pourquoi l'ai-je laissé faire !

– Qui ? demanda Grey.

– Scanlon, bien sûr !

Trevelyan se détourna un instant, se frottant les yeux avec son poignet, puis tourna le dos à la mer, s'adossant à la rambarde. Il croisa ses bras sur sa poitrine et regarda droit devant lui, absorbé par les visions sinistres qui le hantaient.

– Marchons un peu, proposa Grey. Venez, l'air vous fera du bien.

Trevelyan hésita, puis haussa les épaules et acquiesça. Ils marchèrent en silence un bon moment, faisant le tour du pont supérieur, contournant les marins occupés à leurs tâches.

Avançant d'abord précautionneusement en raison de ses semelles en cuir et du tangage, Grey découvrit bientôt que les mouvements du navire stimulaient ses sens. En outre, les lattes du pont étaient sèches. En dépit de sa situation critique, il sentait son moral remonter en même temps que le sang revenait à ses joues et rafraîchissait ses membres raides. Pour la première fois depuis des jours, il commençait à se sentir vraiment lui-même.

Certes, il était captif d'un navire en route vers les Indes. Autant dire qu'il n'était pas près de rentrer chez lui. Mais il était un soldat, habitué aux longs voyages et aux séparations.

En outre, la perspective de découvrir les Indes, leurs mystères lumineux et leurs légendes sanglantes, était indéniablement excitante. Il pouvait compter sur Quarry pour informer les siens qu'il était probablement toujours en vie.

Que ferait sa famille, au sujet du mariage ? La disparition soudaine de Trevelyan allait provoquer un énorme scandale, encore plus retentissant si l'on apprenait (ce qui ne manquerait pas d'arriver) sa liaison avec Frau Mayrhofer et le meurtre sordide de son mari. Il ne pouvait croire qu'elle l'ait vraiment tué, pas après avoir vu le corps. Même au meilleur de sa forme, une femme ne pouvait pas faire ça… et Maria Mayrhofer était menue, pas plus grande qu'Olivia.

Pauvre Olivia ! Son nom serait brocardé dans tous les journaux de Londres, sous les traits de « la fiancée abandonnée » ; mais au moins sa propre réputation ne serait pas salie. Dieu merci, la vérité avait éclaté avant le mariage et non après. C'était toujours ça.

Trevelyan se serait-il enfui si Grey ne l'avait pas menacé ? Ou serait-il resté, et aurait-il épousé Olivia, continuant à diriger sa société, à tremper dans le vivier politique, à frayer en toute intimité avec les ducs et les ministres, à maintenir une façade de marchand solide tout en entretenant une liaison torride avec la veuve Mayrhofer ?

Grey lança un regard de biais à son compagnon. Le visage du Cornouaillais était toujours sombre, mais son bref accès de désespoir avait disparu, laissant sa mâchoire crispée par la résolution.

À quoi pouvait-il penser ? Fuir comme il l'avait fait, exposant son nom au scandale, aurait des conséquences désastreuses sur ses affaires. Ses compagnies, ses investisseurs, ses clients, les mineurs et les ouvriers, les capitaines et les marins, les clercs et les manutentionnaires de ses entrepôts, même son frère parlementaire, tous en seraient affectés.

Pourtant, il paraissait si sûr de lui. Il marchait comme un homme qui a mis le cap sur un objectif lointain et non comme quelqu'un dont le monde menace de s'écrouler.

Grey reconnaissait la détermination et la force de volonté qui étayait cette façade de marchand solide, mais il avait payé pour apprendre que derrière se trouvait également un esprit vif comme le mercure, capable d'évaluer les situations, d'adapter ses tactiques dans l'instant et de se montrer plus qu'impitoyable dans ses décisions.

Il se rendit compte avec un pincement de cœur que Trevelyan lui rappelait un peu Jamie Fraser. Mais non... Si Fraser était impitoyable et vif, sans doute aussi capable de passion, il était par-dessus tout un homme d'honneur.

Par contraste, cela faisait ressortir le profond égoïsme de Trevelyan. Jamie Fraser n'aurait jamais abandonné ceux qui dépendaient de lui, pas même pour une femme qu'il aimait pourtant – Grey était bien obligé de l'admettre – plus que la vie elle-même. Quant à l'idée de voler l'épouse d'un autre, c'était inconcevable.

Une âme romantique, ou un romancier, estimerait peut-être que l'amour justifiait tout. Pour Grey, un amour qui sacrifiait l'honneur était moins honnête que la luxure pure, et avilissait ceux qui se targuaient de tout lui abandonner.

– Milord !

Il leva les yeux et aperçut les deux Byrd, suspendus aux gréements, comme deux pommes bien mûres. Il leur fit signe de la main, ravi que Tom au moins ait retrouvé son frère. Quelqu'un penserait-il à prévenir leur famille ? Ou allait-on la laisser dans l'ignorance du sort non plus de un mais de *deux* de leurs fils ?

Cette idée déprimante fut suivie par une autre, bien pire. Il avait récupéré les documents mais n'avait aucun moyen de le faire savoir et de prévenir qui de droit que ces informations étaient en sécurité. Le temps qu'ils arrivent à un port d'où il pourrait envoyer une missive, le ministère de la Guerre aurait été obligé d'intervenir.

Et ce serait très certainement en présumant que les renseignements étaient tombés entre les mains ennemies, ce qui nécessiterait des efforts pharaoniques en termes de réajustements stratégiques. Le prix à payer se compterait peut-être autant en vies humaines qu'en argent. Il pressa un coude contre son flanc, sentit craquer le rouleau de papiers qu'il avait glissé dans sa poche, réprima une impulsion soudaine de se jeter par-dessus bord et de tenter de regagner l'Angleterre à la nage. Il avait réussi, et pourtant sa réussite aurait le même effet que s'il avait lamentablement échoué.

Au-delà de la ruine de sa propre carrière, cela pouvait causer des torts considérables à Harry Quarry et au régiment... ainsi qu'à Hal. Avoir abrité un espion dans ses rangs était déjà ennuyeux, ne pas parvenir à l'arrêter à temps le serait bien davantage.

Au bout du compte, il n'aurait que la satisfaction d'entendre enfin la vérité. Il n'en avait appris jusque-là qu'une partie, mais la route était longue jusqu'aux Indes et, avec Trevelyan et Scanlon captifs du navire tout comme lui, il finirait bien par tout savoir.

– Comment avez-vous su que j'étais vérolé ? demanda brusquement Trevelyan.

– J'ai aperçu un chancre sur votre verge au-dessus des pissoirs, un midi au Beefsteak, répondit-il simplement.

À présent, son hésitation et sa gêne premières lui paraissaient dérisoires. D'un autre côté, s'il avait parlé tout de suite, cela aurait-il changé quelque chose ?

Trevelyan émit un petit grognement de surprise.

– Vraiment ? Je ne me souviens pas de vous y avoir vu. Je devais être distrait.

Il l'était certainement, à présent. Il avait ralenti le pas et un marin chargé d'un tonnelet dut faire une embardée pour l'éviter. Grey le rattrapa par la manche et l'entraîna à l'abri derrière le grand mât, où se trouvait un énorme tonneau d'eau douce auquel une tasse en fer-blanc était attachée par une chaînette.

Grey but plusieurs gorgées, goûtant la sensation de fraîcheur dans sa gorge. C'était la première chose qu'il parvenait à apprécier convenablement depuis des jours.

– Ce devait être...

Trevelyan plissa des yeux, calculant.

– ... début juin ? Le 6, peut-être ?

– Plus ou moins, en effet. C'est important ?

Trevelyan haussa les épaules et prit la tasse à son tour.

– Pas vraiment. Mais c'est à cette date que j'ai remarqué le chancre moi-même.

– Cela a dû vous faire un choc.

– Plutôt, oui.

Il but puis laissa retomber la tasse dans le tonneau, poursuivant comme s'il se parlait à lui-même :

– Peut-être aurait-il mieux valu ne rien faire mais... non. Impossible.

Il agita une main comme pour chasser l'idée qui lui était venue.

– Je n'arrivais pas à y croire. J'ai passé le reste de la journée dans un brouillard, puis toute la nuit suivante à essayer de décider ce qu'il convenait de faire. Mais je savais que c'était Mayrhofer, cela ne pouvait venir que de lui.

Relevant les yeux, il surprit le regard de Grey et sourit avec ironie.

– Mais non, pas directement ! Par le biais de Maria. Depuis le début de notre liaison, plus d'un an plus tôt, je n'avais pas connu d'autres femmes. Elle avait dû être contaminée par son scélérat de mari, qui forniquait sans cesse avec des prostituées. Elle était innocente.

Non seulement innocente mais totalement ignorante, par-dessus le marché. Ne voulant pas lui avouer sa découverte d'emblée, il s'était d'abord mis en quête de son médecin.

– Vous ai-je dit qu'elle avait perdu un enfant juste avant notre rencontre ? J'ai fait parler le médecin qui l'avait soigné. Il m'a confirmé que l'enfant était difforme, du fait de la syphilis de sa mère, mais que, naturellement, il n'en avait rien dit.

Les doigts de Trevelyan pianotaient nerveusement sur le couvercle du tonneau.

– Bien que malformé, l'enfant est né vivant. Il est mort dans son berceau, le lendemain de sa naissance. Mayrhofer l'a étouffé, ne voulant pas qu'il encombre sa vie ni que sa femme apprenne la cause de son malheur.

Grey sentit son estomac se nouer.

– Comment le savez-vous ?

Trevelyan passa une main sur son visage las.

– Reinhardt le lui a avoué. J'ai conduit le médecin voir Maria et l'ai obligé à lui répéter tout ce qu'il m'avait dit. J'ai pensé que... si elle savait que Mayrhofer l'avait contaminée et avait tué leur enfant, elle se résoudrait peut-être à le quitter.

C'était un mauvais calcul. Après avoir écouté le médecin dans un silence abasourdi, elle était restée assise sans rien dire un long moment, réfléchissant. Puis elle avait demandé à Trevelyan et au médecin de la laisser. Elle voulait être seule.

Elle était restée seule une semaine. Son mari était en voyage et elle ne vit personne hormis les domestiques qui lui apportaient ses repas, tous renvoyés intacts aux cuisines.

— Elle envisagea de mettre fin à ses jours, dit Trevelyan en fixant le large. Elle pensait qu'il valait mieux en finir proprement que de mourir lentement d'une manière aussi abjecte. Avez-vous déjà vu quelqu'un mourir de la syphilis, John ?

— Oui. À Bedlam.

L'amertume lui remonta dans la bouche. Il se souvenait en particulier d'un homme que la maladie avait privé à la fois de nez et d'équilibre. Il titubait sans cesse comme un ivrogne, s'écrasant malgré lui contre les autres détenus. Il le revit, un pied coincé dans le seau placé dans la cellule pour la nuit, son visage ravagé ruisselant de larmes et de morve. On ne pouvait qu'espérer que la syphilis ait également emporté la raison de ce malheureux, afin qu'il ne se rende pas compte de son état.

Il lança un regard vers Trevelyan et, non sans un certain malaise, imagina ce visage intelligent dévasté et baveux. C'était pourtant ce qui arriverait, tôt ou tard. La seule question était : combien de temps avant que les symptômes n'éclatent au grand jour ?

— Dans une telle situation, moi aussi je penserais sans doute au suicide, déclara-t-il.

Trevelyan croisa son regard et sourit tristement.

– Ah oui ? Nous sommes différents, dans ce cas.

Il n'y avait pas de jugement dans cette observation.

– Cette possibilité ne m'était jamais venue à l'esprit jusqu'à ce que Maria me montre son pistolet, poursuivit-il.

– Vous n'aviez pensé qu'à la manière dont cette maladie pourrait la convaincre de se séparer de son mari ?

– Oui. Cela fut mon objectif, du jour où je la rencontrai, et je n'en ai jamais changé depuis. Quand elle m'a chassé, j'ai essayé de la raisonner, mais elle ne voulait rien entendre, refusant de me recevoir.

Trevelyan s'était alors renseigné sur les remèdes disponibles.

– Jack Byrd était au courant. C'est lui qui m'a informé que Finbar Scanlon semblait compétent dans ce domaine. Il était retourné dans la boutique de l'apothicaire pour s'enquérir de l'état de santé de Mme O'Connell et avait fini par bien connaître Scanlon.

Grey eut une illumination soudaine :

– C'est là que vous avez intercepté le sergent O'Connell, alors qu'il rentrait chez lui ?

Trevelyan connaissait déjà le vol dont O'Connell était soupçonné et avait bien d'autres hommes que Jack Byrd à sa disposition. Il était parfaitement capable d'avoir fait assassiner le sergent et de lui avoir dérobé les documents afin de servir ses propres desseins concernant Mayrhofer. Maintenant qu'il était parvenu à ses fins, il pouvait restituer les papiers, indifférent aux dégâts causés entre-temps !

À cette pensée, il sentit son sang bouillir. Trevelyan, lui, le regardait d'un air surpris.

– Absolument pas. Je n'ai rencontré O'Connell en personne qu'une seule fois. Un homme fort peu sympathique, au demeurant.

– Vous ne l'avez pas assassiné ? demanda Grey sur un ton sceptique.

– Mais non, pour quoi faire ? s'étonna Trevelyan.

Il fronça les sourcils puis, comprenant où Grey voulait en venir, sourit.

– Vous pensez que je l'ai tué pour mettre la main sur les papiers ? Décidément, John, vous avez vraiment une piètre opinion de moi !

– Injustifiée, sans doute ? répliqua Grey, acide.

– Eh bien, peut-être pas, admit-il.

Il se passa une main sous le nez. Il ne s'était pas rasé et de minuscules gouttes d'eau se condensaient sur sa barbe naissante, formant des ombres argentées.

– Mais non, répéta-t-il. Je vous ai déjà dit que je n'ai tué personne et que je n'ai rien à voir avec la mort d'O'Connell. Cette histoire appartient à M. Scanlon et je suis sûr qu'il vous la racontera dès qu'il en aura le temps.

Il lança malgré lui un regard vers la porte qui menait aux quartiers en dessous, puis se détourna.

– Vous souhaitez la rejoindre ? demanda doucement Grey. Allez-y, si vous voulez. Je peux attendre.

Trevelyan secoua la tête.

– Non, je ne peux rien faire pour l'aider. Je ne supporte pas de la voir dans cet état. Scanlon me fera chercher… si on a besoin de moi.

Semblant détecter une accusation tacite dans le silence de Grey, il reprit, comme se défendant :

– Je suis resté auprès d'elle lors de son dernier accès de fièvre. Elle m'a chassé, disant que mon agitation la gênait. Elle préfère être seule... quand elle va mal.

– Oui, je comprends. Comme quand elle a appris la vérité de la bouche du médecin ?

Trevelyan prit une grande inspiration et redressa le buste, comme s'il se préparait à affronter une tâche difficile.

– Oui, comme à cette occasion.

Elle s'était isolée une semaine, même de ses domestiques. Personne ne savait combien de temps elle était restée assise immobile dans son boudoir blanc, le dernier jour. La nuit était tombée depuis longtemps lorsque son mari rentra enfin, passablement éméché mais encore assez cohérent pour comprendre ses accusations. Elle avait aussi exigé de savoir la vérité sur leur enfant.

– Elle m'a dit qu'il avait ri.

Trevelyan parlait sur un ton lointain, comme s'il rapportait une catastrophe commerciale, l'effondrement d'une mine, peut-être, ou le naufrage d'un navire.

– C'est à ce moment qu'il a avoué avoir tué le nouveau-né, déclarant qu'elle devrait lui en être reconnaissante, qu'il lui avait épargné de vivre jour après jour avec la honte de sa difformité.

Maria Mayrhofer, l'épouse qui avait supporté si patiemment pendant des années l'infidélité et les débauches de son mari, sentit alors les liens sacrés se briser. Folle de rage et de chagrin, elle lui avait renvoyé au visage tous les outrages qu'elle avait endurés au cours de leurs années de mariage, le menaçant de dévoiler au grand jour ses liaisons sordides, sa syphilis, le meurtre de leur enfant.

Les menaces avaient considérablement dessoûlé Mayrhofer. Il avait quitté le boudoir de sa femme en chancelant, la laissant tremblante de rage et en pleurs. Elle avait avec elle le pistolet qui ne l'avait pas quittée de toute sa semaine de méditation. Elle avait souvent chassé dans les montagnes près de sa maison, en Autriche, et était habituée aux armes à feu. Il ne lui fallut que quelques secondes pour charger et armer.

Trevelyan gardait le regard fixé sur un groupe de mouettes qui tournoyaient au-dessus de l'océan, en quête de poissons.

– Je ne sais pas au juste ce qu'elle comptait faire, avoua-t-il. Elle m'a dit qu'elle-même l'ignorait. Peut-être voulait-elle se tuer, ou tuer son mari d'abord et elle ensuite.

Toutefois, la porte de son boudoir s'était rouverte et Reinhardt Mayrhofer était réapparu, portant la robe verte qu'elle revêtait pour ses rendez-vous avec Trevelyan. Il la nargua, la défiant de révéler la vérité, menaçant à son tour de lui faire payer, à elle et son précieux amant, un prix plus lourd encore. Que deviendrait l'honorable Joseph Trevelyan, déclara-t-il en titubant sur le seuil de la pièce, quand le monde saurait qu'en plus d'être adultère il était également sodomite ?

– Elle a tiré, conclut Trevelyan avec un léger haussement d'épaules. Une balle en plein cœur. Peut-on le lui reprocher ?

– Comment était-il au courant de vos rendez-vous à Lavender House ? demanda Grey.

Il se demandait avec une certaine inquiétude ce qu'avait pu lui révéler Richard Caswell sur ses propres visites dans l'établissement, des années plus tôt. Trevelyan n'y avait pas fait allusion, or il n'aurait pas manqué de s'en servir si...

Trevelyan secoua la tête en soupirant, ferma les yeux pour se protéger du reflet aveuglant du soleil sur la mer.

– Je n'en sais rien. Comme je vous l'ai dit, Reinhardt Mayrhofer était un intrigant. Il avait ses informateurs et connaissait Magda, originaire d'un village près de ses terres. Je la payais bien, mais il a dû la payer encore plus. Après tout, il ne faut jamais faire confiance à une putain.

Songeant à Nessie, Grey se dit que cela dépendait de la putain mais se garda de donner son avis, déclarant plutôt :

– Toutefois, je ne peux pas croire que Mme Mayrhofer ait réduit le visage de son mari en bouillie. Était-ce vous ?

Trevelyan rouvrit les yeux et acquiesça :

– Moi et Jack Byrd.

Il leva les yeux vers les gréements, mais les Byrd semblaient s'être envolés.

– Jack est un brave garçon, dit-il doucement. Un bien brave garçon.

La détonation avait ramené Maria Mayrhofer à la raison. Elle sortit aussitôt de son boudoir et envoya un domestique chercher Trevelyan. Celui-ci arriva avec son fidèle serviteur et les deux hommes transportèrent le corps, toujours vêtu de la robe verte, dans la remise à voitures, en attendant de décider ce qu'il convenait d'en faire.

– Je ne pouvais pas laisser éclater la vérité, expliqua Trevelyan. Si Maria était jugée, elle encourait la pendaison, même si jamais un meurtre ne fut plus justifié. Quand bien même elle aurait été acquittée, un procès aurait tout révélé au grand jour. *Tout*.

Ce fut Jack Byrd qui eut l'idée du sang. Il s'éclipsa et revint avec un seau de sang de porc frais pris dans la cour d'un boucher. Ils avaient écrasé le visage du mort à coups de pelle, puis mis le cadavre et le seau dans la voiture. Jack avait conduit l'attelage jusqu'à St. James's Park, tout proche. Il était alors minuit passé et les torches qui illuminaient habituellement les allées publiques étaient éteintes depuis longtemps.

Ils avaient attaché les chevaux, transporté le corps dans le parc, l'avaient aspergé de sang, puis étaient remontés en voiture et s'étaient dépêchés de disparaître.

– Nous espérions que l'on penserait qu'il s'agissait du cadavre d'une simple prostituée. Si personne ne l'examinait trop attentivement, on le prendrait pour celui d'une femme. Même si on découvrait son vrai sexe... cela paraîtrait plus étrange, certes, mais les hommes qui laissent libre cours à leurs penchants pervers connaissent souvent une mort violente...

– Certes, murmura Grey, impassible.

Le plan n'était pas mauvais et, en dépit de tout, il était plutôt satisfait de ses bonnes déductions. La mort d'un prostitué anonyme, homme ou femme, ne déclencherait ni scandale ni enquête.

– Mais pourquoi le sang? demanda-t-il. Il suffisait de regarder d'un peu près pour voir qu'il avait été abattu d'une balle.

Trevelyan acquiesça.

– Eh bien, nous avons pensé que le sang masquerait la cause du décès en suggérant que la victime avait été battue à mort, mais surtout il devait empêcher que quelqu'un n'aille déshabiller le corps, révélant ainsi son sexe.

– Je comprends.

Les vêtements encore utilisables d'un cadavre non réclamé auraient été ôtés pour être revendus, par les agents de police qui l'avaient trouvé, par l'employé de la morgue à qui il serait confié, ou, en dernier lieu, par le fossoyeur chargé de l'enterrer dans une fosse commune anonyme. Mais personne, hormis Grey lui-même, n'aurait voulu toucher une robe souillée et puante.

Si la robe verte n'avait pas attiré l'attention de Magruder ou s'ils avaient eu la présence d'esprit de s'en débarrasser dans un autre quartier de la ville, il est fort probable que personne ne se serait donné la peine d'examiner le corps. Il aurait été simplement considéré comme une nouvelle victime des bas-fonds de Londres, et on s'en serait débarrassé comme on se débarrasse de la dépouille d'un chien écrasé sous les roues d'un carrosse.

– Monsieur ?

Il ne l'avait pas entendu approcher et sursauta en voyant Jack Byrd à côté d'eux, le visage grave. Trevelyan n'eut besoin que d'un seul regard vers lui et se dirigea aussitôt vers l'escalier menant aux cabines.

Grey le vit trébucher entre un groupe de marins réparant des voiles.

– L'état de Mme Mayrhofer s'est encore aggravé ? demanda-t-il.

– Je ne sais pas, milord. Je crois plutôt qu'elle va mieux. M. Scanlon est sorti de la cabine et m'a demandé d'aller chercher monsieur Joseph... Il m'a aussi dit que si vous voulez lui parler, il sera dans le carré de l'équipage pendant un petit moment.

Grey lui lança un regard et reconnut soudain quelque chose dans le visage du jeune homme. Sa ressemblance avec Tom était frappante, mais il s'agissait de tout autre chose. Jack Byrd suivait encore des yeux son maître, qui atteignait l'écoutille. Il ne se savait pas observé et il y avait une lueur dans son regard que le système nerveux de Grey capta bien avant que son esprit ne l'ait déchiffré.

Cela ne dura qu'un instant. Puis le visage de Jack Byrd redevint une version plus mince et plus mûre de celui de son petit frère tandis qu'il se tournait vers Grey.

– Voulez-vous que je vous envoie Tom, milord ?

– Non, pas pour le moment. Je vais aller parler avec M. Scanlon. Dites à Tom que je l'enverrai chercher si j'ai besoin de lui.

– Bien, milord.

Jack Byrd s'inclina d'un air grave, un geste d'une grâce qui contrastait avec son sarrau de marin, puis s'éloigna.

Grey descendit dans les entrailles du navire en quête du carré de l'équipage, remarquant à peine l'environnement. Son esprit était accaparé par les implications induites par la conclusion à laquelle son intuition l'avait conduit.

« Jack Byrd était au courant, avait dit Trevelyan en faisant allusion à sa maladie. C'est lui qui m'a informé que Finbar Scanlon semblait compétent dans ce domaine. »

Maria Mayrhofer avait dit que son mari avait proféré des menaces à l'encontre de Trevelyan, lui demandant à elle ce qui arriverait « quand le monde saurait qu'en plus d'être adultère il était également sodomite ».

Pas si vite, se reprit Grey. Il était probable que Mayrhofer faisait simplement allusion par là aux liens entre Trevelyan et Lavender House. En outre, il n'y avait rien d'extraordinaire à ce qu'un serviteur dévoué soit au courant des problèmes intimes de son employeur. Il frissonna à l'idée de ce que Tom pouvait déjà avoir appris sur lui.

Non, il était bien obligé de conclure qu'il n'y avait rien là d'incriminant. Encore moins tangible, mais peut-être plus fiable, il y avait aussi sa propre impression sur Joseph Trevelyan. Il ne se croyait pas infaillible, loin de là (il n'aurait jamais imaginé qu'Egbert Jones se faisait appeler Mamzelle la Trique s'il ne l'avait vu de ses propres yeux), et pourtant il était certain que Trevelyan n'était pas porté sur les hommes.

Mettant un instant sa fierté de côté, il dut admettre en toute logique qu'il était arrivé à cette conclusion en grande partie en raison de l'absence de réaction de Trevelyan à sa personne. D'un autre côté, même si les hommes comme lui vivaient dans le secret, il y avait des signes et il était plutôt doué pour les lire.

Il n'y avait peut-être rien du côté de Trevelyan... en dehors d'une sincère appréciation des qualités d'un bon serviteur. Mais il était prêt à parier une dame-jeanne du meilleur cognac que la dévotion de Jack Byrd dépassait largement le simple goût du travail bien fait. Sur ces considérations, titubant comme un chimpanzé dans les coursives, il s'élança à la recherche de Finbar Scanlon et des derniers éléments du casse-tête.

Enfin, la vérité.

– C'est que, voyez-vous, nous autres les Scanlon, nous sommes des soldats, dit l'apothicaire en leur servant des bières. C'est une tradition dans la famille. Depuis une bonne cinquantaine d'années au moins, tous les mâles vont à l'armée, à moins d'être nés infirmes ou franchement inaptes.

– Vous ne me semblez pas particulièrement handicapé, observa Grey.

De fait, Scanlon était un bel homme solidement charpenté.

– Oh, j'ai fait mon temps, moi aussi, lui assura-t-il, une étincelle au fond des yeux. J'ai combattu en France, puis j'ai eu la chance d'être pris comme assistant par le chirurgien du régiment pour remplacer le sien tué lors d'un combat.

Scanlon s'était découvert une aptitude mais aussi un goût pour son nouveau travail et avait appris en quelques mois tout ce que le chirurgien pouvait lui apprendre.

– Puis nous sommes tombés sur l'artillerie ennemie près de Rouen, dit-il sur un ton résigné. Nous avons essuyé la mitraille.

Il se pencha en arrière sur son tabouret et, sortant sa chemise de ses culottes, la souleva pour montrer à Grey un dense réseau de cicatrices encore rosées s'étalant sur son ventre musclé.

– J'ai été traversé de part en part, me laissant avec les tripes se déversant à l'air libre. Par miracle, ou grâce à une intervention divine de la sainte Vierge, le chirurgien se trouvait à côté de moi. Il a saisi mes viscères d'une main et me les a renfoncées dans le ventre, puis il m'a saucissonné avec des bandages et du miel.

Scanlon avait survécu mais avait tout naturellement été libéré de l'armée. Cherchant un autre moyen de gagner sa vie sans sacrifier son intérêt pour la médecine, il était entré en apprentissage chez un apothicaire.

Il but une longue gorgée de bière avant de reprendre :

– Mais j'ai encore un bon nombre de frères et de cousins dans l'armée. Et aucun d'entre nous n'apprécie la compagnie d'un traître.

Après l'agression dont Francine avait été la victime, Jack Byrd leur avait expliqué que le sergent était probablement un espion, qui plus est en possession de documents précieux. En outre, en partant, O'Connell avait lancé à sa femme qu'il reviendrait pour finir ce qu'il avait commencé.

– Jack nous avait dit qu'O'Connell vivait avec une autre femme, si bien que je ne comprenais pas pourquoi il serait revenu uniquement pour tuer Francine. J'en ai déduit qu'il comptait prendre quelque chose qu'il avait laissé sur place, ou laisser là quelque chose qu'il voulait cacher...

Il s'était donc mis à fouiller les chambres de Francine et sa boutique au rez-de-chaussée.

Scanlon esquissa un petit sourire.

– Je les ai trouvés dans un des phallus creux qui servent à présenter les condoms que vous regardiez, la première fois que vous êtes venu dans la boutique. J'ai bien compris de quoi il s'agissait et, même si j'en étais venu à beaucoup apprécier le jeune Jack, j'ai jugé préférable de les garder jusqu'à ce que j'aie trouvé une autorité compétente à qui les remettre. C'est-à-dire vous, monsieur.

– Sauf que vous ne l'avez pas fait.

L'apothicaire s'étira, ses longs bras effleurant presque le plafond bas, puis il se redressa confortablement sur son tabouret.

– Non, en effet. D'une part, je ne vous avais pas encore rencontré, puis, comme on dit, les événements se sont enchaînés. Il fallait avant tout que j'empêche Timothy O'Connell de commettre d'autres méfaits. Il avait dit qu'il reviendrait, et à défaut d'autre chose, c'était un homme de parole.

Scanlon avait rapidement rameuté des amis et des relations, tous soldats ou ex-soldats.

– Je suis sûr que vous ne m'en tiendrez pas rigueur si je tais leurs noms, votre honneur, précisa Scanlon avec une légère courbette ironique.

Ils s'étaient embusqués chez l'apothicaire, à l'étage, dans les quartiers de Francine et dans le grand placard où Scanlon conservait ses stocks.

Effectivement, O'Connell était revenu le soir même, peu après la tombée de la nuit.

– Il avait une clef. Il a ouvert la porte, s'est glissé dans la boutique sans faire de bruit, est allé droit vers les présentoirs, a saisi le phallus et l'a trouvé vide.

Pivotant alors sur les talons, le sergent avait découvert Scanlon derrière son comptoir, qui l'observait avec un sourire sardonique aux lèvres.

– Il est devenu violet comme une betterave. Ses yeux se sont plissés comme ceux d'un chat. Il a craché : « Fils de putain ! Où sont-ils ? »

Les poings serrés, O'Connell avait bondi sur Scanlon, pour se retrouver assailli par une horde d'Irlandais dévalant l'escalier, jaillissant du placard, sautant par-dessus le comptoir.

Les traits de l'apothicaire se durcirent.

– On lui a fait tâter un peu de ce qu'il avait fait à la pauvre Francine. On a pris tout notre temps...

Grey se souvint que les voisins, d'un côté comme de l'autre de la maison, avaient juré n'avoir rien entendu cette nuit-là. Manifestement, Tim O'Connell n'avait pas été très populaire dans le quartier.

Une fois O'Connell mort, Scanlon ne pouvait se permettre qu'il soit découvert dans sa boutique. Le corps était resté caché derrière le comptoir jusqu'aux petites heures du matin, moment où les rues étaient enfin complètement désertes. Enveloppant le cadavre dans une bâche, les hommes l'avaient emporté dans le dédale de ruelles obscures et l'avaient balancé dans Puddle Dock, « comme l'ordure qu'il était, monsieur ». Ils avaient auparavant pris soin de lui ôter son uniforme, dont il était indigne puisque c'était un traître. En outre, il pouvait rapporter quelques sous.

Jack Byrd était revenu le lendemain, accompagné de son employeur, M. Trevelyan.

– L'honorable M. Trevelyan portait sur lui une lettre de lord Melton, le colonel de votre régiment, monsieur... je crois qu'il a dit qu'il s'agissait de votre frère... lui demandant son aide pour découvrir ce que tramait O'Connell. Il m'a expliqué que lord Melton était en voyage mais que lui-même était au courant de tout, ce qui était évident. Il m'a donc paru raisonnable de lui confier les documents afin qu'il les remette aux autorités compétentes.

– Vous aussi, il vous a berné ? dit Grey. Vous me direz, il en a dupé de plus aguerris que vous...

– Vous y compris, monsieur ?

Scanlon haussa les sourcils et sourit, dévoilant une rangée de belles dents saines.

– Je songeais plutôt à mon frère, fit Grey avec une grimace.

Il leva son verre vers l'apothicaire.

– Mais vous avez raison, moi aussi, et comment !

– Mais il vous a bien restitué les papiers, n'est-ce pas ? s'inquiéta soudain Scanlon.

– Oui, en effet.

Grey toucha sa poche où se trouvait le rouleau.

– Mais ces documents faisant actuellement route vers les Indes, il n'y a aucun moyen d'en informer les autorités compétentes. C'est donc comme s'ils n'avaient jamais été retrouvés.

Une lueur d'incertitude commençait à luire dans le regard de Scanlon.

– Il vaut mieux qu'ils n'aient jamais été retrouvés plutôt qu'ils soient entre les mains des Français, non ?

– Eh bien, pas exactement, en fait.

Grey lui expliqua brièvement la situation. Scanlon écouta en fronçant les sourcils et en dessinant des motifs abstraits dans une flaque de bière à même la table.

– Je vois, dit-il enfin. Peut-être... devrais-je lui parler.

– Vous croyez vraiment qu'il vous écoutera ?

Le ton de Grey trahit autant son incrédulité que sa curiosité, mais Finbar Scanlon se contenta de sourire et s'étira de nouveau, faisant saillir les muscles de ses avant-bras.

– Oui, je le pense. M. Trevelyan a eu la bonté de me dire qu'il était mon obligé... et je le crois.

– Parce que vous êtes venu soigner sa femme ? En effet, il a de quoi être reconnaissant.

L'apothicaire secoua la tête.

– Peut-être, mais ce dernier point relève davantage d'une transaction commerciale. Nous sommes convenus qu'il s'assurera que Francine sera conduite en sécurité en Irlande, avec assez d'argent pour subvenir à ses besoins et à ceux du bébé jusqu'à mon retour, en plus de la rétribution de mes soins. En outre, si mes services venaient à ne plus être utiles, on me débarquera dans le port le plus proche, avec de quoi payer mon rapatriement en Irlande.

– Ah oui ? Mais alors de quoi...

– Je voulais parler du remède, monsieur.

Grey lui lança un regard perplexe.

– Un remède ? Pour la syphilis ?

– Oui, monsieur. Le paludisme.

– Attendez... de quoi parlez-vous, Scanlon ?

L'apothicaire saisit son verre et but une longue gorgée de bière. Puis il le reposa avec un soupir de contentement.

– C'est un traitement que m'a appris le chirurgien, l'homme qui m'a sauvé la vie. Il me l'a confié alors que j'étais alité, et j'ai pu le vérifier plusieurs fois par la suite dans l'armée.

– Mais vérifier quoi ?

– Un syphilitique qui contracte le paludisme et survit à ses fièvres peut être guéri.

Scanlon leva son verre, sûr de lui.

– Cela marche, monsieur, croyez-moi. La fièvre tierce revient ensuite de temps en temps, mais pas la syphilis. La fièvre consume la vérole dans le sang, voyez-vous ?

– Seigneur ! dit Grey, comprenant enfin. Vous le lui avez donné ! Vous avez transmis le paludisme à cette malheureuse !

– Oui, et j'ai fait de même à M. Trevelyan, ce matin même, avec du sang prélevé sur un marin agonisant, près des docks de la Compagnie des Indes orientales. M. Trevelyan a trouvé approprié que sa délivrance vienne de l'un de ses propres hommes...

– Cela ne m'étonne pas de lui ! lâcha Grey, cinglant.

En voyant la chair scarifiée du bras de Trevelyan un peu plus tôt, il avait pensé que Scanlon l'avait simplement saigné pour renforcer ses défenses. Il n'aurait jamais imaginé...

– Cela passe donc par le sang ? demanda-t-il. Je croyais que la fièvre se transmettait par inhalation d'un air infecté...

– Cela peut être le cas, convint l'apothicaire, mais le secret du remède se trouve dans le sang. Le principe que le chirurgien avait découvert et qu'il m'a transmis se trouve dans l'inoculum. Même s'il est vrai qu'il faut parfois plusieurs inoculations avant que l'infection prenne. Avec Mme Maria, j'ai eu de la chance, au bout d'une semaine elle a commencé à se consumer comme il faut. J'espère obtenir le même effet avec M. Trevelyan, mais il n'a pas voulu commencer le traitement avant de s'assurer qu'ils étaient hors de danger en mer.

– Je vois.

Trevelyan n'avait pas choisi de s'enfuir avec Maria pour mourir avec elle mais dans l'espoir de surmonter la malédiction qui les affligeait.

Une lueur de triomphe modeste brilla dans les yeux de Scanlon.

– Vous comprenez maintenant, monsieur, pourquoi je pense que M. Trevelyan sera enclin à m'écouter ?

– Oui. L'armée et moi-même vous serons reconnaissants, Scanlon, si vous trouvez le moyen de transmettre rapidement notre information à Londres.

Il repoussa son tabouret mais marqua une brève pause, le temps de décocher la flèche du Parthe :

– Cela dit, je crois que vous ne devriez pas trop tarder à lui parler. Sa gratitude risque de se ternir considérablement si Frau Mayrhofer venait à mourir des suites de votre merveilleux traitement.

Chapitre 18
Les dés sont entre les doigts de Dieu

Huit jours passèrent. Si Maria Mayrhofer était toujours en vie, Grey pouvait voir les ombres sous les yeux de Trevelyan et savait à quel point il redoutait le retour de la fièvre. Elle avait survécu à deux nouvelles crises, mais Jack Byrd avait raconté à Tom, qui le lui avait répété naturellement, qu'il s'en était fallu de peu.

– Jack dit qu'elle n'est plus qu'un fantôme jaunâtre, lui rapporta Tom. M. Scanlon est inquiet, mais il ne veut pas le montrer. Il continue à dire qu'elle va s'en sortir.

– Nous l'espérons tous, Tom.

Il n'avait pas revu Frau Mayrhofer, mais le peu qu'il avait aperçu d'elle, le premier jour à bord du navire, l'avait durablement impressionné. Il voyait les femmes différemment de la plupart des autres hommes. Il appréciait leurs visages, leurs seins, leurs fesses d'une manière plus esthétique que concupiscente et ne se laissait donc pas aveugler au point de ne pas percevoir les personnalités qui se trouvaient derrière. Maria Mayrhofer l'avait frappé comme étant une femme suffisamment forte pour surmonter la mort elle-même... à condition qu'elle le veuille vraiment.

Était-ce le cas ? Elle devait se sentir écartelée entre deux forces contradictoires : la force de son amour pour Trevelyan la poussant vers la vie, les ombres de son mari et de son enfant assassinés l'attirant vers la mort. Peut-être avait-elle accepté l'inoculum de Scanlon comme un jeu de hasard, confiant les dés à Dieu. Si elle survivait au paludisme, elle serait libérée, non seulement de la maladie mais de sa vie d'avant. Sinon... elle serait libérée de la vie tout court, une fois pour toutes.

Grey se balançait dans le hamac qu'on lui avait attribué dans le quartier de l'équipage. Tom, assis en tailleur sur le plancher, à ses pieds, reprisait un bas.

– M. Trevelyan passe-t-il beaucoup de temps avec elle ?

– Oh oui, milord ! Jack dit qu'il refuse de sortir pendant ses soins et quitte rarement son chevet.

– Ah.

Plissant des yeux concentrés sur son ouvrage, Tom ajouta :

– Jack aussi est inquiet. Mais je ne sais pas si c'est monsieur ou madame qui le préoccupe autant.

– Ah.

Grey se demanda ce que Jack avait dit à son frère et si celui-ci se doutait de quelque chose.

– Vous feriez mieux d'oublier vos bottes, milord, et d'aller pieds nus comme les marins. Regardez-moi ça ! Il est gros comme une maison !

Il glissa deux doigts dans le trou du bas en guise d'illustration, levant des yeux réprobateurs vers Grey.

– Et puis, vous allez finir par vous briser le cou si vous glissez encore sur le pont.

– Vous avez probablement raison, Tom.

Grey se poussa du bout du gros orteil contre la cloison pour balancer son hamac. Deux cabrioles sur le pont mouillé l'avaient conduit à la même conclusion. Après tout, qu'avait-il besoin de bottes et de bas ?

Un cri retentit sur le pont au-dessus d'eux, transperçant les épaisses cloisons de bois. Tom laissa tomber son aiguille, levant le nez. Pour Grey, la plupart des cris provenant des gréements étaient inintelligibles, mais, cette fois, le message était clair comme du cristal :

– Voile à bâbord !

Il s'élança hors du hamac et courut vers l'échelle, talonné par Tom.

Un groupe d'hommes s'était agglutiné contre le bastingage, regardant vers le nord, et des télescopes pointaient devant les yeux de plusieurs des officiers comme les antennes d'une horde d'insectes affamés. Pour sa part, Grey ne distinguait qu'une petite tache blanche sur la ligne d'horizon, aussi insignifiante qu'un fragment de papier mais indéniable.

Il ne put empêcher un sentiment d'excitation de l'envahir.

– Sacrebleu ! Il se dirige vers l'Angleterre ?

L'officier à ses côtés abaissa son télescope et le replia d'un coup sec.

– Difficile à dire, monsieur. Mais il vogue vers l'Europe, c'est certain.

Grey recula d'un pas, cherchant Trevelyan dans le groupe de curieux. Il n'y était apparemment pas mais Scanlon, si. Il croisa son regard et l'apothicaire hocha la tête.

– J'y vais de ce pas, monsieur.

Avec un temps de retard, il se dit qu'il devrait peut-être y aller lui aussi, afin d'appuyer les arguments de Scanlon, tant auprès de Trevelyan que du capitaine. Il avait du mal à s'arracher au pont supérieur, craignant que la petite voile ne disparaisse s'il la quittait des yeux, ne serait-ce qu'un instant, mais l'espoir soudain de la délivrance était trop fort. Il plaqua une main sur sa poche, mais, naturellement, il ne portait pas sa veste. Son ordre de mission était en bas.

Il fila vers l'écoutille et avait descendu la moitié de l'échelle quand il cogna son pied nu contre la cloison. Il partit en arrière, chercha une prise, la trouva, mais sa main moite ripa sur l'échelon poli et il dégringola sur le pont inférieur, deux mètres et demi plus bas. Son crâne rencontra une surface dure et les ténèbres l'engloutirent.

Il se réveilla lentement, se demandant un instant s'il n'avait pas été un peu hâtivement mis en bière. Une lueur vague et vacillante, comme celle d'une bougie, l'entourait, et il y avait un mur en bois à quelques centimètres de son nez. Puis il remua, se retourna sur le dos et comprit qu'il était allongé sur une minuscule couchette suspendue contre un mur, un peu comme ces boîtes dans lesquelles on range les couteaux de cuisine, juste assez longue pour qu'il puisse y tenir couché.

Un grand prisme était enchâssé dans le plafond au-dessus de lui, laissant filtrer la lumière du pont supérieur. Une fois ses yeux accoutumés, il distingua une série d'étagères au-dessus d'un tout petit secrétaire et, d'après leur contenu, en déduisit qu'il se trouvait dans la cabine du commissaire de bord. Puis il se tourna sur sa gauche et découvrit qu'il n'était pas seul.

Jack Byrd était assis sur un tabouret près de sa couchette, les bras confortablement croisés, adossé au mur. En constatant que Grey avait ouvert les yeux, il les décroisa et se redressa.

— Vous vous sentez bien, milord ?

— Oui, répondit machinalement Grey.

Ce ne fut qu'ensuite qu'il lui vint à l'esprit de vérifier.

Heureusement, c'était le cas. Il avait une bosse sensible derrière l'oreille, et quelques bleus de-ci de-là, mais rien de bien méchant.

— Tant mieux. Le médecin de bord et M. Scanlon ont tous les deux déclaré que vous n'aviez rien, mais Tom ne voulait pas que vous restiez seul, au cas où.

— Alors c'est vous qui faites le garde-malade ? Il ne fallait pas, mais je vous en remercie.

Grey s'étira et sentit un poids chaud et doux contre son flanc. Le chat du commissaire de bord, un petit tigré, était lové en virgule contre lui, ronronnant doucement.

Jack Byrd sourit.

— En fait, vous aviez déjà de la compagnie, dit-il indiquant le chat. Tom tenait absolument à rester auprès de vous. Je crois qu'il craignait que quelqu'un ne vienne vous poignarder pendant la nuit. C'est qu'il est méfiant, notre petit Tom...

— Il a peut-être de bonnes raisons de l'être, répliqua Grey. Où est-il, à présent ?

— Il dort. L'aube vient juste de se lever. Je l'ai envoyé s'allonger quelques heures. J'ai dit que je veillerais sur vous à sa place.

— Merci.

Remuant précautionneusement dans l'espace exigu, il se redressa sur les coudes.

– C'est une impression, où nous sommes immobiles ? demanda-t-il.

Il comprit soudain que c'était précisément l'absence de mouvement qui l'avait réveillé. Le navire ballottait doucement sur les vagues qui clapotaient contre la coque, mais l'élan vers l'avant avait cessé.

– Non, milord. Nous nous sommes arrêtés pour laisser l'autre navire nous rejoindre.

– Le navire... La voile ! De quel genre de navire s'agit-il ?

Il se redressa trop brusquement et manqua de s'assommer de nouveau contre le toit de la couchette.

– Le *Scorpion,* répondit Jack. Un navire marchand.

– Marchand ? Dieu soit loué ! Quelle est sa destination ?

Le chat, dérangé par ses mouvements, se déroula avec un miaulement de protestation.

– Je ne sais pas. Il n'est pas encore à portée de voix. Le capitaine n'est pas ravi de ce retard, mais ce sont les ordres de M. Trevelyan.

– Vraiment ?

Grey lui lança un regard interrogateur, mais le visage lisse du jeune homme ne montra aucune réaction. C'étaient peut-être les ordres de Trevelyan qui les avaient incités à entrer en contact avec l'autre navire, mais il était prêt à parier une année de gages que la véritable injonction émanait de Finbar Scanlon.

Il poussa un long soupir, osant à peine espérer. Le *Scorpion* n'allait peut-être pas en Angleterre. Il pouvait même les avoir simplement dépassés, étant lui aussi parti des côtes anglaises, en route vers n'importe où. Mais s'il allait vers la France ou l'Espagne, vers un lieu à quelques journées de distance de l'Angleterre... d'une manière ou d'une autre, il pourrait peut-être, si Dieu le voulait bien, regagner Londres à temps !

Il fut pris d'une impulsion soudaine de bondir hors du lit et d'enfiler ses vêtements (quelqu'un, probablement Tom, l'avait déshabillé et laissé en chemise). Toutefois, il faudrait encore du temps avant que les deux navires aient accompli leurs manœuvres et puissent se mettre bord à bord. Jack Byrd ne faisait pas mine de vouloir se lever. Il restait assis, l'observant d'un air songeur.

Grey comprit soudain pourquoi et se réinstalla confortablement, prenant le chat et le déposant sur ses genoux, où il se lova rapidement de nouveau.

– Si le navire va dans la bonne direction, je monterai à son bord, naturellement, et rentrerai en Angleterre, commença-t-il prudemment. Votre frère Tom... vous pensez qu'il voudra m'accompagner ?

Byrd se redressa sur son tabouret.

– Oh, j'en suis sûr, milord. Il vaut mieux qu'il rentre en Angleterre pour que mon père et le reste de la famille sachent qu'il va bien... et moi aussi. Je suppose qu'ils doivent être un peu inquiets.

– Oui, certainement.

Il y eut un silence gêné. Jack Byrd ne semblait toujours pas disposé à se lever. Grey le fixa à son tour, puis demanda enfin :

– Souhaitez-vous rentrer en Angleterre avec votre frère, ou continuerez-vous jusqu'aux Indes, au service de M. Trevelyan ?

– C'est la question que je me pose, milord, depuis que ce navire s'est approché suffisamment près pour que M. Hudson puisse nous dire ce que c'était.

Il se gratta sous le menton d'un air méditatif.

– Je suis au service de M. Trevelyan depuis longtemps, voyez-vous. Depuis mes douze ans. Je suis… attaché à lui.

Il lança un bref regard vers Grey, puis s'interrompit, semblant attendre quelque chose.

Il avait donc vu juste. Il avait lu cette expression fugitive sur le visage de Jack Byrd, et Jack Byrd l'avait vu le regarder. Il arqua un sourcil et vit les épaules du jeune homme se détendre un peu.

– Eh bien… alors…

Jack Byrd fit une moue incertaine et laissa ses mains retomber sur ses genoux.

– Alors… répéta Grey.

Il se frotta à son tour le menton et sentit les poils drus de sa barbe. Tom aurait peut-être le temps de le raser avant l'arrivée du *Scorpion*.

– Vous en avez parlé avec Tom ? Il espère sûrement que vous rentrerez avec lui.

Jack Byrd se mordit la lèvre.

– Je le sais.

On entendait des cris au-dessus, de longs appels, comme quelqu'un hurlant dans un conduit de cheminée. Le *Nampara* devait essayer de communiquer avec quelqu'un à bord du *Scorpion*. Où était son uniforme ? Ah, là ! Soigneusement brossé et suspendu à un crochet contre la porte. Tom Byrd accepterait-il de le suivre quand son régiment recevrait son nouveau poste ? Il ne pouvait que l'espérer.

En attendant, il fallait régler la question de son grand frère.

Il le regarda droit dans les yeux, s'assurant qu'il n'y aurait aucune ambiguïté sur le sens de ce qu'il allait proposer.

362

– Je peux vous offrir une position... en tant que valet de pied dans la maison de ma mère. Vous ne seriez donc pas sans emploi.

Jack Byrd hocha la tête, pinçant les lèvres.

– C'est très aimable à vous, milord. M. Trevelyan a pris des dispositions pour moi. Si je rentre, je ne mourrai pas de faim. Mais je ne vois pas comment je pourrais le quitter.

Il y avait assez de doute dans son ton pour que Grey se redresse en position assise et s'adosse au mur, réfléchissant convenablement à la question.

Jack Byrd cherchait-il une justification pour rester ou une excuse pour partir ?

– C'est que... voyez-vous... je suis avec lui depuis si longtemps.

Byrd tendit la main et gratta le chat entre les deux oreilles, plus pour éviter le regard de Grey que par affection pour les petits félidés.

– Il a toujours été bon avec moi.

Bon jusqu'où ? se demanda Grey. Désormais, il ne doutait plus des sentiments de Jack, ni de ceux de Trevelyan, d'ailleurs. S'il s'était un jour passé quelque chose d'intime entre le Cornouaillais et son serviteur, ce dont il doutait, il était flagrant que, désormais, toutes les émotions de Trevelyan étaient concentrées sur la femme alitée dans sa cabine, inerte et jaune entre deux accès de fièvre.

– Il ne mérite pas une telle loyauté, vous en êtes conscient ?

Grey laissa sa phrase en suspens, quelque part entre l'affirmation et la question.

– Et vous, milord, vous la méritez ?

Il avait répondu sans sarcasme, ses yeux noisette le dévisageant gravement.

– Si vous vous inquiétez pour votre frère, je peux vous assurer que son service m'est plus précieux que je ne saurais le dire. J'espère sincèrement qu'il s'en rend compte.

Jack Byrd esquissa un léger sourire, baissant les yeux vers ses mains sur ses genoux.

– Oh, je crois que oui.

Ils restèrent silencieux un moment, la tension entre eux retombant progressivement, les ronronnements du chat semblant contribuer à la dissoudre. Les cris au-dessus avaient cessé.

– Elle peut encore mourir, dit Jack Byrd. Ce n'est pas que je le souhaite, absolument pas. Mais c'est une possibilité.

Il parlait d'un air songeur, sans une note d'espoir dans la voix, et Grey sut qu'il était sincère quand il disait ne pas le souhaiter.

– C'est effectivement possible, convint-il. Elle est très malade. Mais vous pensez que si cela devait arriver...

– Il aura besoin de quelqu'un pour veiller sur lui, répondit rapidement Byrd. C'est tout. Je ne voudrais pas qu'il se retrouve tout seul.

Grey se garda de répondre que Trevelyan aurait probablement du mal à trouver un moment de solitude sur un navire comptant près de deux cents marins. Les bruits sourds révélaient que les allées et venues sur le pont, si elles n'avaient pas cessé, avaient changé de rythme. Le navire ne fendait plus les eaux, mais n'était pas tranquille pour autant. Il sentait la traction du vent et du courant sur la coque. Caressant le chat, il les imagina soudain comme les mains de l'océan sur la peau du bateau et se demanda s'il aurait aimé être marin.

– Il prétend qu'il ne pourra pas vivre sans elle, dit-il enfin. Je ne sais pas s'il le pense vraiment.

Byrd ferma brièvement les yeux, ses longs cils projetant des ombres sur ses joues.

– Oh ! bien sûr, il le pense, poursuivit-il. Mais je ne crois pas qu'il le ferait.

Il sourit légèrement.

– Je ne dis pas qu'il est hypocrite. Il ne l'est pas, pas plus qu'un homme est juste de nature. Mais il…

Il s'interrompit, avançant sa lèvre inférieure tout en réfléchissant à ce qu'il voulait dire.

– Il est tellement vivant ! Il n'est pas du genre qui se tue. Vous comprenez ce que je veux dire, milord ?

– Oui, je crois.

Le chat, se lassant enfin de ses attentions, cessa de ronronner et s'étira, fléchissant ses griffes confortablement dans et hors du dessus-de-lit par-dessus la cuisse de Grey. Celui-ci le prit sous le ventre et le déposa sur le plancher, où il s'éloigna d'un pas nonchalant en quête de lait ou de rats.

En apprenant la vérité, Maria Mayrhofer avait envisagé de mettre fin à ses jours. Pas Trevelyan. Ce n'était pas par principe ni en raison d'un quelconque interdit religieux, mais simplement parce qu'il ne pouvait imaginer un cas de figure qui ne puisse être surmonté d'une manière ou d'une autre.

– Je crois comprendre ce que vous voulez dire, répéta-t-il.

Il bascula ses jambes hors de la couchette pour aller ouvrir la porte au chat qui était en train de la griffer.

– Il parle de la mort, reprit-il, mais il n'a pas...

Ce fut son tour de chercher ses mots.

– Il n'a pas d'affinités avec elle, c'est bien cela ?

Jack Byrd hocha la tête.

– Oui, c'est à peu près ce que je voulais dire. En revanche, sa dame, elle, elle connaît son visage.

Grey remarqua avec intérêt que, même si son attitude montrait qu'il l'aimait bien et la respectait, il ne prononçait jamais le nom de Maria Mayrhofer.

Grey referma la porte derrière le chat et, se retournant, s'adossa à elle. Le navire tanguait doucement sous ses pieds, mais il se sentait la tête claire, solide, pour la première fois depuis des jours.

La cabine était minuscule et Jack Byrd assis à moins d'un mètre de lui. La lumière ondulée du prisme au-dessus de sa tête lui donnait une allure de créature des profondeurs marines, ses cheveux doux et bouclés retombant comme du varech sur ses épaules, une ombre verte au fond de ses yeux noisette.

– Ce que vous dites est vrai, dit enfin Grey. Mais je peux vous assurer une chose. Il ne l'oubliera pas, même si elle meurt.

Puis il ajouta, songeur :

– Surtout si elle meurt.

Le visage de Jack Byrd ne changea pas d'expression. Il resta assis, regardant dans les yeux de Grey, les siens légèrement plissés, tel un homme évaluant l'approche d'un nuage de poussière lointain qui pouvait dissimuler l'ennemi ou le salut.

Puis il hocha la tête, se leva et ouvrit la porte.

– Je vais aller vous chercher mon frère, milord. Je suppose que vous allez vouloir vous habiller ?

Il n'eut pas le temps d'aller bien loin. Un bruit de course retentit dans la coursive et le visage radieux de Tom apparut sur le seuil, si excité qu'il n'arrivait pas à parler de manière cohérente :

– Milord ! Jack ! Milord ! Ce qu'ils disent ! Les marins, ce qu'ils disent ! Sur l'autre bateau !

Il passa devant son frère et s'adressa à Grey, exultant :

– Ils disent que le général Clive a battu le nawab dans un endroit appelé Plassey, milord ! Le Bengale est à nous ! Vous avez entendu ? On a gagné !

Épilogue

Londres, 18 août 1757

La première détonation ébranla les murs, faisant cliqueter les pendeloques du lustre en cristal et s'effondrer au sol un miroir en bois doré d'époque Louis XIV.

– Ce n'est pas grave, dit la comtesse douairière Melton.

Elle vint tapoter d'un air consolateur le bras d'un valet de pied à la mine défaite qui se tenait près des débris.

– C'était une horreur, de toute manière. Dedans, j'avais l'air d'un écureuil. Allez donc chercher un balai avant que quelqu'un ne marche sur les éclats.

Elle franchit les portes-fenêtres qui donnaient sur la terrasse, s'éventant d'un air heureux, et rejoignit son benjamin.

– Quelle nuit ! s'exclama-t-elle. Tu crois qu'ils ont fini par trouver leur portée ?

– J'en doute.

Grey lança un regard dubitatif vers le fleuve en direction de Tower Hill, où le maître artificier devait être en train de vérifier de nouveau ses calculs et d'insulter ses subalternes. Le premier essai de tir était passé en sifflant à moins de quinze mètres au-dessus de la demeure de la comtesse, sise en bordure du fleuve. Plusieurs domestiques étaient sortis sur la terrasse, scrutant les cieux, armés de balais mouillés au cas où.

La comtesse lança un regard réprobateur vers Tower Hill.

– Ils devraient s'entraîner plus souvent, cela leur éviterait de perdre la main à ce point !

C'était une nuit claire de la mi-août, sans vent. Alors qu'une chaleur humide formait une couverture étouffante sur Londres, ici, au bord de l'eau, il y avait un semblant de brise.

Plus en amont, il voyait le pont de Vauxhall, si grouillant de spectateurs qu'il paraissait vivant, se tortillant comme une chenille au-dessus du ruban sombre et brillant de la Tamise. De temps à autre, un ivrogne basculait par-dessus le parapet et tombait dans l'eau en projetant une gerbe, tel un boulet de canon, sous les acclamations enthousiastes de ses camarades.

La villa était moins bondée, mais ce n'était qu'une question de temps, pensa Grey en suivant sa mère à l'intérieur pour accueillir de nouveaux invités. Les musiciens venaient de finir de s'installer à l'autre bout de la pièce. Il faudrait ouvrir les doubles portes donnant sur le salon attenant afin de faire de la place pour le bal, mais celui-ci ne commencerait pas avant la fin du feu d'artifice.

La température n'empêcherait pas les Londoniens de célébrer la victoire de Clive à Plassey. Depuis des jours, les tavernes ne désemplissaient pas et les citoyens se saluaient dans la rue par des interjections cordiales décriant la lignée, l'aspect physique et les mœurs sociales du nawab du Bengale.

Reflétant les opinions de ses concitoyens des quartiers de Spitalfields et de Stepney, le duc de Circencester franchit la porte en tonnant :

– Ce bougre de bâtard noiraud ! Enfoncez-lui donc une fusée dans le cul, vous verrez jusqu'où il monte avant d'exploser, hein ? Benedicta, mon cœur, dans mes bras !

La comtesse, poussant prudemment plusieurs corps entre elle et le duc, lui souffla un baiser de loin avant de disparaître au bras de M. Pitt, tandis que Grey réorientait avec diplomatie les ardeurs du duc vers l'aimable veuve du vicomte Bonham, parfaitement à même de les juguler.

Quelques autres essais de tir depuis Tower Hill passèrent presque inaperçus, le brouhaha des conversations et la musique montant d'un cran avec chaque nouvelle bouteille de vin ouverte, chaque nouvelle louche de punch versée dans un verre. Même Jack Byrd, peu disert, à la limite de la morosité depuis leur retour, semblait plus joyeux. Grey le vit sourire à une jeune servante qui passait, les bras chargés de capes.

Tom Byrd, revêtu d'une nouvelle livrée pour l'occasion, se tenait près du paravent en bambou qui cachait les pots de chambre, chargé de surveiller les invités pour prévenir les menus larcins.

En passant devant lui, Grey lui murmura :

– Soyez vigilant, surtout quand commenceront les feux d'artifice. Relayez-vous avec votre frère pour faire un tour sur la terrasse et regarder le spectacle... mais assurez-vous que quelqu'un garde un œil en permanence sur lord Gloucester. La dernière fois, il est reparti avec une tabatière en or...

– Oui, milord, répondit Tom. Regardez, milord, le Hun !

En effet, Stephen von Namtzen, landgrave von Erdberg, venait d'arriver dans toute sa splendeur plumée, rayonnant comme si le triomphe de Clive était une victoire personnelle. Il tendit son casque à Jack Byrd, qui le regarda d'un air perplexe, puis repéra Grey, son visage s'illuminant alors d'un immense sourire.

La foule entre eux l'empêcha de traverser la salle, ce qui était aussi bien. Grey était ravi de voir le Souabe, mais la perspective d'être serré dans ses bras avec enthousiasme devant tout le monde puis embrassé sur les deux joues comme avait l'habitude de le faire von Namtzen avec ses amis...

L'évêque d'York fit alors son entrée, entouré de six petits enfants de chœur noirs dans des costumes dorés. Au même instant, un gigantesque *boum !*, en aval du fleuve, et les cris de la foule massée sur le pont de Vauxhall annoncèrent le vrai commencement des festivités. L'orchestre entonna la suite de la *Musique pour les feux d'artifices royaux* de Haendel.

Deux tiers des invités se ruèrent vers la terrasse pour mieux voir, laissant aux buveurs invétérés et aux bavards un peu plus d'espace.

Grey profita de l'exode soudain pour aller se soulager derrière le paravent de bambou. Les deux bouteilles de champagne se faisaient sentir. Ce n'était peut-être pas le lieu le plus seyant pour prier, mais il adressa néanmoins un bref message de gratitude vers les cieux. L'hystérie collective déclenchée par la victoire de Plassey avait totalement éclipsé les autres nouvelles. Ni les placards ni les journalistes à scandales n'avaient dit un mot sur le meurtre de Reinhardt Mayrhofer ou la disparition de Joseph Trevelyan. Pas l'ombre d'une médisance sur l'ex-fiancée de ce dernier.

Dans les milieux financiers, on faisait discrètement circuler le bruit que M. Trevelyan voyageait aux Indes, cherchant de nouveaux débouchés à l'importation rendus possibles par la récente victoire de la Couronne.

Il eut une vision fugitive de Joseph Trevelyan tel qu'il l'avait vu pour la dernière fois, dans la grande cabine du *Nampara,* au chevet de sa femme.

Grey avait demandé, avec un petit signe de tête vers le lit :

« Si ?...

– On dira que je suis tombé à la mer, emporté par une vague déferlant sur le pont. Ce sont des choses qui arrivent. »

Il avait baissé les yeux vers Maria Mayrhofer, inerte, belle et jaune comme une figurine ancienne en ivoire.

« Oui, tout peut arriver », avait répondu Grey doucement.

Une fois de plus, il avait songé à Jamie Fraser.

Trevelyan avait saisi la main de la malade, la caressant. Grey la vit resserrcr ses doigts, à peine. La lumière vacillait dans la larme d'émeraude de sa bague.

« Si elle meurt, c'en sera fini, avait dit Trevelyan sans la quitter des yeux. Je la prendrai dans mes bras et sauterai par-dessus le bastingage. Nous resterons toujours ensemble, au fond de l'océan. »

Grey l'avait rejoint, se tenant si près qu'il pouvait sentir sa manche le frôler.

« Si elle s'en sort ? Si vous survivez tous les deux au traitement ? »

Trevelyan avait haussé les épaules, si imperceptiblement que Grey ne l'aurait pas remarqué s'il ne s'était tenu si près.

« L'argent n'achète pas la santé, ni le bonheur, mais il peut arranger bien des choses. Nous vivrons aux Indes, comme mari et femme. Personne ne saura qui elle a été. Rien n'aura plus d'importance, hormis le fait d'être ensemble. »

Tout en se reboutonnant, Grey murmura, s'adressant plus à Maria Mayrhofer qu'à Trevelyan :

– Que Dieu vous bénisse et vous accorde la paix.

Il remit un peu d'ordre dans ses vêtements et sortit de derrière le paravent, se replongeant dans le tourbillon du bal.

Quelques pas plus loin, il fut intercepté par le lieutenant Stubbs, sur son trente et un et transpirant profusément.

– Malcolm ! Vous vous amusez bien ?

– Euh... oui. Bien sûr. Je peux vous toucher un mot, mon ami ?

Une nouvelle détonation l'empêcha de répondre, mais il hocha la tête et fit signe à Stubbs de le suivre dans une alcôve relativement plus tranquille, près du vestibule.

Là, Stubbs s'éclaircit la gorge.

– Je sais que je devrais plutôt en discuter avec votre frère. Mais, en l'absence de Melton, c'est vous le chef de famille, n'est-ce pas ?

– Hélas pour moi, oui, répondit prudemment Grey.

Stubbs lança un regard languissant vers les portes-fenêtres. De là où ils se trouvaient, ils apercevaient Olivia sur la terrasse, écoutant une plaisanterie de lord Ramsbotham puis riant aux éclats.

– Je sais que votre cousine peut prétendre à un bien meilleur parti... commença Stubbs, mal à l'aise. Mais j'ai une rente de cinq mille livres par an et quand le paternel aura... non que je ne lui souhaite pas de vivre éternellement... mais je suis son héritier et...

– Vous voulez ma permission pour faire la cour à Olivia ?

Stubbs évita son regard, contemplant d'un air vague les musiciens qui grattaient frénétiquement leurs violons dans le grand salon.

– Euh... eh bien oui, euh... c'est-à-dire que j'ai déjà plus ou moins commencé, j'espère que vous n'y verrez pas d'objections. C'est que... nous espérions que vous accepteriez de nous voir mariés avant que le régiment ne reparte. C'est un peu précipité, je le sais, mais...

Mais tu aimerais bien planter ta graine dans le ventre d'une gentille épouse, au cas où tu ne reviendrais pas, ajouta mentalement Grey.

Les invités avaient tous abandonné la piste de danse pour admirer le spectacle pyrotechnique, saluant les cascades d'étoiles bleues et blanches dans le ciel avec des concerts de « ah ! » et de « oh ! ». Grey savait que tous les soldats présents avaient comme lui le bas-ventre noué et la peau des bourses tendue par l'écho de la guerre, même s'ils s'extasiaient, le nez levé, vers les cieux embrasés.

– C'est bien, s'entendit-il dire entre deux détonations. Je n'ai rien contre. Après tout, sa robe est déjà prête.

Stubbs lui écrasa la main, rayonnant, et il lui sourit en retour, le champagne lui faisant tourner la tête.

– Dites donc, mon ami, pourquoi ne pas envisager un double mariage ? Il y a ma sœur, vous savez...

Melissa Stubbs, la jumelle de Malcolm, une jeune fille dodue et toujours souriante, était justement en train de lui faire les yeux doux depuis la terrasse par-dessus son éventail. L'espace d'une fraction de seconde, Grey fut presque tenté : l'envie de laisser quelque chose derrière lui, l'illusion de l'immortalité avant de basculer dans le néant.

Ce serait très bien, pensa-t-il, s'il ne revenait pas du front. Mais s'il revenait ? Il sourit, donna une tape dans le dos de Stubbs et s'excusa poliment avant d'aller se chercher un autre verre.

– Ne me dis pas que tu bois de ce bouillon français !

Harry Quarry était apparu à ses côtés.

– Il te fera gonfler comme une vessie de porc. C'est plein de gaz.

Quarry avait un magnum de vin rouge sous un bras et une blonde opulente pendue à l'autre.

– Ma mie, permettez-moi de vous présenter le major Grey... Major, Mme Fortescue.

– À votre service, madame.

– Je peux te toucher deux mots, John ?

Quarry libéra momentanément Mme Fortescue et se rapprocha de Grey, son visage taillé à la serpe rouge et luisant sous sa perruque.

– On a enfin la nouvelle, notre nouvelle affectation. Mais il y a un petit détail...

– Oui ?

Le liquide dans le verre que tenait Grey n'était plus doré mais rouge, comme s'il contenait du Schilcher, ce cru couleur de sang. Puis il vit les bulles remonter à la surface et se rendit compte que ce changement de couleur était dû aux reflets du feu d'artifice. La lumière autour d'eux était rouge, puis blanche, puis rouge encore. Une odeur de fumée s'insinuait par les portes-fenêtres comme s'ils se trouvaient au centre d'un bombardement.

– Je viens de parler à cet Allemand, là, von Namtzen. Il voudrait que tu l'accompagnes pour servir d'officier de liaison avec son régiment ou quelque chose de la sorte. Il dit qu'il en a déjà parlé au ministère de la Guerre. Il semble qu'il ait une très haute opinion de toi, John.

Grey cligna des yeux et but une gorgée de champagne. La tête blonde de von Namtzen était visible sur la terrasse, son beau profil tourné vers le ciel, montrant l'émerveillement d'un enfant de cinq ans.

– Tu n'as pas besoin de te décider tout de suite, naturellement. De toute manière, cela dépend surtout de ton frère. Je voulais juste te mettre au courant. Prête pour un autre tour, ma chère ?

Avant que Grey ait eu le temps de réagir, Harry, la blonde et le magnum étaient repartis tous les trois au galop, emportés par une folle gavotte. La rive opposée du fleuve explosa en une myriade de feux de Bengale et le ciel fut illuminé par une pluie d'étincelles rouges, bleues, vertes, blanches puis jaunes.

Stephen von Namtzen se tourna, croisa son regard et leva son verre à sa santé. Pendant ce temps-là, à l'autre bout du salon, l'orchestre jouait toujours Haendel. La musique de la vie, de la beauté et de la sérénité, ponctuées par le fracas de conflagrations lointaines.

Notes de l'auteur
et références

Je tiens la plupart de mes informations concernant les lieux de rencontre homosexuels de Londres de *Mother Clap's Molly-house : The Gay Subculture in England 1700-1830*, de Rictor Norton, qui inclut une bibliographie assez vaste pour ceux qui voudraient en savoir plus.

La plupart des sites mentionnés comme des « promenades de Molly » sont historiquement connus, comme les goguenots (lieux d'aisances) de Lincoln's Inn, Blackfriars Bridge, et les arcades du Royal Exchange. En revanche, Lavender House est un établissement de mon invention.

Si certains personnages de ce livre, tels que William Pitt, Robert Clive, le nawab du Bengale et sir John Fielding sont réels, la plupart sont fictifs ou utilisés de manière romanesque (il y a eu un tas de ducs de Gloucester tout au long de l'histoire, mais rien ne laisse entendre que l'un d'entre eux ait été atteint de kleptomanie).

Parmi d'autres ouvrages de référence :

English Society in the Eighteenth Century (dans la collection *The Pelican Social History of Britain*), par Ron Porter,

379

1982, Pelican Books. ISBN 0-14-022099-2. Il inclut une bonne bibliographie, ainsi que d'intéressants tableaux statistiques.

Mémoires de l'abbé de Choisy habillé en femme, Ombres, petite bibliothèque, 1998. ISBN 2841420205. Narrant les aventures d'un personnage truculent de la France du XVIIe siècle, ces mémoires sont particulièrement intéressantes pour les détails somptueux des vêtements de l'abbé.

The Queer Dutchman : True Account of a Sailor Castaway on a Desert Island for « Unnatural Acts » and Left to God's Mercy, par Peter Agnos, Green Eagle Press, New York (1974, 1993). ISBN 0-9140018-03-5. Le journal (expurgé) de Jan Svilts, abandonné sur l'île d'Ascension en 1725 par des officiers de la Compagnie hollandaise des Indes orientales, craignant que ses « actes contre nature » n'attirent la colère divine sur leur périple, comme ce fut le cas pour le peuple de Sodome.

Love Letters Between a Certain Late Nobleman and the Famous Mr Wilson, ed. Michael S. Kimmel, Harrington Park Press, New York, 1990. (Initialement publié dans *Journal of Homosexuality*, Volume 19, Numéro 2, 1990). Il traite du monde homosexuel en Angleterre (surtout à Londres) au XVIIIe siècle. Il comporte une bibliographie annotée assez complète ainsi que de très nombreux commentaires sur les correspondances avec la situation actuelle.

Samuel Johnson's Dictionnary. Il en existe de nombreuses éditions. Levenger Press, sous la direction de Jack Lynch, a édité récemment une version abrégée. ISBN 1-929154-10-0. Le dictionnaire original fut publié en 1755.

A Classical Dictionnary of the Vulgar Tongue, par le capitaine Francis Grose (publié avec un bref essai biographique et critique ainsi que de nombreux commentaires détaillés d'Eric Partridge). Routledge et Kegan Paul. L'œuvre originale de Grose est disponible dans diverses éditions (corrigées et rééditées à plusieurs reprises par le capitaine lui-même), mais la première version fut probablement publiée vers 1807.

Dress in Eighteenth Century Europe 1715-1789, par Aileen Ribeiro, Holmes & Meier Publishers, Inc., New York, 1984. Bien illustré, avec une abondance de tableaux et de dessins de la période, avec plusieurs appendices utiles sur les devises et les événements politiques du XVIIIe siècle.

La carte de Londres par Greenwood, 1827. C'est la carte complète de la capitale la plus ancienne que j'ai trouvée. Je l'ai utilisée pour situer les différents lieux décrits dans le livre. Elle est disponible sur plusieurs sites Internet. Je me suis servi de celui mis en place par l'université de Bath Spa : *http ://users.bathspa.ac.uk/imagemap/html*.

Achevé d'imprimer au
Canada en janvier 2004.